l

« Avec c … ura-
blement co … En
manque d'i … cadeau à
glisser sous le sapin. »

Laura du blog *Darcybooks*

« J'ai eu un beau coup de cœur pour ce roman à la fois frais et léger, qui nous pousse à réfléchir sur l'importance de la vérité au sein d'une famille. *La vie est belle et drôle à la fois* porte ainsi très bien son nom et vous entraînera avec lui et ses personnages. Un vrai roman doudou à mettre entre toutes les mains ! »

Gwendoline du blog *Bulle de Chouquette*

« Ce roman est un petit coup de cœur tout doux. C'est pétillant, plein d'humour, avec des personnages profonds et attachants. Ils m'ont emplie d'amour, de joie et d'espoir.

Je me suis plongée dans l'ambiance de Noël, dans sa magie avec tendresse. »

Clara du blog *Croqueuse-Livres*

« J'ai adoré ! On retrouve les thèmes de prédilection de l'auteure (le poids du passé, les secrets de famille, les liens intergénérationnels) avec peut-être un peu plus d'humour, de romance et de légèreté, et ça fonctionne drôlement bien ! »

Laurie du blog *Mya's books*

« Une lecture coup de cœur et cocooning, parfaite pour l'hiver et qui vous plongera dans des secrets de famille mais pas que… Un roman comme je les aime et surtout très bien écrit ! »

Cindy du blog *La lectrice dyslexique*

[illegible]ES LECTRICES ONT AIMÉ !

[illegible] ce roman, Clarisse Sabard s'impose dans [illegible] comme la reine du secret de famille [illegible] idée pour Noël, il est un parfait cadeau [illegible]

[illegible]

LA VIE EST BELLE
ET DRÔLE À LA FOIS

10, place des Cinq-Martyrs-du-Lycée-Buffon
75015 Paris – France
www.editionscharleston.fr

ISBN : 978-2-36812-492-5

Maquette : Patrick Leleux PAO

Pour suivre notre actualité, rejoignez-nous sur Facebook (Editions.Charleston), sur Twitter (@LillyCharleston) et sur Instagram (@LillyCharleston) !

Charleston s'engage pour une fabrication écoresponsable !
Amoureux des livres, nous sommes soucieux de l'impact de notre passion et choisissons nos imprimeurs avec la plus grande attention pour que nos ouvrages soient imprimés sur du papier issu de forêts gérées durablement.

Clarisse Sabard

LA VIE EST BELLE ET DRÔLE À LA FOIS

Roman

CHARLESTON
POCHE

Pour Fanny : parce que tu mérites amplement
qu'un roman de Noël te soit dédié.

« Ce qui remplit votre temps n'est pas forcément ce qui comble votre vie. »
Gilles Legardinier, *Ça peut pas rater !*

« La lumière de la mémoire hésite devant les plaies. »
Louis Aragon

PROLOGUE

19 décembre 2017

Je hume à pleins poumons l'odeur de feu de bois qui prédomine dans l'air, puis souris.

Ma grand-mère, enveloppée dans un élégant manteau de laine, dévale les escaliers comme si elle avait vingt ans de moins que son âge réel. Elle a teint ses cheveux comme Mylène Farmer et a appliqué de façon méticuleuse mascara et rouge à lèvres.

— Ce que je suis heureuse de vous voir, les enfants !

Violette, la fille de mon frère, s'avance timidement vers elle et se retrouve engloutie entre ses bras volumineux.

— Eh bien, constate-t-elle en m'enlaçant à mon tour, je suis sûre que tu te nourris mal. Tu as maigri depuis la dernière fois.

Je vais éviter de lui dire que j'ai trop souvent tendance à sauter le repas du midi à cause de mon travail très prenant, car elle serait capable de venir s'installer chez moi.

— Et tu ressembles à un vieux phoque fatigué, termine-t-elle. Tu ne dors pas assez.

à l'évidence, ma grand-mère était absente le jour de la distribution de la diplomatie, mais nous avons tous fini par nous y habituer. Ce n'est jamais méchant, c'est juste sa façon d'être.

Mon frère, Tom, m'envoie un clin d'œil, auquel je réponds par une grimace. Mamie sort une clé de sa poche.

— Votre mère m'a chargée de vous la remettre.

— Elle n'est pas là ? s'étonne Tom.

— Pour le moment, non. Vous feriez bien de vous mettre au chaud. J'ai déposé sur la table de la cuisine des tartelettes aux fruits secs et aux raisins.

Notre goûter de Noël préféré lorsque nous étions petits ! J'en salive à l'avance ! Nous nous fixons rendez-vous pour dîner, chez elle. Ça a du bon, que les demeures soient voisines. Malgré le divorce de mes parents, ma mère et ma grand-mère sont restées en très bons termes, désireuses de maintenir les liens. Tant mieux, je ne me serais pas vue grandir ailleurs que dans cette jolie maison, sur laquelle le lierre grimpe le long de la façade en pierres, soulignant ainsi le bleu éclatant des volets.

Mon frère introduit la clé dans la serrure. Le parfum de ma mère (Le Premier Parfum, de Lolita Lempicka) me chatouille aussitôt les narines. Elle l'aime tellement qu'elle en vaporise partout. Tom allume la lumière dans l'étroit vestibule.

— Il fait un froid de canard, ici ! fait-il remarquer. Maman aurait quand même pu laisser un peu dc chauffage.

— Comme c'est trop abusé ! râle Violette en frottant ses mains l'une contre l'autre. Ça va être sympa si on attrape la grippe…

Cette attitude ressemble peu à ma mère. Sachant que nous arrivions cet après-midi, c'est étonnant qu'elle n'ait pas laissé tourner les radiateurs… Tom se dirige vers la salle à manger et s'affaire à préparer un feu dans la cheminée. Ma nièce et moi laissons les bagages dans l'entrée et nous précipitons vers la cuisine, alléchées par la perspective des tartelettes qui nous y attendent.

Tom ne tarde pas à nous rejoindre et propose de nous réchauffer avec un chocolat chaud. Évidemment, Violette et moi ne nous faisons pas prier ! Nous nous asseyons autour de la table en hêtre, l'assiette de tartelettes nous tendant les bras. Je me revois, petite, aider Mamie à mélanger sucre, miel et crème épaisse, puis à faire caraméliser le mélange. Cette succulente odeur embaumait alors toute la maison !

Tom dépose devant nous les boissons chaudes et je me réchauffe les mains contre la tasse à tête de renne, lorgnant le motif d'un œil mauvais. On ne sait jamais, des fois que j'aurais oublié que Noël approche.

Je croque avec gourmandise dans ma tartelette et m'exclame aussitôt, au bord de l'extase :

— Mon Dieu, que c'est bon !

Tom envoie un léger coup de coude à sa fille.

— Tu vas voir que, dans cinq minutes, elle va à nouveau aimer Noël, chambre-t-il.

J'écarquille les yeux et essuie quelques miettes collées au coin de ma bouche.

— N'exagère pas non plus. Oh ! Mais au fait… C'est bizarre, on dirait bien que Maman n'a pas encore décoré la maison…

— Elle nous attendait peut-être pour le faire, suppose Violette, la bouche pleine de fruits secs.

Je lui renvoie une moue perplexe.

— La connaissant, ça m'étonnerait. Elle redevient une vraie gamine en cette période, et dès le 1er décembre, la maison clignote jusque dans les moindres recoins.

Nous nous levons d'un même élan afin de vérifier. Le salon, comme le reste du rez-de-chaussée, est vide de toute décoration de Noël.

— Ne me dis pas que ça te manque, ricane Tom, en avisant mon air choqué.

Je tique, déconcertée.

— Ce n'est pas normal. D'habitude ça scintille de partout !

— Peut-être que quelqu'un s'est enfin décidé à lui annoncer que le Père Noël n'existe pas.

— Vous savez quoi ? Je vais l'appeler pour lui dire que nous sommes là.

— Elle va bientôt rentrer, me rassure Tom. Elle est même certainement sur la route.

Il n'empêche que cette maison vide de fanfreluches étincelantes me perturbe.

— J'irais bien me doucher, décrète Violette.

— Je vais d'abord chauffer la salle de bains, lui dis-je, sauf si tu as l'intention de te transformer en ado surgelée.

— Bon, je monte les valises, annonce Tom. Qui dort où ?

D'un commun accord, nous décidons que je récupère mon ancienne chambre, tandis que Violette prendra celle de son père. Mon frangin squattera le canapé.

— J'espère fermer l'œil, avec tous ces tons criards, grimace-t-il en désignant l'ensemble de la pièce.

Il est vrai que Maman a des goûts très tranchés, en matière de couleurs. Elle aime tout ce qui est vif et s'inspire des influences hindoues. Son salon est une réplique presque parfaite d'une salle de restaurant indien, l'odeur du poulet kurma en moins.

Une fois installée dans ma chambre, j'allume mon ordinateur pour consulter mes mails professionnels. La connexion Internet est un peu poussive et je me lasse au bout du quatrième rafraîchissement de page. Je ne suis pas certaine que Vallenot connaisse la 4G, alors la fibre, ce ne sera pas pour demain. Lasse, je redescends pour me préparer un thé, que je vais siroter dans le salon, face à la cheminée.

Le coin bureau, aménagé dans une espèce d'alcôve, n'a pas changé depuis la dernière fois que je suis venue. Je ne sais pas comment ma mère arrive à s'y retrouver dans le monticule de dossiers empilés les uns sur les autres et qui tiennent par miracle. Son bureau est un véritable fouillis digne d'un génie scientifique… ou d'une bordélique pathologique, la vérité s'approchant dangereusement de la seconde option.

Tout à coup, une enveloppe scotchée à l'écran de l'ordinateur attire mon regard. Intriguée, j'hésite à m'en saisir. Je n'aime pas trop l'idée de fouiller dans les affaires de Maman… Pourtant, j'ai la nette impression que cette lettre a été laissée exprès en évidence.

Je décroche le papier, sur lequel sont en effet mentionnés nos trois prénoms. Une sorte de pressentiment me vrille les côtes lorsque je le déplie. Avant même d'en découvrir le contenu, j'appelle mon frère en criant, puis commence à parcourir le mot, fébrile.

> « Les enfants,
> Si vous lisez ceci, c'est que vous avez tenu parole en venant passer les fêtes à Vallenot. Ce dont je n'ai jamais douté.
> En découvrant mon absence, vous aurez probablement conclu que j'étais encore au travail. Je serais curieuse de savoir à quel moment l'inquiétude vous aura poussés à vous poser des questions… »

Dans l'escalier, un bruit de cavalcade interrompt ma lecture. Tom et Violette débarquent, essoufflés, une expression d'inquiétude sur le visage.

— Qu'est-ce qui se passe ? demande vivement mon frère. Pourquoi tu as crié ?

J'agite la feuille devant eux en leur expliquant comment je l'ai trouvée.

— Et ça justifie le fait que tu nous aies fichu la frousse de notre vie ?

— T'es dans l'excès, accuse Violette, une serviette nouée sur ses cheveux. On a cru qu'il y avait un tueur en série dans la maison.

Je prends une lente inspiration.

— On peut avancer, maintenant ? Croyez-moi, cette lettre ne va pas vous enchanter.

Je leur lis la missive et découvre la suite en même temps qu'eux.

« ... Ne vous inquiétez surtout pas pour moi.
Il me reste quelques rêves à réaliser et le moment est venu de m'y atteler. Je veux que vous en profitiez pour vous retrouver. Je vous encourage à décorer la maison pour Noël, à partager des instants agréables avec votre grand-mère, à vous ressourcer. Je n'ai pas de mode d'emploi à vous transmettre, mais je vous fais confiance.
Je vous aime très fort.
À très bientôt !
Maman (et Mamie Ju). »

Un silence ponctue la fin de ma lecture. Sidérés, nous nous interrogeons du regard, sans trop savoir quoi dire.

— J'adore ! lâche enfin Violette.

— Purée, je n'y crois pas ! s'exclame Tom en même temps.

Tenant toujours la feuille entre les mains, je fais les cent pas devant la cheminée.

— C'est quoi, ce délire ? *Quelques rêves à réaliser...*

Selon toute vraissemblance, cette année Noël ne ressemblera pas à ce qui était initialement prévu. Je savais que je n'aurais jamais dû venir me fourrer dans cette galère, quand tout a commencé, il y a trois semaines...

1

Trois semaines plus tôt

Tu es un peu rouge, là, me dit-il en désignant ma lèvre supérieure, après avoir reposé son mojito.

Je jure que je n'avais pas l'intention de faire foirer cette soirée. Pourtant, au lieu d'inventer une excuse un tant soit peu plus glamour que la réalité, je repousse une mèche de mes cheveux derrière mon oreille et m'entends énoncer la vérité à Charly :

— C'est l'esthéticienne. Elle y est allée un peu fort sur la cire.

Parler d'épilation du duvet lors du premier rendez-vous : fait.

C'est comme ça, avec le stress, je finis toujours par dire une connerie.

Deux idées sont probablement en train de traverser simultanément les pensées de Charly. a) Il m'imagine en potentielle femme à barbe. Plus tue-l'amour, tu meurs. b) Il prend conscience que je suis ce genre de nana qui sait faire des efforts pour être à son avantage. Bon, s'il en est à cette dernière réflexion, pour le moment il ne le montre pas trop. Il se laisse aller contre le dossier du fauteuil, la mine consternée. Je devrais peut-être demander l'addition.

— Léna, est-ce que tu sais à quel point ça pollue, toutes ces bandes de cire dépilatoire ? Il n'y a pas plus mauvais pour la planète, lance-t-il, désapprobateur. D'une part, ça ne se recycle pas, d'autre part ça met des centaines d'années à…

Je le laisse continuer, sans vraiment l'écouter, me contentant de hocher la tête afin de donner le change.

Si ça se trouve, il aime les femmes moustachues.

Lors de notre première rencontre, il y a deux semaines, Charly m'a pourtant expliqué qu'il était chargé du développement de la branche bioéthique je ne sais plus quoi de la marque pour laquelle j'ai accepté de travailler. Alors, je me suis contentée de penser, émerveillée, que c'était une bonne nouvelle pour les petits enfants chinois, qui ne seraient pas contraints de fabriquer, à partir de mes dessins, du linge de lit pour des bébés occidentaux beaucoup mieux lotis qu'eux.

Ensuite, je me suis laissé charmer par les yeux verts de mon interlocuteur, et quand il m'a proposé de prendre son numéro de téléphone pour qu'on puisse aller papoter devant un verre, je n'ai pas osé dire non. Bon, d'accord, il serait plus juste de reconnaître que je n'ai pas hésité un seul instant à dire oui. Ce n'est pas tous les jours qu'un homme de mon âge, *a priori* célibataire (même divorcé, ce n'est pas grave) et physiquement appréciable (banal, mais du côté charmant) me fait comprendre que je l'intéresse pour autre chose que les affaires.

— Tu aimes cet endroit ? susurre-t-il en se penchant vers moi, tandis que mes yeux balaient le décor.

Sa façon de me regarder me colle des frissons et je retiens ma main qui menace de caresser ses cheveux clairs. J'en regretterais presque le manque d'intimité. Pour notre rencard, Charly a en effet choisi un bar-karaoké. Plutôt insolite. Ça change du traditionnel restau, quoi.

Nous pouvons siroter des cocktails et grignoter des tapas en regardant des groupes d'inconnus s'égosiller sur des titres plus ou moins à la mode. J'avoue que c'est plus amusant qu'un sermon sur l'utilisation massive des bandelettes de cire.

— Oui, c'est vraiment sympa !

Il me sourit et je sens que je peux enfin me détendre. Après tout, il ne m'a pas encore engueulée parce que j'utilise une paille (le plastique, c'est le mal) pour siroter mon bloody mary. Il ne doit pas être versé dans la branche activiste de l'extrême. Seulement concerné par la préservation de notre planète. Un mec bien, forcément.

Je lui rends son sourire en soulignant l'originalité de son choix.

— Je suis content que ça te plaise. Le karaoké, c'est ma passion, reconnaît-il.

Mon visage reste figé une seconde de trop, le temps d'assimiler l'information.

— Ça te dit, de pousser la chansonnette avec moi ? me propose-t-il sans me laisser le temps de reprendre mes esprits.

Plutôt me baigner à poil dans la mer du Nord en plein mois de janvier !

Évidemment, je ne lui expose pas mon refus de cette façon. Une idée lumineuse m'aide à m'en sortir avec dignité. J'opte pour un air attristé et m'excuse en posant la main sur ce que je suppose être ma glotte :

— J'aurais adoré, mais j'ai un début de mal de gorge.

— Oh, soupire-t-il, dépité.

— Mais si tu veux chanter, vas-y, je suis certaine que tu possèdes une jolie voix.

Sitôt ces paroles prononcées, je prends conscience que j'aurais mieux fait de me mordre la langue. Charly affiche la même satisfaction qu'un gosse à qui on aurait tendu un bocal de bonbons et se lève.

— Je ne serai pas long, promet-il.

Pourvu qu'il ne chante pas comme une crécelle.

Avec un peu de chance, il va sélectionner un air italien des plus romantiques et fredonner *Ti amo* d'une voix à la Umberto Tozzi, en me regardant droit dans les yeux. Un lent accord de guitare me tire brusquement de mes pensées. Ça sent mauvais, cette histoire. Très mauvais.

Je regarde discrètement à droite et à gauche si quelqu'un pourrait me venir en aide : mon frère subitement surgi de Paris (on a le droit de rêver), une copine télépathe, Matt Damon… Aucun des trois ne se manifeste. Les lâches.

— *Il met de la magie mine de rien dans tout ce qu'il fait…*

D'accord, Charly a prévu d'endormir toute la salle. Peut-être pour pouvoir m'embrasser sauvagement sans que personne ne nous mate, qui sait ? Enfin, je ne sais plus trop si j'ai vraiment envie qu'il m'embrasse, en fait.

Micro en main, mon rencard avance lentement dans ma direction, tout en me jetant des regards de merlan frit. Trois ou quatre nostalgiques des années quatre-vingt entonnent avec lui :

— *Il est liiiiiiibre Max*

Il est liiiiibre Max

Y en a même qui disent qu'ils l'ont vu voler…

Relativisons : il aurait pu choisir *Les Sunlights des tropiques.* La situation est grave, mais pas désespérée.

Il n'empêche que, tout à coup, je le trouve aussi sexy qu'un poulpe avarié. J'ai pour seul réflexe de me tasser sur mon siège. Peut-être qu'en me faisant toute petite, le sol acceptera de m'engloutir, non ? Heureusement, la chanson ne dure que trois minutes et mon calvaire prend rapidement fin.

— Alors ? s'enquiert-il en me rejoignant.

— C'était, euh… tu n'as pas fait une seule fausse note, bravo !

Je me dépêche d'enfourner une part de socca dans ma bouche avant de prononcer d'autres paroles qui pourraient l'encourager à nous pousser au suicide collectif en se lançant sur un air de Jeff Buckley. Par bonheur, l'idée ne semble pas l'effleurer et nous engageons la conversation sur nos centres d'intérêt. Au bout de quelques minutes, il me balance la question que je n'avais pas vu venir :

— Tu fais quoi, pour Noël ?

Je me tétanise un instant, pendant que mon cerveau, à l'inverse, carbure à toute vitesse. À cette seule évocation, je sens une vieille angoisse remonter en moi. Il ne pouvait pas choisir un autre sujet, non ?

Je déglutis un peu fort en m'enjoignant mentalement à ne pas céder à la panique. Soit il compte m'inviter à un karaoké géant en famille, soit c'est un piège que me tend l'écolo en lui : à tous les coups, il ne supporte pas tout le gaspillage qui découle des fêtes, une catastrophe pour la nature… Après avoir évoqué mon épilation du duvet, je ne peux tout de même pas lui expliquer que la fin d'année est pour moi un cauchemar un peu trop réel, qui me donne envie de me terrer sous ma couette pendant une vingtaine de jours minimum.

— Je ne fête pas Noël, dis-je en esquissant un geste vague, qui signifie tout et rien à la fois.

— Vraiment ? répond-il, choqué.

Tout compte fait, je devrais peut-être lui expliquer pourquoi cette période m'évoque des souvenirs pénibles et douloureux. Au lieu de quoi, je m'enfonce et chute à dix pieds sous terre sur l'échelle de son estime.

— Je trouve qu'on en fait beaucoup trop autour de cette fête. C'est un jour comme un autre, après tout. Ça n'arrête ni les guerres ni la faim dans le monde, faut arrêter l'hypocrisie.

Charly me considère comme si je venais de lui avouer que je suis une tueuse de chatons.

Je comprends que notre soirée va s'arrêter ici. Je n'en suis même pas triste, plutôt soulagée en fait. Les rencards qui oscillent entre le pathétique et le lamentable, où chacun se dit que c'est peut-être la dernière chance de se caser, j'en ai marre. Ce n'est plus pour moi.

Je le laisse liiiiiibre, Charly.

Je vais retourner travailler, il n'y a que ça de vrai. Et quand je serai morte, à défaut d'héritiers, je léguerai toute ma fortune (actuellement soixante-sept euros quarante sur mon compte courant) à des œuvres de charité. Écologiques, les œuvres, en souvenir de Charly.

Pour fêter cette nouvelle résolution, je commande un autre bloody mary. Je rentrerai en taxi, tant pis pour l'empreinte carbone.

2

Le lendemain, 9 h 30

De : Judith <judithbrun1956@gmail.com>
À : Léna <pichon.lena@yahoo.fr>
Tom <tomtom79@gmail.com>
Objet : ♫ Petit Papa Noël… ♫

Mes enfants,
J'ai une grande nouvelle à vous annoncer.
Je préférerais le faire de vive voix, aussi, que diriez-vous de venir passer une quinzaine de jours à la maison pour les fêtes ? Une pierre deux coups !
Mamie Jacotte en serait également ravie.
Tom, cela me ferait plaisir que Violette se joigne à toi, même si je suis consciente qu'en ce moment ce n'est pas facile entre Aniata et toi.

Léna, je t'entends déjà marmonner que tu détestes Noël, mais je sais que ta curiosité l'emportera. Ainsi que la joie d'une réunion de famille, cela va sans dire. ☺
Je compte sur vous. Tenez-moi au courant le plus rapidement possible afin que je puisse tout prévoir.
Gros bisous.
Maman

On ne devrait jamais lire ses mails au saut du lit. Jamais.

L'esprit encore tout embrumé de sommeil, je reste un court instant la bouche grande ouverte face à l'écran de mon smartphone, puis attrape une capsule chargée de me délivrer un café *latte* aromatisé à la vanille.

Je pose le portable sur la table d'appoint et regarde le liquide fumant couler dans la tasse, tout en tentant d'ordonner mes pensées.

Est-ce que Maman aurait pété les plombs ?

Peut-être que j'ai mal compris…

Un peu de musique m'aidera à émerger. Je jette un rapide coup d'œil à ma playlist spéciale « *réveils difficiles* » et sélectionne Blur, *Song 2.* Ce sera parfait.

— *Woo-hoo !* s'écrie Damon Albarn, dans une envolée de guitares électriques.

Comme chaque matin, je savoure ma première gorgée de café, la meilleure, celle qui me fait redevenir un être sociable et doué de compréhension.

Mes neurones sont prêts à fonctionner. Je lis à nouveau le mail. Le texte reste inchangé, j'ai bien tout compris. Ma mère a quelque chose à nous dire et nous invite bel et bien à passer Noël avec elle.

Un signal d'alerte s'éveille aussitôt dans mon cerveau. Je dois absolument appeler mon frère. Il est sûrement en consultation, à cette heure-ci, mais tant pis.

« Vous êtes bien sur la messagerie de Tom Pichon, je ne suis pas disponible pour le moment. Laissez-moi un message et je vous recontacterai. Merci. »

Biiiip.

« Tom, c'est Léna. Est-ce que tu as vu le mail de Maman ? Rappelle-moi quand tu peux. »

Je m'affale sur mon fauteuil de travail, les méninges en ébullition. Si ce courriel ne me dit rien qui vaille, ma mère a au moins raison sur un point : je suis curieuse. Et à deux doigts de la harceler jusqu'à ce qu'elle crache le morceau. Quelle peut bien être cette *grande nouvelle* qu'elle tient tant à nous annoncer ? Quant à cette histoire au sujet de mon frangin et Aniata, de quoi s'agit-il ?

Pensive, je croise les mains sur mon bureau et laisse mon regard flotter à travers la fenêtre fermée. La vue sur le toit de l'immeuble d'en face ne m'inspire pas plus que ça et je vois tout en gris, comme les tuiles que je fixe machinalement.

Il y a une chose dont je suis sûre : aller passer Noël dans les montagnes des Alpes-de-Haute-Provence m'enchante autant qu'aller me faire arracher une dent sans anesthésie. Il n'y a rien à faire, là-bas, à part se taper en boucle les mêmes téléfilms américains, dans lesquels des familles aux sourires *ultra bright* se retrouvent autour d'un immense sapin qui atteint le plafond et attendent la venue du Père

Noël en détresse, sauvé par leurs gosses qui mériteraient davantage de claques que de cadeaux.

Non, cela ne fait vraiment pas partie de mes plans. En général, à Noël, je bosse d'arrache-pied en mangeant des sushis, afin de boucler mes commandes pour les premières semaines de janvier. Ce choix me convient parfaitement et m'évite de convulser à la simple mention de mots comme « sapin », « guirlandes », « cadeaux », « foie gras » et j'en passe.

Je suis designeuse spécialisée en décoration de chambres pour enfants. Mon métier me passionne et j'ai la chance de pouvoir vivre en dessinant des éléphants ou des hiboux aux formes modernes, qui viendront orner des papiers peints, rideaux et autres cadres décoratifs.

Jusque-là, mes parents m'ont toujours fichu une paix royale et ont compris depuis belle lurette qu'il était inutile d'insister pour que je passe cette période de l'année avec eux. Tout le monde sait que je n'aime pas Noël et qu'il ne sert à rien de me forcer. Alors pourquoi ma mère a-t-elle décidé de tout bousculer ?

Je pourrais prendre mon téléphone et le lui demander directement, mais elle ne décrochera pas. Elle est comme ça, Maman. Un peu fantasque, elle vit sa vie comme elle l'entend. Elle déteste parler dans un smartphone (je ne suis d'ailleurs même pas certaine qu'elle en possède un), mais communique volontiers par e-mails. Tête en l'air, elle dispense paradoxalement des cours de psychologie d'entreprise dans un centre de formation pour adultes. Ma mère s'implique également beaucoup dans la vie associative de son village, elle est de toutes les organisations d'événements. Depuis son divorce avec mon père, il y a une vingtaine d'années, elle a fait en sorte que sa vie soit toujours bien remplie et s'applique chaque année à célébrer Noël en compagnie de sa voisine, qui est aussi son ex-belle-mère, soit ma grand-mère.

Je m'arrache lentement à la contemplation du toit à présent occupé par un rang de pigeons et relis attentivement le mail, à la recherche d'un élément qui aurait pu m'échapper. Cette histoire ne me plaît pas, mais à défaut d'en savoir plus, je dois me remettre au travail. Dessiner des gentils renards pour une gamme de tours de lits est davantage à ma portée que de me projeter dans un Noël en famille.

***

La sonnerie du téléphone me fait sursauter. Ma main droite lâche la souris de l'ordinateur et je prends l'appel, fébrile.

— Tom ?

Je fonce droit au but, avant qu'un silence gêné ne s'installe :

— Alors… tu as lu le mail de Maman ?

— Oui, mais je n'ai pas osé t'appeler avant d'aller au boulot. Je me suis dit que tu dormais.

— En plein dans le mille ! J'ai bossé tard dans la nuit… Bref, tu en penses quoi ?

Mon frère ne me répond pas immédiatement, pesant les mots qu'il va prononcer. Déformation professionnelle, puisqu'il est orthophoniste.

— Je suis tenté de dire oui, lâche-t-il enfin.

Bien. Selon toute vraisemblance, chaque membre de ma famille est frappé de folie.

— Peut-être que Maman se sent un peu seule, plaide-t-il.

Sceptique, j'enroule une mèche châtain clair autour de mon index.

— Elle n'est jamais seule, Tom. Tu le sais très bien.

— J'essaie de relativiser… La connaissant, elle peut tout à fait nous dire qu'elle a décidé d'adopter un chiot ou nous apprendre qu'elle se barre au Népal pour cinq ans.

Le pire dans tout ça, c'est que mon frère n'exagère même pas. Je me souviens très bien d'un printemps où notre mère, sur un coup de tête, a embarqué Tom pour un voyage dans le désert, chez les Touaregs. Là, ils se sont retrouvés au milieu d'un repas de fête où on leur a servi de l'estomac de chèvre grillé. Tom ne s'est jamais remis de l'odeur immonde et de la texture caoutchouteuse de la viande.

— Tu es partante, oui ou non ? demande mon frère, me ramenant au présent.

Je pousse un profond soupir qui en dit long sur ma motivation.

— Franchement, je ne sais pas. On risque de s'ennuyer…

— On dirait ma fille ! s'esclaffe mon frangin. Moi, j'ai envie d'y aller. Cela fait tellement longtemps que nous n'avons pas passé cette période ensemble et… je crois que j'en ai besoin.

— Il se passe quoi, avec Aniata ?

J'ai failli ajouter d'un ton plein de reproches que je ne suis jamais au courant de rien, mais ce serait malvenu puisque je ne prends que trop rarement des nouvelles. L'esprit de famille, chez moi, c'est un concept à revoir.

Tom commence à marmonner que c'est compliqué, se ravise et me sort finalement :

— Tu sais quoi, Léna ? Si tu tiens tant que ça à connaître les détails, tu n'as qu'à te joindre à nous pour Noël.

Son ton est tellement plein d'espoir que je n'ose pas briser son enthousiasme.

— Laisse-moi la soirée pour réfléchir et je te donne ma réponse.

— C'est à Maman qu'il faut la donner, me reprend-il. Mais ça me ferait vraiment plaisir aussi, si tu venais.

Je déteste avoir le sentiment d'être tiraillée entre deux feux brûlants. En l'occurrence, l'envie de savoir ce que ma mère tient à nous annoncer et la peur. Cette dernière provoque au fond de moi une sensation de malaise, bien plus profond que je ne l'aurais pensé. Une boule m'obstrue la gorge et je dois m'emparer d'une bouteille d'eau afin d'avaler quelques rasades, à même le goulot.

Est-ce que j'ai vraiment envie de supporter toute cette frénésie ambiante ? Les chansons de Tino Rossi me donnent envie de me flinguer, je hais de tout mon cœur la farce aux marrons et les sapins illuminés. Et je ne parle même pas du fait de faire des réserves de graisse pour les six mois à venir.

Tout ça pour célébrer la naissance d'un gamin au fin fond du désert. D'accord, il était sûrement très doué, ce môme, pour que plus de deux mille ans après on parle encore de lui, mais quand même.

Tout cela est ridicule.

C'est décidé, je n'irai pas.

C'est au-dessus de mes forces.

3

19 décembre

La lettre toujours entre les mains, j'oscille entre fou rire et agacement. Ce séjour ne commence pas sous les meilleurs auspices. Au fond, j'aurais dû m'en douter. Dès l'instant où j'ai récupéré Tom et Violette à l'aéroport, tout est allé de travers. Ils n'ont pas arrêté de se chamailler pour un oui ou pour un non. Les bagages, la longueur du trajet à effectuer en train, n'importe quel prétexte était bon. Ils sont ensuite restés mutiques durant la quasi-intégralité du déjeuner, ce qui m'a fait regretter ma décision d'aller finalement passer les fêtes à Vallenot, en dépit de mon aversion pour cette période de l'année.

Quand j'ai répondu de manière positive à son mail, ma mère a sauté de joie ; son courriel de retour était ponctué de points d'exclamation et d'émojis au bord de la névrose. Dans l'heure, ma grand-mère m'a téléphoné pour me demander nos dates et horaires d'arrivée, puis ce que nous souhaitions manger pour le réveillon. À ce moment-là, j'ai sérieusement étudié la possibilité d'inventer un engin à voyager dans le temps, afin de faire machine arrière et tout annuler. Comme cette option n'était pas envisageable, j'ai mis les bouchées doubles côté boulot et prié pour que les fêtes soient abolies cette année. Ce qui n'est évidemment pas arrivé, puisque je me suis retrouvée là, à devoir me coltiner l'ambiance électrique entre mon frangin et sa fille.

Sitôt installés dans le train, Violette nous a fait un drame en apprenant que nous aurions par la suite un quart d'heure de trajet en bus, puis que notre oncle, Xavier, accessoirement curé du village, viendrait nous récupérer en voiture. Lorsque la messe de Noël a été évoquée, ma nièce a menacé de descendre du wagon et de rejoindre sa mère, à Paris. Dans cette bonne humeur générale, j'ai failli téléphoner à mon gynéco pour le supplier de m'ôter l'utérus avant de devenir moi aussi la maman comblée d'une petite fille destinée à devenir une ado en plein enfer hormonal.

Violette ne s'est pas arrêtée en si bon chemin et elle a manqué tomber en syncope à la découverte du tortillard bleu qui traverse les villages montagnards.

— Je ne voyagerai pas là-dedans, a-t-elle marmonné en écarquillant les yeux.

« Là-dedans », c'est-à-dire dans un train rescapé des années quatre-vingt, dont l'intérieur tient davantage du bus que du TER tout confort. Nous l'avons charriée en lui expliquant qu'elle devait s'estimer heureuse, car nous aurions pu prendre le train à vapeur, qui circule encore depuis 1925.

— Il était si lent, autrefois, que les passagers avaient le temps de ramasser des pommes de pin sur le trajet.

Ensuite, ma nièce a décrété que les toilettes n'étaient pas à son goût.

— Elles n'ont pas de fond ! s'est-elle exclamée, la mine dégoûtée. La cuvette est à l'air libre.

Notre hilarité a légèrement froissé sa susceptibilité puisqu'elle est allée s'asseoir à deux banquettes de la nôtre.

— Vous êtes vraiment nuls, à vous marrer comme des débiles ! a-t-elle lâché, vexée.

Le trajet aurait pu être calme. Vraiment. Violette s'est endormie et j'en ai profité pour l'observer avec attention. Ma nièce a peut-être un caractère de cochon, elle n'en reste pas moins magnifique : une peau couleur pain d'épice, de longs cheveux épais noir de jais et des lèvres charnues. Indéniablement, elle a pris les traits réunionnais de sa mère, jusqu'à ses yeux étirés en amande, qui sont toutefois bleus, comme ceux de mon frère. Ses joues conservent encore les rondeurs de l'enfance, à l'inverse de sa silhouette élancée.

Je ne sais pas quelle mouche m'a piquée, mais j'ai soudain fait remarquer à Tom :

— Elle est un peu à fleur de peau, non ?

C'est à partir de ce moment que les choses ont commencé à dégénérer et que j'ai compris que j'aurais mieux fait de rester chez moi.

— C'est tendu, entre Aniata et moi, a soufflé Tom. Violette en souffre un peu.

Surprise, j'ai demandé :

— Vous allez divorcer ?

— J'espère que non.

— C'est si grave ?

Tom a soupiré et regardé autour de lui, comme s'il cherchait une issue de secours.

— J'ai déconné, Léna. Je l'ai un peu trompée.

— Comment peut-on « *un peu* » tromper quelqu'un ?

Mon frangin a sorti son paquet de cigarettes pour le tapoter nerveusement.

— La mère d'un de mes patients. Elle me faisait du rentre-dedans depuis un moment. Je ne dis pas que c'est sa faute, bien sûr, parce que si elle m'avait laissé indifférent, je n'aurais pas craqué…

Ses mots m'ont coupé le souffle. Non, pas lui. Pas Tom, bon sang !

— Tu as couché avec la mère d'un patient ?!

— Je l'ai seulement embrassée. C'était complètement idiot de ma part.

La déception m'a étreint l'estomac et j'ai murmuré, comme pour le supplier de démentir :

— Tom, tu as toujours tout fait pour ne pas devenir ce genre de type.

— Tu penses que je suis comme Papa, c'est ça ?

La réponse m'est restée coincée dans la gorge.

— Je regrette, tu sais, a-t-il poursuivi. J'aime Aniata et je serais prêt à faire n'importe quoi pour pouvoir revenir en arrière. Et ça n'a rien à voir avec Papa.

Agacée, j'ai extirpé une clémentine de mon sac à main et j'ai eu du mal à contenir ma rage en pelant le fruit. Je croyais en Tom. Je pensais sincèrement que mon frère était un mec bien, qui ne céderait jamais à l'appel de la première poufiasse venue au détriment de sa femme. Comme l'a fait Papa avant lui.

Après le décès de son propre père, le nôtre a plus ou moins disjoncté et a trompé Maman. L'aventure a tourné court, néanmoins mes parents ont divorcé et depuis, Papa enchaîne les conquêtes. Il a la bougeotte sentimentale, la lassitude rapide. C'est mon père, je ne le juge pas, mais forcément, tout ça nous a marqués, mon frère et moi. Tom s'est toujours juré que, jamais, il ne reproduirait ce comportement. Et j'étais persuadée qu'il était plus solide, bien plus solide que cela face à une jolie paire de jambes. Il m'a déçue et je sais qu'il a pu lire cette émotion sur mon visage.

— Violette est au courant ? lui ai-je demandé d'une voix étranglée.

— Nous n'avons pas voulu lui mentir. Elle en veut surtout à sa mère qui hésite à m'accorder une seconde chance.

— Hein ? Tu es en train de me dire que ta fille approuve le fait que tu aies trompé sa mère ?

Les passagers assis près de nous ont toisé mon frère, avides de connaître la suite de notre échange.

— Parle moins fort, Léna !

Puis, détachant chaque syllabe :

— Je n'ai pas trompé Aniata.

— Ok, si tu le dis.

J'ai préféré me concentrer sur le paysage et ruminer dans mon coin. Nous longions à présent un cours d'eau figé par la glace, qui serpente entre les roches. Les arbres dénudés m'ont paru transis de froid.

Mon frère a fait bifurquer la discussion sur mes propres amours. Et comme je n'avais pas grand-chose à lui dire, il a soupiré bien fort. Je sais très exactement ce qu'il pense, puisque nous avons déjà eu cette conversation par le passé. Je rêve d'un homme qui soit calme et posé. Un type qui sait ce qu'il veut et agit de façon respectable. Et, accessoirement, qui ne s'empare pas du micro pour chanter « Il est libre Max » lors d'un premier rendez-vous. Selon Tom, je suis trop exigeante.

Jusque-là, mes expériences amoureuses n'ont pas joué en ma faveur. Je suis la reine pour dénicher pile poil ceux qui ne veulent pas s'engager. Il y a eu celui qui, au bout du troisième rendez-vous, m'a avoué qu'il était marié. Celui qui a mystérieusement disparu du jour au lendemain, trois semaines après avoir posé ses affaires chez moi (Facebook m'a appris qu'en fait, sa vie de célibataire lui manquait). Et j'en passe. Aucun ne m'a jamais donné le sentiment d'avoir enfin rencontré la perle rare.

— Le problème, a répété Tom, c'est que tu attends trop des hommes. Et tu finis toujours par être déçue.

M'acharnant sur une nouvelle clémentine, je lui ai jeté froidement :

— Quand on voit que même ceux que l'on pensait irréprochables se mettent à faire n'importe quoi, comment veux-tu que j'y croie encore ?

Les choses auraient pu s'arrêter là, mais quand le destin s'y met, il ne le fait pas qu'à moitié. En attendant notre bus, nous avons expliqué à Violette qu'elle ne risquait pas de croiser une foule de touristes dans les environs, puisque les plus proches domaines skiables sont situés à plusieurs kilomètres. Cette perspective ne l'a pas particulièrement réjouie et elle a bougonné quelque chose comme « espèce de patelin perdu ».

Une fois installés dans l'autocar, ma nièce a brusquement voulu savoir pourquoi je déteste tant Noël.

— Je trouve que cette fête manque de spontanéité. Le seul intérêt que je pourrais éventuellement trouver à Noël, ce sont les Ferrero Rocher.

Elle a semblé hésiter entre l'envie de me poser une nouvelle question et celle de me faire interner d'urgence. Et c'est en voulant relancer la conversation que j'ai à nouveau déclenché les hostilités entre père et fille.

— Alors, tu as demandé quoi, comme cadeaux ?

Elle s'est animée, comme si on lui avait rechargé la batterie.

— Je veux du matériel pour faire des vidéos. Comme les *youtubeuses*.

Les *youtubeuses*. Ces créatures qui vivent dans un monde de licornes et peuvent parler inlassablement de leur nombril devant une webcam, en balançant des « C'est trooooop joli » à chaque fois qu'une marque les couvre de cadeaux.

Tom s'est retourné sur nous, tendu.

— Mademoiselle s'est mis en tête de faire du buzz sur du vide pour devenir célèbre.

— Non, mais t'es dans l'excès, sérieux ! s'est emportée Violette. Tu crois qu'elles ont commencé comment, les stars de maintenant ?

— Et tu penses qu'elles finiront de quelle façon ? Et puis zut, qu'est-ce qu'on attend pour partir ? s'est agacé mon frangin, en constatant que le bus restait à l'arrêt.

C'est là que j'ai définitivement perdu le contrôle de la situation (déjà que je ne contrôlais pas grand-chose !). À peine Tom a-t-il terminé sa phrase que trois hommes sont montés dans le car en remerciant le chauffeur de les avoir attendus.

— Je crois qu'on a la réponse, a dit Violette, d'un air appréciateur. Ça aurait été dommage de partir sans eux…

Alors qu'elle a commencé à se redresser pour mieux reluquer, à l'inverse je me suis tassée sur moi-même, en reconnaissant l'un d'entre eux.

— Je t'interdis de la dévergonder, m'a aussitôt conjuré mon frère, qui a rapidement fait le lien lui aussi.

— Relax, je n'en ai aucune intention.

Les trois hommes ont avancé tranquillement vers le fond du bus et en arrivant à ma hauteur, le deuxième a posé sur moi ses yeux foncés.

— Oh, tiens, salut ! m'a-t-il lancé, surpris, avant d'aller s'asseoir un peu plus loin.

— Tu le connais ? m'a interrogée Violette, sans parvenir à cacher sa surprise.

— Vaguement. On était à l'école ensemble.

En réalité, Clément et moi n'avons jamais fréquenté les mêmes classes du fait de nos deux ans de différence d'âge. Par contre, nous nous sommes considérablement rapprochés durant l'été de mes dix-huit ans. Deux mois durant lesquels j'ai joué les serveuses dans le restaurant de ses parents, afin de payer mes études. Deux mois pendant lesquels nous avons joué au jeu du chat et de la souris, terriblement attirés l'un par l'autre.

Des regards qui en promettaient long. Des SMS. *Bonne nuit, petite princesse.* Des corps qui recherchaient la proximité. Jusqu'à ce qu'il me rejette.

La seule évocation de ce souvenir me pique encore les joues.

Arrivés à destination, Clément s'est avancé vers moi avant que je n'aie pu trouver un moyen de m'enfuir.

— Léna, ça fait un moment !

Comme il n'aurait pas été dupe si j'avais prétendu que je ne le resituais pas, je lui ai demandé, un sourire très faux plaqué sur le visage, ce qu'il devenait.

— Toujours au même endroit. C'est moi qui cuisine, désormais. Et toi, alors, tu es de retour ?

— Oh, seulement pour les fêtes, ai-je répondu d'un ton blasé. Bon, c'était vraiment sympa de te revoir, mais nous devons y aller car mon oncle nous attend.

— Tu aurais pu me présenter, a grommelé Violette, une fois les garçons éloignés. Tu as honte de moi ?

— Au cas où tu n'aurais pas remarqué, je n'avais pas franchement le temps de sortir les cacahuètes pour l'apéro, miss. Et il est beaucoup trop âgé pour toi. Tu veux que ton père m'assassine ?

— Excellente réponse, a approuvé Tom, en avançant à la rencontre de notre oncle.

— Oh, ça va ! a soupiré ma nièce. Il est plutôt mignon, dans son genre, mais les vieux ça ne me branche pas de toute façon. J'aurais plutôt aimé savoir qui était le jeune qui l'accompagnait...

Plutôt mignon dans son genre. Oui, c'est également ce que j'ai pensé durant tout l'été 2004. Clément possédait un charme discret, un corps élancé, un mètre soixante-dix-sept à vue de nez, des cheveux bruns, un visage juvénile. Ce qui le différenciait vraiment et me troublait, c'étaient ses yeux sombres, très sombres, à la limite du noir. Aujourd'hui, il arbore une allure plus mature : une coupe courte et bien coiffée, une barbe qui lui donne un air plus affirmé.

Xavier nous a accueillis avec la jovialité qui le caractérise et l'odeur d'encens de son église imprégnée sur lui. J'ai toujours trouvé ça réconfortant. Bien plus réconfortant que l'atmosphère empreinte d'humidité qui règne sur Vallenot à cause des roches de grès qui dominent le village. Le ciel gris et le calme quasi apocalyptique de l'hiver pourraient plonger n'importe quel moine bouddhiste dans un grand état de stress.

Assise à l'arrière de la voiture, j'ai regardé défiler les premières maisons du bourg, inhabitées. Dans le virage, l'hôtel, qui a pourtant connu de beaux jours, est carrément abandonné, portail rouillé, vitres condamnées. Un nouvel établissement a cependant vu le jour, en face de l'ancien.

— Le cœur du village est beaucoup plus vivant, a tenté de me rassurer mon oncle, comme s'il avait saisi mes craintes.

En effet, j'ai eu tout le loisir de constater que la rue principale s'est parée de ses illuminations de Noël. Les guirlandes scintillent, les commerçants ont orné leurs vitrines avec des villages provençaux miniatures, animés et lumineux. Sur la place de la mairie, le grand sapin est décoré et recouvert de neige artificielle. Le restaurant des parents de Clément ne fait pas exception à la règle. L'enseigne est entourée de loupiotes colorées qui pendent de l'avant-toit et clignotent de façon frénétique. Évidemment, il y a aussi le traditionnel Père Noël voué à grimper éternellement le long du mur, du moins jusqu'à ce qu'on daigne le décrocher.

— Si vous avez l'occasion de vous promener demain, a dit Xavier en s'engageant dans la rue pavée où seules les voitures des riverains sont autorisées, vous pourrez entendre les chants de Noël que la mairie diffuse à travers tout le bourg.

— Comme dans les films ! s'est extasiée Violette, ouvrant enfin la bouche dans un autre but que celui de râler.

Moi, tout ce folklore me donne envie de vomir.

Nous sommes arrivés au moment où le jour commence à décliner peu à peu. La nuit ne tardera pas à avaler les montagnes déjà assombries par le ciel favorable à la neige.

Et nous sommes là, pantois, à ne pas savoir quoi penser de la dernière fantaisie de Maman : nous inviter, puis disparaître.

Tom, hébété, secoue la tête, faisant virevolter ses cheveux bouclés.

— Des rêves à réaliser. Sérieusement ?

Je m'efforce de raisonner avec pragmatisme, bien que ce dernier mot manque de compatibilité avec le caractère de ma mère.

— Que connaît-on de ses rêves, au juste ?

À nouveau, nous nous taisons, jusqu'à ce que Violette intervienne, en se mordant l'intérieur des joues :

— Pourvu qu'elle ne soit pas allée tuer Papi…

La tension nerveuse me fait éclater de rire.

— C'est vrai qu'elle en a longtemps rêvé, reconnaît Tom. Mais je crois qu'elle a dépassé ce stade depuis quelques années. On sait quoi d'autre, à son sujet ?

— Elle collectionne les disques d'Elvis Presley…, commence Violette.

Je complète prestement :

— Et les boucles d'oreilles. Elle adore aussi assortir ses montures de lunettes à sa tenue, les endives au jambon, marcher pieds nus, les parapluies colorés, elle rit trop fort au bout de deux verres de vin, elle refuse de cacher ses cheveux gris, elle déteste les gens qui se prennent au sérieux, la série des Rambo et la fumée de cigarette.

Tom claque des doigts, touché par une illumination soudaine :

— À moins qu'elle n'ait décidé d'ouvrir un restaurant dédié aux endives quelque part dans le monde, elle a sûrement déniché une édition collector d'un disque d'Elvis et elle sera partie le récupérer.

Comme j'aimerais partager son enthousiasme !

— Elle ne précise même pas à quelle date elle a l'intention de revenir, c'est absurde. Vous imaginez, si elle est partie pour toujours ?

Maman ne pourrait quand même pas nous avoir fait ça ? Et si elle en avait marre, d'avoir des enfants pour qui revenir au bercail est synonyme d'ennui et de contrainte ?

— Mamie en saura sûrement davantage, tranche mon frère. Je suggère que nous terminions de nous préparer et d'étudier le problème avec elle. Je réfléchirai mieux devant un de ses bons petits plats.

Assurément, le sang-froid et l'aspect méthodique de mon frère nous sauveront, en cas de fin du monde imminente.

4

— Pourquoi ces visages graves ? s'enquiert ma grand-mère alors que nous pénétrons dans sa salle à manger. Les tartelettes n'étaient pas bonnes ?

Tom répond machinalement :

— Elles étaient délicieuses, comme toujours.

Comme Xavier m'interroge du regard, je leur annonce, agacée :

— Maman a disparu.

L'inquiétude a fait place à l'énervement. Je ne comprends pas pourquoi ma mère s'amuse à nous faire venir en prétendant vouloir célébrer Noël avec nous, si c'est pour s'évaporer en pleine nature.

Ma grand-mère se contente d'un haussement d'épaules désinvolte.

— Disparu ? Je te trouve alarmiste.

Tom lui tend la lettre que ma mère nous a laissée. Elle la lit avant de la passer à Xavier, qui déclare posément :

— Ce billet est plutôt rassurant. Parler de disparition, c'est un peu…

— Excessif ? émet Violette en me lançant un clin d'œil.

— Mais on ne sait même pas où elle est ! Elle qui tenait tant à nous avoir à ses côtés pour Noël…

Mamie prend un air amusé.

— Est-ce vraiment ce qu'elle vous a dit ?

Je regarde mon frère, interloquée. Pas plus que moi, il ne semble comprendre où notre grand-mère veut en venir.

— Était-il vraiment question que vous fêtiez Noël ensemble, avec votre mère ? insiste-t-elle.

J'ai lu le mail suffisamment de fois pour le connaître par cœur, mais je me connecte sur mon smartphone afin de lui démontrer que j'ai raison. Après deux plantages, je lui colle l'écran sous les yeux et m'exclame avec la même fierté qui précède généralement un « Je te l'avais bien dit ! ».

— Regarde !

Lunettes sur le nez, elle parcourt le message de ses iris marron.

— Tout ce que je vois, analyse-t-elle, c'est que Judith vous a invités à passer quinze jours chez elle pour les fêtes. Sans stipuler qu'elle serait présente.

Je lui arrache mon téléphone des mains. Mince, elle n'a pas tort.

— C'est vrai, acquiesce Tom. Mais, et ce qu'elle voulait nous annoncer de vive voix… Elle compte nous téléphoner ? Ce serait bien une première.

— Mamie Ju a toujours été un peu bizarre, fait observer Violette.

Xavier nous invite à nous asseoir et ouvre une bouteille de rouge. Tandis que Tom et Violette prennent place, j'entreprends une dernière tentative pour en savoir plus.

— J'appelle Papa.

Mon frère sursaute.

— Violette n'était pas sérieuse quand elle a évoqué l'option meurtre. Maman a autre chose à faire que se transformer en tueuse avide de vengeance.

Je ne vais pas renoncer pour autant.

— Peut-être qu'il sait quelque chose…

Cela doit bien faire un an que mes parents n'ont pas eu l'occasion de se croiser (c'était lors d'un mariage d'amis communs et les deux ont survécu). Toutefois, entendre la voix de Papa me rassurera. Tom et moi avons beau être en désaccord avec notre père en ce qui concerne sa vie sentimentale, il n'en reste pas moins qu'il a toujours assuré le job avec nous.

Pendant que les tonalités se succèdent, mon regard se pose naturellement sur Xavier, son portrait craché. En dépit de leurs deux ans d'écart, on pourrait facilement les prendre pour des jumeaux : boucles poivre et sel, yeux marron, le visage toujours rasé de près, d'épais sourcils qui apportent de la profondeur au regard. La seule différence notable entre eux, c'est leur mode de vie. L'un change de copine tous les six mois, l'autre est marié à l'Église.

— Allô ?

— Oh, Papa ! Je suis contente de t'entendre !

— Tout va bien, ma puce ? s'inquiète-t-il aussitôt.

Scrutée par l'assemblée, je pousse un long soupir.

— Non, ça ne va pas vraiment. Maman nous a demandé de venir à Vallenot pour les fêtes, mais elle a disparu.

— Comment ça ?

Il n'y a aucune trace de panique dans sa voix, juste de l'ennui. Du genre : qu'est-ce que Judith est allée inventer, cette fois ? Maman est loin d'être quelqu'un d'inconscient, mais son insouciance l'a souvent poussée à commettre des gaffes monumentales. Comme partir faire des courses en oubliant un rôti dans le four ou laisser tout un carnet de chèques à la caisse du supermarché (heureusement, ce n'était pas le même jour). Parce que s'il y a encore une seule personne au monde qui se balade avec l'intégralité de son chéquier dans son sac à main, oui, c'est ma mère.

Je relate brièvement la situation à mon père, qui m'écoute sans broncher.

— Je ne sais pas si cela pourra vous aider, déclare-t-il finalement, mais je comprends ton inquiétude, Léna. Je vous rejoins vendredi, si ta grand-mère est d'accord.

Je n'avais pas vu venir ce soudain élan.

— Papa, je ne veux pas te forcer à changer tes plans…

— Écoute, ma puce, ça me fera plaisir de fêter Noël avec vous. Il y a si longtemps que ce n'est pas arrivé…

Merci de me renvoyer ma mauvaise volonté dans les dents.

— Très bien. Comme tu veux. Anne t'accompagnera, je présume ?

Papa toussote.

— Hum… Céleste. Ma nouvelle compagne s'appelle Céleste. Et je serai ravi de vous la présenter.

Je raccroche et rejoins tout le monde autour de la table. Xavier me propose un verre de côtes-du-rhône que je suis incapable de refuser. Si je ne redoutais pas un coma éthylique, j'en boirais même une bonne dizaine de plus.

Mamie ouvre une boîte Tupperware qui contient des biscuits apéritif défraîchis. Je mordille l'un d'eux et lance, désemparée :

— Je crois que j'ai fait une boulette en appelant Papa. Il débarque vendredi avec sa nouvelle nana.

Ma grand-mère tape joyeusement sur la toile cirée bleu ciel.

— Parfait ! Plus on est de fous, plus on rit !

Le mental hyperactif, elle se plonge aussitôt dans d'intenses considérations :

— Ils pourront dormir ici, ce n'est pas la place qui manque. Et puis, il y aura assez de nourriture pour tout le monde. Il t'a dit depuis combien de temps il est avec cette… voyons, son prénom, c'est quoi ?

— Céleste. Et c'est tout ce que je sais d'elle. Ce n'est pas très prudent d'accueillir une inconnue.

— Léna ! gronde gentiment mon oncle. Il est de notre devoir de recevoir cette femme comme étant un membre de notre famille. Si ton père l'a choisie et qu'il vit avec elle, c'est qu'il l'aime et…

Par pure charité chrétienne, mon oncle aurait été capable d'inviter à dîner Landru, s'ils avaient été contemporains… Je sais qu'il est inutile d'insister. D'ailleurs, Tom change déjà de sujet :

— À tout hasard, est-ce que l'un d'entre vous sait ce que Maman mijote ?

Mamie rougit et détourne le regard.

— La réponse est donc oui, j'en déduis.

— Judith nous a parlé de partir pendant un petit moment, en effet, admet mon oncle.

Xavier ne sait pas mentir. Sa foi le lui interdit. S'il sait où ma mère est partie, il le dira.

— Est-ce qu'elle a dit où elle comptait se rendre ?

Tous les deux secouent la tête négativement. Je suis étonnée qu'ils n'aient pas cherché à en savoir davantage. Mon frère leur en fait la remarque.

— Votre mère est libre de ses mouvements, répond Mamie. Elle n'a pas à justifier ses allées et venues. Ce n'est pas son style, de toute façon.

Je suis bien forcée de reconnaître que ma grand-mère dit vrai. Depuis son divorce, ma mère a décidé de vivre comme elle l'entend, sans rendre de comptes à personne, elle qui, depuis son enfance, a toujours subi des reproches sur sa désinvolture et son sens inné de l'improvisation. Ok. Nous ne sommes pas plus avancés.

Mamie se lève pour aller chercher la soupe. Tom et moi débarrassons les restes de l'apéritif. Les biscuits ramollis n'ont pas remporté un franc succès. Je m'aperçois que Violette jette des regards obliques à Xavier.

— Est-ce que quelque chose te tracasse, mon enfant ? interroge ce dernier, amusé.

Les joues de l'ado se parent d'une légère teinte rosée.

— Je ne voulais pas..., bafouille-t-elle, enfin, je... Je me demandais si tu allais réciter la prière à table.

C'est drôle de constater à quel point Violette est mal à l'aise en présence d'un prêtre, qui est pourtant son oncle. À sa décharge, elle ne le voit pas souvent. De plus, nous ne sommes pas très pratiquants Tom et moi, voire pas du tout.

L'histoire familiale raconte que mes grands-parents ont été très sonnés le jour où Xavier leur a annoncé la vocation qu'il comptait embrasser. Il n'était alors qu'un adolescent tout juste sorti de l'enfance, mais dès son plus jeune âge, les églises l'ont attiré. Le catéchisme a ensuite agi sur lui comme une révélation. Il est bien le seul membre de la famille sur lequel la religion a jeté son dévolu. Cependant, Xavier est très tolérant et respectueux des convictions des autres, rappelant à chacun qu'il n'est pas de son devoir de juger, mais simplement de guider.

Un éclat malicieux passe dans ses prunelles tandis qu'il répond à Violette :

— En fait, nous allons bénir le repas tous ensemble. Tu connais le bénédicité, n'est-ce pas ?

Les doigts de ma nièce se crispent sur son jean.

— Non, mais je n'ai jamais appris ça, moi ! s'écrie- t-elle avec emphase.

Tom et moi éclatons de rire.

— Je te charriais, se moque Xavier. Ta tête aurait pu être drôle à voir si j'avais poussé le jeu jusqu'au bout.

Violette nous toise tous les trois d'un œil mauvais, visiblement contrariée d'avoir fait l'objet d'une plaisanterie. Je la devance avant qu'elle n'ouvre la bouche :

— Je te jure que si tu prononces le mot « *excès* », je te l'apprends, le bénédicité !

— Oh, ça va ! Mon vocabulaire est plus élargi que tu ne le penses.

— C'est encore heureux, avec un père orthophoniste, glousse Mamie en déposant une soupière pleine sur la table.

Je commence à servir le velouté de panais, avant d'aviser un ridicule sapin miniature posé sur le buffet. Je lance à mon frère :

— Tu crois que si on se contente de ça pour décorer chez Maman, elle nous en voudra ?

— Franchement ? Oui. Et pour tout te dire, je m'en voudrais aussi. Je ne comprends même pas que ce genre de choses soit en vente.

Mamie se tourne vers nous.

— Je vous signale que je ne suis pas sourde. Et c'est très pratique pour les personnes qui ne bénéficient que d'un espace réduit.

— Ce qui n'est pas vraiment ton cas, lui fais-je remarquer.

— J'aurais bien opté pour un sapin de trois mètres de haut, mais j'ai une petite-fille qui est allergique aux flonflons de Noël ainsi qu'une arrière-petite-fille qui ne croit plus depuis longtemps au bonhomme barbu, rétorque-t-elle.

Tom se pavane.

— Et un petit-fils auquel tu n'as rien à reprocher.

Je manque d'avaler ma soupe de travers. Si elle savait ! D'ailleurs, elle semble tout ignorer des problèmes conjugaux de mon frère, puisqu'elle lui tapote affectueusement la joue.

— Si vous avez besoin d'un sapin, intervient Xavier, vous en trouverez en vente sur la place de la mairie. Vous pourrez emprunter ma voiture et la remorque.

Violette s'emballe d'emblée :

— Oh oui ! On pourrait en acheter un et le décorer demain ? Hein, Papa ?

Je réprime un soupir, fatiguée d'avance par cette perspective. Journée sapin. L'horreur ultime.

Maman m'a bien eue, avec son mail. *Et j'aimerais que vous veniez. Et ça ferait plaisir à mamie. Et j'ai quelque chose à vous dire.* Ah ça, elle a su s'y prendre, pour toucher la corde sensible ! Et moi, comme une idiote, j'ai foncé tout droit dans le piège parce que je me suis dit qu'après tout, ma grand-mère n'est pas éternelle et que je pouvais bien faire plaisir à ma mère, pour une fois.

Résultat des courses, je vais faire ce que je déteste le plus au monde : participer à tout ce simulacre de joie et de pseudo-magie hivernale. Voilà où m'a menée ma conscience coupable. Si j'avais su…

5

— Une tisane ? me propose Tom alors que Violette vient de monter dans sa chambre.

J'étouffe un bâillement avant de me vautrer entre les coussins du canapé.

— J'ai largement dépassé mon quota d'intimité familiale pour aujourd'hui… Mais comment dire non à mon grand frère ?

D'autant plus que j'ignore à quand remonte la dernière fois où nous avons pu réellement bavarder tous les deux.

— Ce n'est pas si terrible que ça, Léna. Si ?

— J'aimerais partager ta vision des choses.

Mon frangin me dévisage en jouant avec son briquet.

— Je te sens abattue. Tu veux un whisky, plutôt ?

— Une tisane, c'est parfait. Trouve-moi un « digestion facile », j'ai cru que j'allais exploser, avec tout ce que Mamie a cuisiné !

— Tu n'étais pas obligée de te resservir, souligne-t-il en s'éloignant vers la cuisine.

— Cette petite sauce à la moutarde et au vin blanc était succulente. Il aurait été dommage de la gâcher.

J'envoie valser mes bottines et étends mes jambes sur le divan. Les lumières tamisées confèrent une douce atmosphère à la pièce. Je trouve un je-ne-sais-quoi de réconfortant dans cette maison. Peut-être parce que j'y ai passé mes dix-huit premières années. Il y a quelque chose de lénifiant, à revenir sur les lieux qui nous ont vu grandir. L'enfance est évanouie depuis belle lurette, mais les souvenirs persistent, presque tangibles. Les virées à vélo entre amis, les roudoudous qu'on achetait à la boulangerie pour les dévorer à la sortie de l'école, les premiers dessins, les mercredis pluvieux devant le *Club Dorothée*, les chansons écoutées au baladeur… J'ai d'ailleurs affiché cette pensée de Rousseau au-dessus de mon bureau : « L'enfance est le sommeil de la raison. » L'âge d'or de l'insouciance.

Je me demande où est passée la mienne. *Égarée un soir de décembre.*

Je rejette aussitôt cette idée sortie de nulle part. Tom réapparaît, mugs en main et s'installe face à moi dans un fauteuil. Je renifle le contenu de ma tasse avec méfiance.

— Est-ce que je cauchemarde ou c'est un mélange spécial Noël ?

Sa bouche esquisse un rictus taquin.

— Pomme, écorces d'orange, clou de girofle et cannelle… je ne vois vraiment pas en quoi ça t'évoque Noël.

— Et dire que je me croyais en zone décontaminée !

— Chez Maman ? Impensable ! Je te rappelle que demain…

— Oui, je sais, il va falloir décorer un sapin.

— Personne ne t'y oblige. Tu n'as plus cinq ans.

Je lui jette un coup d'œil éloquent.

— Violette et toi seriez déçus.

Je porte lentement la tasse à ma bouche et réfléchis quelques secondes.

— Je ne comprends pas cette obstination à faire semblant. À faire comme si vous aviez le cœur en fête.

— Cela ne t'est jamais venu à l'esprit que nous aimons *vraiment* Noël ? lance-t-il, légèrement irrité.

— À d'autres. Ne me dis pas que l'ambiance plombée à chaque Noël ne t'a jamais dérangé ! Moi, ça m'a marquée à vie. Ni Maman ni Mamie n'évoquaient Papi, pourtant on sentait bien que ça pesait dans l'air.

— Elles voulaient te protéger, soupire mon frère.

Je me raidis instinctivement.

— Me protéger ? Mais enfin, de quoi ?

— Léna, si tu ne te souviens pas, ce n'est pas à moi de te le dire.

Ok, je vois où il veut en venir. On va aborder le chapitre « Léna et son traumatisme refoulé ».

— J'avais sept ans, Tom. C'est normal que mon cerveau ait tout bloqué.

Mon frère avale d'un trait le reste de son infusion et ausculte le fond de sa tasse.

— Les patients qui me fascinent le plus sont ceux atteints de troubles mnésiques. C'est un vrai défi de trouver des clés qui pourraient les aider. C'est dans ces moments que mon métier s'approche de la psychologie.

— Tu sais très bien que je n'ai pas particulièrement envie de me souvenir. Seul l'avenir m'intéresse.

— Certes. En attendant, tu t'interdis d'éprouver de la joie à l'approche de Noël. Tu te laisses manipuler par un sentiment de culpabilité…

Je le coupe vivement :

— Je ne me sens coupable de rien.

Je repose mon mug sur la table.

— En parlant de culpabilité, tu comptes t'y prendre de quelle façon, pour récupérer Aniata ?

— Je n'y crois pas, tu ne rates jamais une occasion, toi !

— Tu m'as tendu la perche. Alors ?

— Je n'en ai aucune idée, avoue-t-il, dépité. J'aime ma femme. Hélas, je suis conscient que ce n'est pas suffisant à ses yeux pour me racheter et me faire pardonner.

— Perso, à sa place, je t'aurais fichu dehors.

— Je n'en aurais pas attendu moins de ta part. Heureusement que je ne compte pas sur toi pour m'apporter un quelconque réconfort.

— Je ne suis pas la mieux placée pour parler d'amour, désolée.

Je me lève et lui propose d'en discuter demain à tête reposée.

— La journée a été longue et nous n'avons plus les idées très claires.

— Tu as raison. Et puis, tu as tout intérêt à être en forme demain, pour nous faire le plus bel arbre de Noël du village.

Je lui jette un coussin à la tête et file me coucher.

Le lendemain matin, aussitôt le petit déjeuner avalé, nous partons en quête du sapin idéal. Mon frère veut que nous prenions le temps de choisir, cette mission lui tient à cœur.

J'aurais nettement préféré rester au fond de mon lit, plutôt que braver la température glaciale. J'ai beau être emmitouflée des pieds à la tête, le froid est mordant et me pique le nez. Nous traversons les ruelles venteuses d'un pas énergique, espérant ainsi nous réchauffer.

— Il va neiger, non ? s'enquiert Violette.

Tom opine du chef, joyeux comme un gosse.

— On dirait bien que Noël sera blanc, oui, répond-il avec enthousiasme.

Je me détourne de la conversation pour redécouvrir les rues pavées de mon enfance. Elles forment un véritable labyrinthe et ont l'air de toutes se ressembler, bordées par les maisons qui s'y dressent depuis des centaines d'années. Vallenot a été édifié au xiie siècle sur une butte de grès, le centre historique étant serré à l'intérieur des remparts. Le bourg conserve des traces d'anciennes échoppes, d'arcades voûtées et de linteaux gravés à l'entrée de quelques bâtisses. Si l'on excepte cette période de l'année dont les enjeux émotionnels me dépassent totalement, je reconnais volontiers que mon fief a belle allure. Une identité qui lui est propre.

— Je me demande pourquoi nous ne venons pas plus souvent, fais-je remarquer.

— Tu sais ce que c'est, marmonne Tom en tirant sur sa cigarette. Le travail, la routine, le manque de motivation.

Je promets à ma nièce de lui montrer le lavoir du XVIIIe siècle, qui fait la fierté des gens du coin, ainsi que les sentiers empierrés qui longent les terrasses de cultures et parsèment les abords du village. Ça nous changera un peu de la frénésie ambiante.

Nous quittons la vieille ville pour nous retrouver en bas, où les commerces sont déjà ouverts. Xavier n'a pas menti ; la musique s'échappe des haut-parleurs et je me trouve plongée directement en plein cauchemar.

— *Jingle bell, jingle bell, jingle bell rock…*, fredonne mon frère, que j'ai d'ores et déjà envie d'étrangler.

En dépit de l'heure matinale, le centre du bourg est animé. Des voitures circulent et passent sur le pont qui enjambe la rivière, pour rallier l'autre berge, celle des quartiers pavillonnaires, des écoles et clubs de loisirs. Les portes de la boulangerie, de la boucherie et de La Poste ne cessent de s'ouvrir et se refermer, la propriétaire du magasin de vêtements a sorti un portant sur le trottoir tandis que le gérant de la supérette recharge un étal de clémentines. La couleur des fruits me rappelle l'époque où ma mère me faisait piquer des clous de girofle dans les oranges, afin de parfumer délicatement la maison.

Tom nous entraîne sur la place de la mairie, où une forêt miniature de conifères a pris ses quartiers. Une odeur résineuse imprègne l'air.

— Trop bien ! s'écrie Violette avant de s'élancer parmi les sapins.

— Naturel ou artificiel ? me demande Tom.

Je lève les yeux au ciel.

— Perso, je m'en fous. Néanmoins, tu connais Maman ; si elle apprend que nous avons introduit un faux arbre dans sa maison, elle nous écorchera vifs.

Une sono est installée près de la caisse et joue *Mon beau sapin.* Version Tino Rossi. Le roi pour vous coller le bourdon en moins d'une minute. Je n'ai jamais compris en quoi ces airs tristes sont censés évoquer la joie et l'allégresse. C'est quand même l'une des plus grosses arnaques de ces deux derniers siècles.

Une voix s'élève derrière nous :

— Bonjour, je peux vous aider ?

Tom et moi pivotons pour faire face à…

— Ludovic ?!

L'étonnement m'a presque fait crier.

— Léna, ça alors ! Quel bon vent t'amène par ici ?

L'espace d'un instant, je me trouve bête, à ne plus savoir quoi dire.

Je m'attendais à tout, sauf à tomber nez à nez avec un ancien copain de classe. Je pensais qu'ils avaient tous fui le village pour s'installer dans des contrées plus peuplées. La vie est décidément pleine de surprises.

— Nous sommes venus passer Noël en famille. Tu connais mon frère, je crois.

Ludovic le salue chaleureusement.

— Tom, c'est bien ça ?

Puis il se tourne à nouveau vers moi.

— Tu n'as pas changé !

— Ravie d'apprendre que je ressemble toujours à une ado.

— Je manque de tact, se rattrape-t-il aussitôt. Ce que je veux dire, c'est que tu es toujours toi… en mieux !

Sa maladresse me fait rire.

— C'est gentil. Donc… tu vends des sapins ?

— Je file un coup de main à un pote pendant mes vacances. Je suis vendeur de télés, en temps normal. Et vous, vous venez choisir l'arbre sous lequel Papa Noël glissera ses paquets ?

Tom acquiesce et tous les deux rejoignent Violette, qui danse d'un pied sur l'autre, entre plusieurs sapins. Je les suis tout en restant à distance raisonnable. Je me demande si Ludo est marié et si j'ai mis suffisamment d'anticernes en me maquillant. Je n'aimerais pas qu'il pense que j'ai une vie minable, après toutes ces années…

D'un doigt, il désigne ma nièce.

— Elle est à toi, cette grande fille ? me demande-t-il, stupéfait.

Je rétablis la vérité sans plus attendre.

— Ah non, ça signifierait que je l'aurais eue à seize ans ! Violette est la fille de Tom. Je n'ai pas encore d'enfants.

— Je t'ai devancé, alors, fait-il fièrement. Je suis papa d'un petit bonhomme de six ans.

— Félicitations !

J'ai bien conscience de mon sourire légèrement crispé, mais je ne parviens pas à paraître plus réjouie. Dès que j'apprends qu'une personne que j'ai fréquentée durant mes jeunes années a réussi sa vie amoureuse (et Maman est très douée pour me faire parvenir ces nouvelles), j'en viens à me demander ce qui cloche chez moi.

Ludovic se tourne vers les sapins et nous conseille sur la bête à choisir, s'attardant sur le tronc ou les aiguilles des uns ou des autres. Je ne l'écoute guère, mais l'observe en douce. Grand et fin, il n'a pas perdu son allure décontractée, depuis le collège. Ses épais cheveux châtain clair se dégarnissent un peu en haut du front et laissent apercevoir quelques rides, mais l'éclat de celui qui n'était jamais le dernier pour faire le pitre anime toujours son regard bleu pâle. Il a plutôt bien vieilli.

— Léna, est-ce que celui-ci te convient ? s'enquiert Tom.

Je jette un coup d'œil indifférent au sapin.

— Il fera l'affaire.

— C'est aussi celui que je préfère ! se réjouit Violette.

Nous suivons jusqu'à la caisse un Ludovic sifflotant *Petit Papa Noël*. Je vais faire une crise d'urticaire si je reste ici trop longtemps. J'envisage de prendre une douche de décontamination au retour. Nous réglons notre achat, puis Ludovic nous remercie avant de s'éloigner à la rencontre de nouveaux clients. Mon frangin doit à présent remonter jusqu'à l'église pour prendre la voiture et la remorque de Xavier, afin d'acheminer l'arbre jusqu'à la maison.

Je propose à Violette d'aller boire un café en attendant son père. Cette dernière acquiesce vigoureusement.

— Je suis partante. On se les pèle sévère, ici.

Ludovic m'interpelle au moment où nous nous éloignons. Je n'aurais quand même pas oublié ma carte bleue à la caisse ? Il nous rattrape en trois enjambées, un franc sourire illuminant son visage.

— Je n'ai pas osé te le demander devant ton frère ; est-ce que ça te dirait de dîner avec moi, un de ces soirs ?

En guise de réponse, j'écarquille les yeux de surprise.

Et ta femme ?

— Euh, je…

— Elle ne voit personne en ce moment et n'a rien de prévu, balance Violette. N'est-ce pas, *Tata* ?

Note à moi-même : penser à lui rappeler de se mêler de ses affaires. Et à ne plus m'appeler « *tata* » en public.

J'hésite vraiment à accepter. Néanmoins, il est peut-être séparé de la mère de son enfant. Et, dans le cas contraire, il n'y a rien d'immoral à passer une soirée à évoquer le bon vieux temps. Ce n'est qu'un dîner, pas un rendez-vous amoureux.

— Ok, pourquoi pas ? Ta date sera la mienne.

Pourvu qu'il choisisse le 24. Pourvu qu'il choisisse le 24.

— Demain soir ? propose-t-il.

Raté.

— Parfait.

— Super. Je passerai te chercher.

Violette et moi le regardons rejoindre de nouveaux clients. Ma nièce ne manque pas de souligner :

— Ça fait pas vingt-quatre heures qu'on est là et tu as déjà un rencard. Je t'admire.

— Je t'assure que cela n'a rien d'un rencard.

Je passe mon bras sous le sien et l'entraîne en direction du café-restaurant, situé juste en face de la place.

6

Violette et moi traversons la terrasse extérieure vide de clients pour nous engouffrer à l'intérieur du *Café du Commerce.*

Une douce chaleur nous étreint aussitôt. Quelques habitués sont attablés, en train de lire le journal ou de discuter, tandis que d'autres prennent les paris sur les courses équestres.

Derrière le bar en pierre surmonté d'un plateau de bois, une femme enveloppée sous un épais pullover rouge frotte vigoureusement un verre.

— Bonjour les filles, lance-t-elle à notre attention.

Cheveux blonds qui dansent sur sa nuque, petite taille et yeux foncés qui respirent l'espièglerie, accent chantant, je reconnais immédiatement Josselyne, la mère de Clément.

— Comment vas-tu, Josse ?

Elle pose vivement son chiffon sur son épaule.

— Oh, mais c'est Léna !

Elle fait le tour du comptoir pour venir m'embrasser. Je lui présente ma nièce.

— Quelle belle fille ! s'exclame-t-elle de sa voix forte et chaleureuse. Les yeux de son père ! Toi, Léna, tu ressembles toujours autant au tien !

Il est vrai que, physiquement, j'ai tout pris de Papa : des grands yeux marron aux épais cheveux châtains, en passant par l'ovale du visage, on ne peut pas s'y tromper.

— Clément m'a annoncé hier soir que tu étais de retour, continue Josse. C'est sympa de passer nous voir !

Cette information me surprend, mais avant que j'aie le temps de répliquer, elle enchaîne :

— Il est justement en train d'élaborer une recette de lait de poule pour la soirée du 31. Est-ce que vous vous dévouez pour goûter, les filles ?

Violette affiche une mine de dégoût, ce qui n'échappe pas à la propriétaire des lieux.

— Pour toi, ce sera évidemment sans alcool.

J'interviens rapidement :

— Pas d'alcool dans le mien non plus, pitié ! Il n'est que dix heures vingt.

— C'est noté, piaille-t-elle jovialement. Installez-vous, faites comme à la maison.

Nous trouvons une petite table libre dans la salle déjà bien remplie. À peine assise sur la banquette en bois rehaussée d'un coussin moelleux, Violette m'interroge, incrédule :

— Tu vas vraiment avaler du lait de poule ? Je ne savais pas que ça se buvait.

Puis, secouant ses cheveux bruns, elle ajoute :

— En fait, je ne pensais même pas que les poules avaient du lait !

J'éclate de rire, tout en me débarrassant de mon manteau.

— Je ne vois pas ce qu'il y a de drôle, se renfrogne-t-elle.

— Ma chérie, c'est juste le nom. Il s'agit de lait de vache normal, avec du jaune d'œuf, du sucre et des épices.

Mon explication ne paraît pas la contenter pour autant.

— T'es sûre que c'est comestible ? Parce que de l'œuf dans du lait, franchement…

Je hausse les épaules.

— Je ne sais pas, je n'en ai jamais goûté.

Josse revient vers nous chargée d'un plateau et pose sur la table nos deux boissons fumantes.

— Et voilà, pour vous, mesdemoiselles ! Clément vous passe le bonjour, il prépare le menu de ce midi, ajoute-t-elle en s'éloignant.

Violette sourit en coin.

— Il a parlé de toi à sa mère.

— Évidemment ! J'ai travaillé ici durant tout un été pour payer mes études.

— Cette femme donne l'impression que vous étiez proches.

— Josse est très chaleureuse, c'est dans sa nature. Elle nous accompagnait à chaque sortie scolaire et aimait être aux petits soins pour nous tous.

— T'es sortie avec Clément ? demande-t-elle brusquement.

Je manque de recracher la gorgée que je viens d'avaler.

— Non.

Elle va en rester là, n'est-ce pas ? Je ne vais pas être obligée de lui raconter qu'après des semaines à nous tourner autour, il m'a rembarrée lorsque je lui ai avoué qu'il me plaisait ?

J'affirme d'un ton que j'espère assuré :

— Il n'y a jamais rien eu entre Clément et moi.

Rien d'autre que des chimères, pourrais-je ajouter.

Nous sirotons nos verres en silence. L'atmosphère un peu désuète de l'endroit associée aux effluves de cannelle et de noix de muscade me plonge presque dans une douce torpeur. Au fond de la salle, le sapin orné de guirlandes multicolores me ramène toutefois à l'abrupte évidence : Noël est dans cinq jours. Une boule d'angoisse m'enserre la gorge, je la fais passer avec une rasade de lait de poule.

— C'est délicieux, murmure Violette.

La porte du restaurant s'ouvre soudainement, charriant une bouffée d'air glacial. Je frissonne sous mon pull en mailles et chuchote à ma nièce en découvrant le nouveau venu : — C'est le cousin de Clément.

Une rougeur envahit aussitôt ses pommettes et je vois bien qu'elle se contient difficilement pour ne pas se retourner. Le jeune homme passe à côté de nous, laissant derrière lui l'effluve d'un parfum bon marché, et lance un bonjour général à l'attention des clients avant de se diriger vers la cuisine.

Josse vient nous demander si tout va bien.

— Le lait de poule est succulent ! dis-je avec un enthousiasme non feint.

— Je savais que ça vous plairait ! Mon fils sera ravi.

Violette garde les yeux rivés à l'écran de son smartphone.

L'air de rien, je m'enquiers :

— Le cousin de Clément est en apprentissage ici ?

— Tout à fait ! Clément forme Lucas. Mon mari est en préretraite et je ne vais pas tarder à suivre, explique-t-elle sur le ton de la confidence. J'avais peur que le restaurant ne finisse par fermer ses portes d'ici quelques années, tu sais ce que c'est dans nos petits villages. Heureusement, la jeunesse est prête à reprendre le flambeau. Mon fils aîné s'occupe des livraisons le jour et travaille en salle, le soir. Tu te souviens peut-être de Rémi ?

Je hoche la tête.

— Je l'ai aperçu hier soir, avec Clément.

Josse repart très vite vers le bar et je tire Violette de son portable.

— Tu as entendu ? Il s'appelle Lucas.

— Non mais laisse tomber, soupire-t-elle. Il est mignon, mais Papa… c'est Papa, quoi.

Je me redresse, intriguée.

— Je ne vois pas ce que ton père pourrait lui reprocher sans même le connaître.

— Son piercing à l'arcade sourcilière, par exemple. Et puis, il doit être majeur.

Tom est quand même gonflé. Je me souviens parfaitement de ses seize ans, quand il fumait en cachette dans sa chambre et donnait des notes aux filles qu'il embrassait ! Je le trouve un peu dur, pour le coup.

Violette poursuit, agacée :

— De toute façon, quoi que je fasse, ça ne va pas. Tu as vu dans quel état il se met juste parce que je veux poster des vidéos sur YouTube ?

Mal à l'aise par le tour que prend notre conversation, je croise les bras sur ma poitrine. Je ne me sens pas particulièrement légitime pour aborder un tel sujet avec elle, mais il faut bien que je réponde quelque chose.

— Il s'inquiète un peu parce que tu grandis. Et puis, j'ai lu que pas mal de youtubeuses sont victimes de harcèlement, de remarques blessantes sur leur physique.

— Non mais les commentaires négatifs, il suffit de les ignorer.

— C'est plus facile à dire qu'à faire, je suppose. Il faut savoir se préserver et ce n'est pas simple.

— Je n'en suis pas encore là, dit-elle en terminant son verre. Je vais être obligée de trouver un pseudo avant de me lancer. Je ne peux rien publier sous le nom de Violette Pichon, c'est la lose de s'appeler comme ça.

Je réplique, amusée :

— Ne critique pas mon patronyme !

— Tu ne te rends pas compte. S'il n'y avait que le nom, encore. Mais quel besoin ont-ils eu de m'appeler *Violette* ? Pourquoi un prénom de bonbons pour grands-mères ?

Je m'esclaffe malgré moi. Je vois bien qu'elle est sérieuse, pourtant.

— Je crois pouvoir affirmer sans me tromper que la violette est la fleur préférée de ta maman. Et je trouve que c'est un très joli prénom.

— Pas compatible avec une future carrière de youtubeuse, tranche-t-elle.

Je souffle lentement, en prenant conscience de l'importance de l'apparence pour les jeunes d'aujourd'hui. Dans les années quatre-vingt-dix, quand j'étais adolescente, le look comptait aussi, évidemment. C'était à qui copierait le style Victoria Beckham ou Kate Moss, mais le culte de l'image n'était pas une priorité pour nous.

Je me demande quelles sont les réelles motivations de Violette et de ces jeunes filles en général, qui exposent une vie fantasmée devant des milliers d'internautes pas tous animés de bonnes intentions : combler un manque de reconnaissance ? Recevoir des produits gratuits ? Suivre la mode ? C'est certainement exaltant, de compter des abonnés à foison, mais cela comporte des risques. Le jour où l'image devient plus forte que la raison, où se situent les limites ? En fait, je comprends les inquiétudes de Tom. Il doit quand même exister un juste milieu.

Je lui suggère simplement :

— Si tu tiens vraiment à lancer une chaîne, essaie de la consacrer à une vraie passion. Tu pourrais même le faire de manière anonyme. L'idée du pseudo, ce n'est pas bête.

Pour toute réponse, elle se contente d'un haussement d'épaules.

***

— On monte chercher les décorations ? lance mon frère, un peu plus tard dans l'après-midi.

J'ai très envie d'objecter que le sapin est tout aussi bien sans boules ni guirlandes, mais je doute d'obtenir l'approbation générale. J'essaie quand même de m'esquiver :

— Je préférerais bouquiner, vous devriez vous en sortir sans moi, non ? Après tout, j'ai rangé les courses et préparé le déjeuner.

— Tu te défiles ? me défie Violette.

— Tu auras tout le loisir de te détendre un peu plus tard, ajoute Tom. Mamie a prévu une raclette pour ce soir, tu n'auras rien d'autre à faire que de glisser les pieds sous la table.

— C'est criminel de manger autant à quatre soirs du réveillon.

— Elle est contente de nous avoir. Bon, tu viens ?

Vaincue, j'attache mes cheveux en queue-de-cheval et les suis d'un pas traînant vers les combles. Chez nous, le grenier ne ressemble pas du tout à un fouillis propre à faire le bonheur des brocanteurs. Quand on connaît Maman, cela peut paraître paradoxal, mais c'est l'endroit le plus ordonné de la maison.

Elle a coupé cette vaste pièce en deux : d'un côté, divers souvenirs et vieilleries soigneusement rangés dans des cartons ou sur des étagères, de l'autre, un temple dédié à la musique qu'elle aime. Un panneau en carton représentant un Elvis Presley grandeur nature trône à côté d'un antique tourne-disque posé sur un meuble bas, qui contient lui-même un grand nombre de vinyles. L'ensemble est surmonté de portraits d'Indiens d'Amérique. Ma mère a disposé un tapis sur le plancher et deux épouvantables fauteuils rescapés des années soixante se font face.

Pendant que Tom et Violette fouinent dans les cartons de décorations, je flâne du côté des quarante-cinq tours et souris en redécouvrant l'un d'eux. Maman passait si souvent les chansons du King que, jusqu'à l'âge de six ans, j'étais persuadée qu'il faisait partie de notre famille. Un lointain cousin d'Amérique. Bien entendu, personne n'osait me détromper. En découvrant la supercherie, j'ai décidé de me rebeller contre les « *Don't be cruel* » inlassablement fredonnés et j'ai attrapé un disque, au hasard... Cette galette que je tiens à présent entre mes mains, je l'ai écoutée en boucle durant des mois.

Je chante lentement :

— *Todas las promesas de mi amor se irán contigo, me olvidarás...*

— *Porque te vas !* s'exclame mon frère. Ce que tu as pu nous persécuter avec cette chanson !

— Et j'ai bien envie de recommencer, dis-je en riant et en insérant le disque sur la platine. Ce sera toujours mieux que ces mièvreries de chants de Noël qu'on entend partout.

Les premières notes du morceau envahissent le grenier. *Hoy en mi ventana brilla el sol...* Sans crier gare, les grésillements du vinyle font jaillir en moi un flot de sentiments presque trop puissants pour être supportables. C'est un feu d'artifice d'émotions liées à mes sept ans qui me reviennent tels de féroces boomerangs, et manquent de me terrasser.

Angoisse, douleur, culpabilité, rage. La crise est aussi violente que furtive. Elle me laisse avec l'envie de me recroqueviller sur le sol et de pleurer.

Au lieu de quoi, pour faire bonne figure, je chante de plus belle, en dansant :

— *Junto a la estación lloraré igual que un niño, porque te vas…*

— Ça devrait être passible d'emprisonnement, de chanter aussi faux ! se plaint Violette en plaquant les mains sur ses oreilles.

— Tu veux que je te dise ? lui répond Tom, d'un ton complice. Ta tante est cinglée.

Ma nièce entreprend de fournir une explication à mon comportement :

— Je crois que Léna est amoureuse ; le type qui nous a vendu le sapin l'invite à dîner demain soir.

J'arrête aussitôt de chahuter et me récrie :

— Ma parole, cette invitation va devenir une information à caractère public ! Je ne suis pas amoureuse de Ludo !

— Ah oui ? réplique mon frère. Tu as les yeux qui brillent, pourtant.

Je ravale les larmes qui perlent encore au bord de mes paupières et me remets à virevolter.

— *Porque te vaaaaaas !*

« *Parce que tu pars* ». Derrière ces paroles, c'est l'image de ma mère qui s'impose.

— Tom ?

— Mmmh ? marmonne-t-il en tentant de démêler les fils d'une guirlande électrique.

— Tu ne te demandes pas où elle a pu partir ?

Il interrompt son activité, fait semblant de considérer la question, puis, d'une voix hésitante :

— Si, bien sûr. Le problème, c'est que ça ne fera pas avancer les choses. Autant attendre qu'elle revienne ou qu'elle nous envoie un mail. Quand on y réfléchit bien, cette histoire ne devrait même pas nous étonner.

Et si, dans son périple dont nous ignorons tout, il lui était arrivé quelque chose ? Je suis bien placée pour savoir que la période de Noël ne protège personne des catastrophes, loin de là.

— Tu es fatiguée, remarque gentiment mon frangin. Tu sais, si tu préfères lire plutôt que nous aider, je n'y vois aucun inconvénient.

Je lui adresse un mince sourire. Il est hors de question que je plombe l'ambiance avec mes états d'âme, qui ont tendance à se multiplier depuis mon retour ici.

— Je me fais du souci pour Maman, rien d'autre. Je vais décorer le sapin avec vous... On s'amuse plutôt bien, tous les trois.

— *Tu* t'amuses plutôt bien, à nous passer des chansons pourries, rectifie Violette.

Tom attrape sa fille par les épaules et lui plante un baiser sur le haut du crâne.

Je m'avise des trois grands cartons que nous devons descendre au rez-de-chaussée. J'en attrape un et me dirige vers le salon, talonnée par mon frère et ma nièce. Le sapin est placé dans un renfoncement, entre la cheminée et une fenêtre.

— Je pense que Maman aimerait que nous fassions des pochoirs sur les vitres, dis-je pensivement, déjà dépassée par la tâche qui m'incombe.

— Ce n'est pas urgent, affirme Tom. Le sapin en priorité. Pour ce qui est des fenêtres, je suis plutôt d'avis d'accrocher les petites guirlandes lumineuses en forme d'étoiles, ce sera plus féerique.

Sans un mot, je pose la boîte sur le plancher et plonge la main dedans. J'en extirpe de jolies figurines que je manie avec précaution, tant elles sont fragiles. Maman nourrit une telle passion pour ces babioles qu'elle en achète de nouvelles chaque année. Je ne compte plus les représentations d'angelots, de sucres d'orge et d'animaux de la forêt suspendus par un fil d'or. Elle a toujours aimé décorer la maison comme l'atelier du Père Noël.

Violette sélectionne quelques chansons de Noël pour se mettre dans l'ambiance. Face à ma tête décomposée, elle s'excuse presque :

— C'est notre rituel, à mes parents et moi.

D'un geste, je lui indique que tout va bien.

Une musique joyeuse retentit et, rapidement, Mariah Carey hurle « *All I want for Christmas is you* ». J'ai envie de hurler moi aussi, de supplier qu'on m'achève.

Si ma motivation à leur faire plaisir en prend un sacré coup, je ne cille pas. J'accroche sans broncher un bonhomme de neige en verre que Tom me tend. Puis une petite pomme de pin. Jusque-là, je gère. Je n'irais pas jusqu'à prétendre que la magie de Noël s'immisce en moi ; mes gestes manquent de naturel et je reste pressée qu'on en finisse.

Tout à coup, quelqu'un sonne à l'entrée. Je me précipite pour ouvrir, trop heureuse d'être sauvée par le gong. Mon oncle se tient sur le pas de la porte, une assiette de biscuits à la main. Des arômes irrésistibles de cannelle et d'amande s'en élèvent.

— Mamie a pensé que vous aimeriez en grignoter pendant que vous décorez, déclare-t-il avec gaieté.

C'est un mauvais rêve et je vais forcément me réveiller. Je vais ouvrir les yeux, Maman sera là, la maison déjà ornée de toutes ses guirlandes scintillantes.

— Quelle bonne idée ! approuve mon frère en accrochant la couronne à la porte, avant de s'emparer d'un sablé en forme d'étoile recouvert de glaçage rouge.

Je dépose l'assiette sur la table basse et propose un café à Xavier, bien heureuse de l'accompagner dans la cuisine.

— Je ne suis pas mécontente de faire une pause, je lui avoue tandis que les premières notes de *Vive le vent* s'élèvent du salon.

— Cela ne te réjouit pas le cœur ? demande-t-il avec la bienveillance qui le caractérise.

Je m'adosse contre le plan de travail, tentant de décrypter comment il est possible d'être aussi optimiste que Xavier dans un monde comme le nôtre.

— On dirait que c'est une obligation. Est-ce que je suis la seule à exécrer cette fête ?

Il mélange le sucre dans son café et réfléchit durant quelques secondes avant de répondre :

— Non. Sais-tu que le taux de suicides atteint son maximum à la période de Noël ? C'est à ce moment précis que la solitude frappe de plein fouet.

Je renifle, perplexe, et souffle sur le café encore trop chaud.

— Moi, j'aime bien passer Noël toute seule.

Xavier m'observe, de son regard doux.

— Et que fais-tu, en général ?

— Comme chaque jour : je me lève, je prends ma douche, je mange. Je peste après la sécu qui tarde dans ses remboursements, contre ma prochaine déclaration à l'Urssaf. Je regarde le temps qu'il fait, je rêve aux prochaines vacances. Je travaille.

— Très bien, reconsidérons les choses sous un autre angle : si tu ne travaillais pas, est-ce que tu apprécierais autant de t'isoler pour Noël ?

Je proteste :

— Je ne suis pas isolée !

— Tu ne réponds pas à ma question.

— Eh bien, si je ne travaillais pas, j'imagine que je ferais autre chose : regarder des films, partir en voyage.

— Tu fais donc tout pour oublier que ce n'est pas un jour comme un autre, assène-t-il en réajustant son col blanc.

Comme je ne trouve rien à répliquer, il poursuit :

— Certaines personnes n'ont pas cette capacité d'éluder que c'est Noël. Elles donneraient n'importe quoi pour avoir une famille avec qui le célébrer. Un ami, même. Et ce n'est pas le curé qui te parle, là. Noël, c'est au-delà de la religion. C'est un symbole de partage et de réunion.

Je ravale un sanglot. Ce n'est pas le moment de lâcher les chutes du Niagara, zut.

— Est-ce que tu sais, Xavier, que pour moi, Noël est à jamais lié à la mort de Papi ?

Il commence à ouvrir la bouche, mais je ne le laisse pas terminer. Les choses ont besoin de sortir et c'est mon oncle qui va en faire les frais. Je lui explique que j'ai beau ne me souvenir de rien, je n'ai en revanche jamais pu oublier tout ce qui en a découlé : la crise existentielle de Papa et les efforts de Maman pour que cette fête soit à nouveau joyeuse en dépit de tout ça.

— Tout à l'heure, j'ai ressenti des trucs que je pensais avoir occultés depuis belle lurette. Je n'aime pas ça, non, je n'aime vraiment pas ça.

Xavier hoche doucement la tête et m'assure qu'il comprend.

— C'est à toi seule de décider si tu veux ou non que Noël redevienne pour toi ce qu'il n'aurait jamais dû cesser d'être.

J'avale d'un trait le fond de ma tasse.

— Je présume que, pour ça, il faudrait que ma mémoire débloque pas mal de choses.

Xavier se lève et m'étreint avec affection.

— Tu as forcément les ressources nécessaires. Il te suffit de les puiser en toi… si tu en as envie, bien sûr.

***

— Une bonne raclette, voilà qui fait du bien à coup sûr ! déclare Tom en faisant couler son morceau de pomme de terre avec une gorgée de vin rouge. On devrait en prescrire sous forme de thérapie.

J'approuve avec force.

— Je suis certaine que ton concept remporterait un franc succès. Associé à une cure d'amaigrissement, naturellement.

Ma grand-mère sourit de nous voir si fanfarons, puis demande à mon frère comment se porte Aniata.

Ma bonne humeur se fige. L'ambiance risque de devenir un peu plus tendue.

Violette dégaine son smartphone et se réfugie dans une conversation sur Snapchat. Xavier remplit nos verres tandis que Tom relate, gêné, la situation de son couple. Armée de ma fourchette, je fais des nœuds dans mon fromage.

— Comment a-t-elle su que tu avais embrassé cette femme ? s'enquiert Mamie, tout en rassemblant du tranchant de la main des miettes de pain éparses sur la table.

— Je lui ai tout avoué parce que je culpabilisais, répond Tom.

— Mais tu es bien bête ! Ce qu'elle ignorait ne pouvait pas lui faire de mal.

— Maman ! s'horrifie Xavier.

— Quoi ? se défend-elle. Passer toute une vie avec la même personne, c'est long. Un petit coup de canif dans le contrat, ça peut arriver. C'est humain.

J'ouvre la bouche et reste ainsi, muette. Je crois que Tom est lui-même choqué que Mamie vienne à sa rescousse.

— Il n'y a pas de quoi faire une affaire d'État pour un simple baiser, insiste-t-elle.

Cette fois-ci, je bondis franchement.

— Il n'y a rien de plus intime qu'un baiser, au contraire ! C'est un abandon total à l'autre.

— À ton époque peut-être, émet Violette, qui en a lâché son smartphone.

Elle veut sûrement parler de l'ère des dinosaures.

— De nos jours, poursuit-elle, ça ne signifie presque plus rien. On roule des pelles comme on ponctue un SMS par un smiley.

— Oh mon Dieu, soupire Tom. Je ne veux pas savoir ça, Violette.

Ma grand-mère conclut, avant que je n'aie le temps d'intervenir :

— Tom, mon chéri, c'est auprès de ta femme, que tu rentres le soir. C'est elle que tu aimes. Elle devrait en être consciente.

Cette conversation devient surréaliste. J'ai dû me tromper de famille, c'est la seule explication plausible.

— Ce n'est arrivé qu'une seule fois, précise mon frangin, comme pour se dédouaner davantage.

— Raison de plus pour ne pas juger. Tu as embrassé une femme que tu ne reverras sans doute jamais. Cela peut arriver à tout le monde, mes pauvres enfants. Est-ce que ça vaut la peine de gâcher seize ans de mariage pour autant ?

— Tu devrais appeler Maman pour le lui dire, s'agite Violette. Parce qu'aux dernières nouvelles, elle n'était pas franchement de ton avis.

— Ego de femme blessée. Tes parents se sont mariés jeunes, ma puce. Ni l'un ni l'autre n'a connu personne d'autre. C'est normal de penser parfois que l'herbe pourrait être plus verte ailleurs. Peut-être que ta maman devrait faire pareil..., termine-t-elle, songeuse.

— Mamie ! s'exclame Tom, choqué.

En fait, ce matin, j'ai dû me réveiller dans un monde parallèle.

Ou alors c'est Mamie qui a trop abusé du vin.

***

— Il neige ! s'écrient en chœur Tom et Violette lorsque nous sortons pour rejoindre la maison maternelle.

Je laisse un sourire flotter sur mes lèvres. La neige, contrairement à Noël, ça me plaît. J'ai connu les sorties scolaires pour aller skier, fabriqué un nombre incalculable de bonshommes de neige et me suis souvent retrouvée allongée sur le dos, à battre des bras et des jambes pour esquisser la forme d'un ange. La montagne fait partie intégrante de moi. Ce sont mes racines. Même si, depuis que je vis à Nice, j'avais oublié qu'il pouvait faire si froid.

Le vent pousse doucement les flocons qui s'écrasent sur le sol en silence. Je grelotte en insérant les clés dans la porte. J'ignore si Tom et sa fille comptent passer la nuit à regarder la rue jusqu'à ce que l'asphalte devienne entièrement blanc, mais pour ma part j'ai bien l'intention de me réchauffer.

Ils me suivent sans broncher et je vais me faire couler un bain brûlant. C'était mon petit plaisir, lorsque je vivais encore chez ma mère : me plonger dans l'eau chaude en regardant voltiger les flocons, par la fenêtre. J'attrape un des rares romans de Gilles Legardinier que je n'ai pas encore lus, remonte mes cheveux en chignon, dépose une serviette sur le radiateur pour ne pas mourir de froid après mon bain et m'adonne à ce délice réconfortant.

L'eau parfumée à la noix de coco chasse toutes mes tensions et dénoue mes muscles transis. C'était sans compter sur l'intrigue du livre, qui parle d'un homme qui rend tout le monde heureux autour de lui alors qu'il a complètement délaissé sa fille après la mort de sa femme.

Dans ma tête, une alarme me rappelle que mon père débarque après-demain avec sa copine. Si nos liens n'ont rien d'orageux, une légère appréhension me gagne peu à peu. Est-ce que sa nouvelle compagne sera la bonne ? Vais-je pouvoir apprendre à la connaître sans avoir à la rayer de ma vie dans deux mois ? Et si cette Céleste était une pimbêche imbuvable ? Avec Papa, c'est parfois un peu la loterie. On espère qu'il remportera enfin le gros lot, mais ça reste en général très hasardeux.

J'espère que Tom n'est pas en train de glisser sur la même pente que lui. Ah, si seulement Maman était là ! D'ailleurs, si jamais elle revient en plein repas de Noël, on gère les choses comment ? Je ne pense pas que les assiettes volent, mais la situation risquerait de devenir bizarre.

Je m'efforce de respirer et de ne plus penser à rien. J'essaie de me répéter que tout va bien se passer, malgré une petite voix insidieuse qui me susurre que je ferais mieux d'anticiper les choses. Je déclare forfait et renonce à ma lecture. Je n'arriverai pas à me détendre ce soir.

Aussitôt sortie du bain, je descends dans le salon, décidée à appliquer du rouge sur mes ongles. Je trouve Violette et Tom en pleine partie des *Mystères de Pékin*.

— Tu te souviens du nombre de fois où je t'ai mis la pâtée, frangine ? raille Tom.

— Comme si c'était hier ! Un conseil, Violette, garde-le à l'œil : il trichait, à l'époque.

— Jamais ! s'offusque mon frère. Tu veux te joindre à nous ?

Je lui désigne le flacon de vernis.

— J'ai d'autres plans, désolée.

Violette me regarde malicieusement et diagnostique :

— Elle se fait belle pour son rencard.

— Je détesterais vraiment devoir te mettre à la porte, je grogne d'un air sévère.

Je m'installe sur le canapé pendant qu'ils continuent leur partie. Hélas, je ne parviens pas à empêcher mon cerveau de ruminer. Mes neurones vont finir par court-circuiter.

— Tu sais, Tom, j'ai été choquée par les propos de Mamie.

— Mmmh… Je comprends. Pourtant, elle n'a pas totalement tort. Parfois il m'est arrivé de me demander quel effet ça ferait de tenir une autre femme dans mes bras et…

— Fais comme si je n'étais pas là, surtout, l'interrompt Violette.

— Excuse-moi, ma puce. Tu n'as pas à entendre ça. Je voulais juste dire que ta mère me manque.

— Ça ne te servira à rien de penser ça si tu ne le lui dis pas, je fais doucement remarquer.

— Je sais. Je sais…

Ma nièce semble déjà se désintéresser de la conversation et sort son smartphone de sa poche. Tom poursuit, son regard se perdant dans les flammes de la cheminée :

— Ce qui me manque le plus, ce sont tous les petits détails. Même ceux qui pouvaient parfois m'irriter, c'est fou. Ses pieds glacés qu'elle collait contre mes mollets, la nuit. Sa façon de vouloir chanter plus fort que Balavoine sur *Le Chanteur* ou de ne jamais aller plus loin que l'album *3* dans la discographie d'Indochine. Sa manie de rentrer le ventre quand elle se pèse et d'affirmer que la balance déconne car le résultat ne lui convient pas. Les moments où elle se cale contre moi quand on regarde un film et qu'elle en devine la fin.

Il va me faire chialer, ce crétin.

Violette range son portable et manifeste un air satisfait. Tom lui propose de reprendre leur partie.

Loin de moi l'envie de jouer les trouble-fête, mais une fois encore, j'ai besoin d'extérioriser mes craintes :

— Tu crois qu'un jour Papa parviendra à rester plus de six mois avec la même personne ?

Mon frère repose sa carte sur le plateau et me lance un regard dans lequel je devine une lueur d'agacement.

— S'il est heureux comme ça, fichons-lui la paix.

— Il n'empêche que je me demande s'il existe sur cette Terre un seul type posé.

— Tu le sauras peut-être demain soir, plaisante ma nièce. Tu imagines si Ludovic est l'homme de ta vie ?

J'étale une couche de rouge sur mon index.

— Le grand amour, c'est comme le Père Noël, j'ai cessé d'y croire. Je suis prête à parier qu'il est casé.

— Le Père Noël ?

— Non, banane. Mon rencard, comme tu l'appelles. De toute façon, dis-je en me redressant un peu, je n'en attends strictement rien. Je vis à cent bornes d'ici, ce n'est pas pour m'engager dans une relation à distance.

Mon frère pousse un long soupir.

— Tu te compliques la vie. C'est tellement dommage.

Mon pinceau reste suspendu en l'air.

— Comment ça ?

Il secoue la tête.

— Je te préviens, ça ne va pas te plaire.

Il marque une pause et regarde le plafond. Violette se dérobe sous prétexte d'aller nous chercher des verres d'eau. Tom rive à nouveau ses yeux sur les miens. À le voir, on dirait qu'il s'adresse à une cause perdue.

— Tu reproches à Papa de changer souvent de copine. Et toi, à trente et un ans, est-ce que tu as une vie amoureuse constante ? Ne me réponds pas. Ce n'est pas une critique à ton égard. Je constate seulement que tes petits amis n'ont jamais vraiment trouvé grâce à tes yeux.

J'inspire profondément et me fais violence pour ne pas quitter la pièce comme une furie. J'ai l'impression d'assister à mon propre procès.

— Conclusion ?

— Tu as été témoin du mal que Papa a fait à Maman et tu es restée bloquée là-dessus. Tu as peur de subir la même chose. Alors, en réaction, tu choisis des hommes dont tu ne tomberas pas amoureuse parce que tu penses que ça te prémunit contre la souffrance.

— Arrête avec ta psychologie à deux balles, Tom.

Pourtant, il enfonce le clou :

— Aimer ce n'est pas forcément souffrir.

Impossible de ne pas me départir de mon calme.

— Je monte me coucher. J'en ai marre de ces sornettes.

— Comme tu voudras. Mais essaie d'y réfléchir. Il y a un fond de vérité quand Violette présume que Ludo espère plus qu'un simple dîner. C'est peut-être un chic type, tu peux au moins lui laisser le bénéfice du doute.

— Tom…

Lassée, je ferme les yeux, paupières serrées au maximum, jusqu'à ce que la voix de ma nièce retentisse.

— C'est bon, vous avez fini ? Je peux revenir ?

Je me réfugie dans ma chambre d'ado, aux murs encore recouverts des pêle-mêle que je fabriquais à partir de photos découpées dans des revues. Une seule journée écoulée et j'ai déjà besoin de décompresser. Dans quel état est-ce que je vais me retrouver à la fin de mon séjour ?

7

— Waouh ! C'est super beau ! s'exclame Violette en admirant le jardin tapissé de neige.

Je déclare en souriant :

— Et puisque le soleil est au rendez-vous, je t'invite à enfiler ta doudoune. Nous allons déguster le petit déjeuner sous la véranda.

— T'es pas sérieuse ? s'affole-t-elle. On va se geler !

— On va prendre des plaids, intervient Tom, aussi joyeux que moi.

Contre toute attente, la nuit a été reposante. Je me suis levée avant tout le monde, d'excellente humeur. J'en ai profité pour confectionner des pancakes et, en début d'après-midi, je compte emmener ma nièce en vadrouille. L'effort physique devrait m'aider à évacuer mon stress avant mon rendez-vous avec Ludovic.

Tom et Violette pourraient avoir raison, après tout. Je ne me projette pas suffisamment loin pour me dire que Ludo sera l'homme de ma vie, mais si nous accrochions bien ? Ce n'est pas parce qu'il a un enfant qu'il est forcément marié. Et il ne tient qu'à moi d'en avoir le cœur net.

Mon frère et sa fille disposent en chahutant bols et couverts sur la table. Enroulée dans une couverture, je me laisse aller à contempler le paysage autour de moi, protégée par la vitre qui nous sépare du vent. Les horizons sont blancs et les rayons du soleil, en plus de nous faire grâce de leur réconfortante chaleur, se réverbèrent délicatement sur la neige.

— Je suis désolé pour hier soir, Léna, commence Tom. J'ai peut-être été un peu brut de décoffrage.

Je hausse les épaules et mords dans une grosse crêpe recouverte de confiture à la framboise.

— Tu vas me dire que c'était pour mon bien, je te connais.

— Donc tu ne m'en veux pas ?

— Là n'est pas la question. La question, Tom, c'est que tu devrais surtout te focaliser sur Aniata. Je pense que si tu veux la reconquérir, tu as tout intérêt à te bouger.

Violette lève le pouce en ma direction et je continue dans mon élan :

— Depuis que nous sommes arrivés, tu ne lui as pas téléphoné une seule fois.

— Je n'ai pas osé. J'ai peur qu'elle le prenne mal.

Je m'esclaffe.

— Dans ces cas-là, ne sous-entends plus jamais que je ne connais rien à l'amour. Tu es un crétin fini, pardonne-moi.

Il me considère, interdit, puis se sert un second mug de café.

— Un crétin, vraiment ?

— Oui, confirme Violette. Parce que moi, je suis sûre que Maman adorerait avoir de tes nouvelles.

Mon frangin m'attendrit autant qu'il m'exaspère ; je me demande comment il parvient à rééduquer ses patients. Son métier n'est pas seulement fondé sur le langage oral, mais aussi dans l'accompagnement de problèmes neurologiques plus lourds, ce qui implique forcément un grand investissement personnel. Il fait preuve d'une certaine forme de psychologie afin d'aider au mieux les personnes qui ont besoin de lui et semble néanmoins en oublier toutes les bases lorsqu'il s'agit de son couple ou de sa fille.

Je mettrais ma main au feu qu'à force de se jurer qu'il ne deviendrait pas comme Papa, Tom s'est plaqué sur les épaules une pression inutile qui se répercute aujourd'hui sur sa vie de famille. En a-t-il seulement conscience ?

Violette balance doucement la tête, en rythme avec la chanson diffusée dans ses écouteurs. Je désigne son smartphone et lui demande ce qu'elle écoute.

— *Sign of the Times.*

Penser à mettre ma culture à niveau.

— Je ne connais pas, c'est quoi ?

— Une chanson d'Harry Styles. Elle est trop belle.

— Je peux écouter ?

Elle me tend une oreillette et je grimace en entendant un jeune homme forcer dans les aigus.

— C'est abominable, Violette. On dirait que quelqu'un lui broie les…

Elle esquisse un mouvement d'impatience et me coupe :

— Attends le refrain, tu vas voir. Ça va te coller des frissons partout.

Je patiente durant quelques secondes, jusqu'à ce que ce Harry machin, d'une voix plus affirmée, me donne pour injonction de cesser mes pleurs et de profiter des choses qui ne vont pas si mal ici. Pour qui se prend-il, ce minot ?

— Ce n'est pas mon style, mais je comprends que ça te plaise. Il y a vingt ans, ça aurait été le slow idéal pour emballer.

Je me sens vieille, tout à coup ! Tom allume une clope en ricanant.

— Oh, tu sais, c'est du même niveau que les trucs stupides que tu écoutais à l'époque. Tu étais amoureuse de ce type qui chantait dans les Worlds Apart… Violette a tendance à abuser de superlatifs dès qu'elle nous parle de Harry Styles. Il vous en faut peu.

— C'est l'âge. Les premiers émois amoureux, tout ça.

Mon frangin pose sa main sur la mienne.

— Je sais bien. Mais c'est flippant de voir sa propre progéniture avoir des étoiles dans les yeux quand elle parle d'un garçon. Et je ne pense pas forcément à ce chanteur, là.

Je lui adresse un sourire éloquent.

— Laisse-moi deviner : tu as peur qu'elle tombe sur un mec qui la fera souffrir ?

— Bon, d'accord, reconnaît-il piteusement en exhalant la fumée. C'est nul. Surtout avec le discours que je t'ai sorti hier soir.

Je fais tourner ma tasse entre mes mains pour les réchauffer.

— N'en parlons plus. Comme le chante l'idole de ta fille, amusons-nous et profitons. Qui est prêt pour une bataille de boules de neige ?

Une heure plus tard, le bombardement s'est transformé en la création d'un charmant bonhomme de neige, auquel je prête mon écharpe rose afin qu'il n'attrape pas froid, tandis que Violette lui plante fièrement une carotte en guise de nez.

Nous avons tous les trois six ans et cette régression en plein air me fait un bien fou, je dois l'admettre ! Les fêtes ne seront peut-être pas si compliquées que je le redoutais, en fin de compte.

***

— On rentre vers quelle heure ? me demande Violette, un peu plus tard, alors que nous nous dirigeons d'un pas décidé vers un chemin caillouteux.

— Suffisamment tôt pour que je puisse enfiler quelque chose d'un peu plus classe qu'un jean avant mon rendez-vous. En attendant, je t'emmène explorer les environs. Là, nous nous trouvons sur une ancienne voie romaine.

Je lui explique que le sentier a été pavé durant le XIXe siècle mais que son tracé remonte à l'Antiquité. Il est jalonné de références religieuses car il mène jusqu'à une chapelle, en passant sur un pont vieux de quatre siècles. Au printemps comme en été, la vue dégagée sur les montagnes verdoyantes et les terrasses de cultures est superbe. Et je dois reconnaître que lorsque le panorama est recouvert d'un manteau blanc, ce n'est pas mal non plus.

Marcher sur ce chemin naturellement tracé par l'homme se révèle relativement simple, malgré la neige qui commence à fondre par endroits. Nous restons sur les traverses les plus sûres car je ne souhaite pas prendre la responsabilité de l'entraîner sur des sentiers dangereux, pour lesquels nous ne sommes pas équipées. À certains niveaux de la montagne, les passages sont si étroits que l'on doit se plaquer contre la roche pour continuer à avancer sans risquer de tomber dans le vide. Ces endroits font le bonheur des férus d'escalade et de sensations fortes, qui défient la hauteur en grimpant sur les blocs de grès.

Très vite, nous jouissons d'un merveilleux point de vue sur le village, qui émerge entre les pins sylvestres, les chênes et les châtaigniers. Ma nièce regrette aussitôt de ne pas avoir emporté l'appareil photo de son père.

— Je vais essayer quelques prises avec mon iPhone, explique-t-elle, mais le rendu ne sera pas pareil.

Je lève un sourcil.

— Tu aimes la photo ? C'est marrant, ton père a eu une longue période où il mitraillait tout ce qui passait à portée d'appareil.

— Ça lui arrive encore de temps en temps. Mais il préfère le noir et blanc. J'aime mieux travailler sur les couleurs de la nature.

— Je peux voir ?

Elle fait défiler sur l'écran quelques clichés, que je trouve particulièrement réussis ; les péniches en mouvement sur la Seine, Notre-Dame-de-Paris surmontée de sombres nuages annonciateurs d'orage, le jardin du Luxembourg et ses statues presque vivantes sous l'objectif de ma nièce. Elle est vraiment très douée pour rendre incroyables des choses qui peuvent paraître banales !

Il me vient une idée, que je me risque à lui soumettre :

— Plutôt qu'une chaîne YouTube, tu as pensé à ouvrir un compte Instagram sur lequel tu pourrais exposer tes photos ?

— Bof… Tu crois vraiment que je suis assez talentueuse pour ça ?

Je la rassure quant à son don pour la photographie.

— Tu sais, si certains parviennent à obtenir des centaines de « like » sur leurs photos de petits déjeuners, ton style ne pourra que plaire.

— Je ne pensais pas que tu connaissais Instagram, me charrie-t-elle.

Je lui décoche un petit coup de poing dans l'épaule.

— Dis donc, ce n'est pas parce que j'ai le double de ton âge que je suis forcément has been ! Les réseaux sociaux m'ont beaucoup aidée à développer mon activité professionnelle. Il n'y a pas que des mauvais côtés.

En dépit de son calme apparent, je la sens enthousiasmée par mon idée. Elle a la mine vive et enjouée des personnes qui mettent en place des projets importants à leurs yeux.

Je l'encourage une dernière fois dans cet élan :

— Sincèrement, ça vaut la peine que tu y réfléchisses.

Elle éclate de rire.

— On dirait Papa quand il te fait la morale. Comme hier soir.

Je fronce le nez.

— Moi qui espérais passer pour la tante cool et moderne.

— Moderne ? C'est raté ! Tu ne connaissais même pas Harry Styles.

Nous plaisantons en cheminant sous les arbres dénudés. Nos pas crissent en s'enfonçant dans la neige et, une fois arrivées face à la vieille chapelle, je lui propose de faire demi-tour.

— Il y a des abris sous roches, un peu plus loin, mais c'est risqué de s'engager sur les accès étroits par ce temps.

— Des grottes ? J'aimerais vraiment les voir, Léna !

Je secoue la tête, inflexible.

— Impossible. Elles datent du néolithique et les pistes sont trop ardues.

— Du genre ?

— Avec le vide tout autour. Les randonnées y sont même franchement déconseillées en cas de vertige.

Lisant la déception dans son regard, j'avise l'heure et suggère :

— Puisque nous avons un peu de temps devant nous, est-ce que ça te dirait une balade en forêt ?

Son intérêt s'éveille à nouveau.

— C'est loin ?

— Non, on va redescendre en contournant le village et arriver derrière la gare.

En route, Violette me demande si, d'après moi, ses parents ont une chance de se remettre ensemble.

Je compatis à sa peine et m'efforce de ne pas laisser mes ressentis personnels prendre le dessus.

— Je l'espère. J'ai toujours trouvé qu'ils formaient un beau couple, tous les deux.

Elle opine du chef.

— Hier soir, j'ai enregistré Papa quand il a énuméré ce qui lui manque chez Maman. Si ça peut jouer en sa faveur…

— Tu es extraordinaire ! J'avais bien remarqué que tu bidouillais sur ton portable, mais à aucun moment je n'aurais pu imaginer ce que tu faisais réellement.

— Cela s'appelle l'ingéniosité, répond-elle sans modestie aucune.

Ma nièce jette un coup d'œil circulaire autour d'elle et reprend :

— C'est quand même chouette, par ici. Pourquoi vous n'êtes pas restés, Papa et toi ?

Je la considère un instant, perturbée par sa question que je n'avais pas vu venir. Que lui répondre, à part qu'à l'instar de mon père, nous avons pris la poudre d'escampette dès que nous l'avons pu ?

— Les parents de ta mère avaient leurs attaches à Paris et il était plus facile pour Tom de s'établir là-bas. Tu dois le savoir, non ?

Elle affiche une moue peu convaincue.

— Et toi ?

Jamais elle n'arrête de poser des questions ?

— J'ai suivi mes études à Nice et la vie a fait que j'y suis restée. C'est aussi simple que ça.

— J'espère pouvoir revenir pendant les prochaines vacances. Il y a tellement de beaux endroits à photographier… Est-ce que Papa t'a dit que je repars la semaine prochaine parce que Maman veut que je sois avec elle pour le Nouvel An ?

Pauvre Violette ! Si cette situation a été mon quotidien lorsque j'étais môme, pour elle c'est tout nouveau.

— Je suis dégoûtée, soupire-t-elle. Maman pourrait mettre son ego de côté et nous rejoindre. C'est relou.

— Elle doit se poser beaucoup de questions, elle aussi. C'est noble de ta part, de chercher à les aider et je comprends ta démarche. Mais ils sont les seuls à pouvoir réparer leurs blessures.

La gare apparaît en aval et nous y parvenons en quelques minutes. D'un geste de la main, je désigne à Violette un sentier forestier.

— Ton père et moi avons beaucoup traîné dans les parages, quand on était gamins.

Un souvenir d'enfance remonte à la surface tandis que nous longeons le bas-côté de la départementale, attenante au chemin rendu boueux par la neige.

— Chaque année, avant Noël, nous venions chercher du houx pour décorer la table.

— On pourrait essayer d'en trouver, qu'en dis-tu ?

Ces dernières paroles me donnent la sensation d'un uppercut dans l'estomac. Violette s'engage dans l'allée forestière, sans se douter un seul instant du trouble qui me gagne. Tant bien que mal, je m'efforce de la suivre, malgré le sentiment de malaise qui s'insinue en moi de manière un peu plus vive à chaque pas.

Les battements de mon cœur s'accélèrent. Une bouffée d'angoisse m'étreint si fort qu'elle me coupe la respiration. Les arbres se rapprochent, je suis au bord de l'asphyxie et dois m'asseoir. Je parviens à articuler d'une voix qui me paraît lointaine :

— Violette, arrête-toi !

Installée à même le tapis de neige, je me laisse aller contre un tronc, les yeux fermés.

— Léna ? Tu me fais quoi, là ? Ça va ?

Persuadée que mon appel était tombé dans le vide, je ne l'ai pas entendue faire demi-tour. Je m'efforce de respirer normalement.

— Ce n'est rien, juste un étourdissement.

Violette semble en proie à la panique.

— Tu es sûre ? Tu es grise comme une souris, c'est flippant.

— Merci du compliment.

Je me redresse avec lenteur.

— Je me sens déjà mieux. Je crois que nous avons trop marché. J'aurais dû prévoir des barres de céréales.

Elle hésite, puis propose :

— Tu ne veux pas que j'appelle les pompiers ?

Je bondis brusquement.

— Non, ce ne sera pas utile.

— Ou Tonton Xavier, il pourrait nous récupérer en voiture.

Je secoue la tête.

— Inutile de l'inquiéter. On va juste partir d'ici. Je préfère rentrer à pied, une bonne douche achèvera de me remettre d'aplomb.

Je frissonne en me rendant compte que l'humidité traverse le tissu de mon jean. J'ai la peau glacée, quelle idée de se laisser aller dans la neige à moitié fondue !

— C'est définitif, je vais porter d'autres vêtements pour ce dîner avec Ludo.

Violette se détend totalement et se marre.

— Je trouve que ça te donne de la personnalité. Tu pourrais lancer une mode… Après le slim et le denim, le « jean-gadoue ».

Je me laisse contaminer par son hilarité alors que nous redescendons à pas pressés vers le bourg. Je tremble tellement de froid que je vais finir par déclencher un tremblement de terre. Le soleil se cache derrière un nouvel amoncellement de nuages et je constate que Violette grelotte également.

— Courage, on arrive bientôt. Je ne vais pas te laisser geler.

— Tu parles, réplique-t-elle, je crois que mes jambes sont déjà en rigidité cadavérique.

Nous nous immobilisons en découvrant une scène surprenante devant le nouvel hôtel. Clément et Lucas ont visiblement maille à partir avec un homme, étant donné les éclats de voix que nous discernons. Violette et moi nous approchons avec prudence, attirées malgré nous par l'esclandre. Soudain, Clément, le visage déformé par la fureur, se rue sur l'homme (le gérant de l'établissement, selon toute probabilité) et le saisit par le col.

— Ne crois pas que nous en resterons là ! éructe-t-il, prêt à en découdre.

Lucas se précipite pour tempérer sa colère et parvient à le tirer en arrière. Une dernière fois, Clément menace l'homme, qui le toise en bombant le torse.

— Je te préviens que ça ne se passera pas comme ça !

Arrivés sur le trottoir, les deux cousins s'avisent de notre présence et nous saluent, gênés.

— On dirait que ça chauffe, par ici, je fais remarquer en me remettant à marcher.

Les yeux de Clément lancent encore des éclairs et il me répond vaguement, l'air agacé :

— La concurrence…

Oh. Je vois. Il semblerait que monsieur le cuisinier n'aime pas qu'on vienne marcher sur ses plates-bandes. Une veine palpite de colère le long de son cou. Je ne me souvenais pas qu'il était aussi volcanique.

— Tu as l'air sacrément en rogne.

Clément démarre au quart de tour.

— Il y a de quoi ! s'emporte-t-il. Ce type a envoyé ses gosses lire ma carte et il propose exactement la même chose… En moins cher, puisque ses produits sont surgelés !

— Et vous n'avez pas moyen de trouver un terrain d'entente ?

Il me jauge comme si je lui avais suggéré d'aller proposer ses services chez McDo.

— Laisse tomber, soupire-t-il. Les vacances se passent bien ?

Je me force à prendre un ton enthousiaste, pas loin d'évoquer un lutin de Noël sous amphétamines.

— Hormis les températures polaires, on s'en sort.

De l'index, il désigne mon pantalon.

— Tu as pris cher.

Je ne suis pas adepte du mensonge, ce qui ne m'empêche pas d'inventer un bobard à toute vitesse.

— Bataille de boules de neige avec ma nièce. Les ados sont impitoyables.

Son regard s'attarde sur le mien. Embarrassée, je reporte mes yeux sur Violette, qui a engagé la discussion avec Lucas. Tous deux nous distancent largement.

— Il a quel âge, ton cousin ?

— Dix-huit ans.

Tom risque de tirer la tronche si sa fille flirte d'un peu trop près avec lui. Cela dit, elle aurait pu tomber sur pire. Le jeune homme a une dégaine un peu rebelle, avec son piercing au sourcil, ses cheveux en bataille et son pantalon baggy noir, mais son visage aux traits fins respire la gentillesse.

Je m'arrête face au bâtiment délabré qui se dresse à présent devant nous et peine à réprimer un frisson.

— Ce vieil hôtel est dans un triste état…

Je m'approche du portail rouillé en forme d'arc de cercle, sur lequel l'enseigne peinte « *Hôtel Bellevue* » est presque entièrement estompée. À travers les barreaux, je distingue une vieille balançoire ainsi que divers détritus entreposés dans le superbe jardin d'autrefois.

Je revois encore, dans ma prime enfance, les tables exposées au soleil et les résidents en train de siroter des cocktails. Les herbes folles ont désormais envahi l'espace et courent jusqu'à la rivière figée dans la glace, en contrebas. À gauche, l'édifice est lugubre, avec sa peinture rose pâle complètement écaillée. Un salon de jardin prend la poussière sous une véranda aux vitres brisées et un escalier métallique qui menait autrefois aux chambres a perdu la moitié de sa structure.

Clément, les mains fourrées dans les poches de son épais manteau, me propose le plus sérieusement du monde :

— Tu veux visiter ?

— C'est très intrigant, mais pas pour cette fois. Et puis, s'introduire illégalement là-dedans…

Il me regarde, railleur.

— Tu ne risques pourtant pas grand-chose. L'hôtel est à l'abandon, au cas où tu ne t'en serais pas aperçu.

Je demande, tandis que nous nous remettons en route :

— Est-ce que tu sais pourquoi ?

— Je crois que le truc est invendable, une histoire comme ça.

— C'est bizarre de voir un bâtiment aussi imposant tomber en décrépitude. C'était un bel hôtel.

En un rien de temps, nous arrivons devant son restaurant familial.

— On va vous laisser là, déclare Clément. Les fourneaux nous attendent.

Il hausse la voix afin d'être entendu par Lucas, toujours en pleine conversation avec Violette. Ma nièce rit à gorge déployée et ils échangent leurs numéros de téléphone.

Clément se tourne vers moi.

— J'espère avoir l'occasion de te revoir avant la fin de ton séjour. Ma proposition pour te faire visiter le vieil hôtel tient toujours.

Je rétorque du tac au tac :

— Et je n'ai pas l'intention d'accepter. En revanche, sache que le lait de poule est ma nouvelle boisson préférée.

— Tu ne me le diras pas deux fois ! rit-il avant de pénétrer dans l'établissement, talonné par son cousin.

Je rejoins Violette et nous remontons à travers les ruelles médiévales, à l'abri des chants diffusés en continu dans les artères commerciales. L'humeur allégée, je la supplie de n'informer personne au sujet de mon petit malaise de tout à l'heure.

Elle acquiesce, non sans me lancer ensuite :

— Si tu ne répètes pas à Papa que j'ai le numéro de Lucas, je resterai muette.

— Marché conclu ! je lance en lui tapant dans la main.

***

Je descends l'escalier cinq minutes avant l'heure convenue et jette un dernier coup d'œil dans le miroir de l'entrée. Pas facile d'être coquette quand il fait froid. La tentation était assez grande d'enfiler un pantalon de ski et un sweat en polaire ! Au lieu de quoi j'ai opté pour une élégante robe-pull bleu marine avec des manches et une encolure en voile noir.

— Tu devrais porter des talons ! désapprouve Violette en découvrant mes bottines.

— Je ne peux pas, je suis sujette au vertige, je dis pour plaisanter.

— Des fois, t'es vraiment trop bête, marmonne-t-elle en faisant rouler ses yeux au plafond.

J'ourle mes yeux de mascara et elle incline légèrement la tête pour m'observer.

— Tu as la chance d'avoir des longs cils. Et cette jolie peau ! Je t'envie. Tu vas faire des ravages dans le cœur de Ludovic.

— Je n'y vais pas pour ça et tu le sais très bien.

— Ah oui ? demande Tom, en arrivant à son tour. Tu portes pourtant une attention particulière à ton maquillage, ce soir !

— Tu ne dois pas préparer à manger pour ta fille, toi ? Ouste !

Je le chasse de la main tandis que la sonnette de la porte retentit. Je n'ai plus le temps de m'attacher les cheveux. Ce n'est pas grave, je les préfère ainsi, avec leurs ondulations qui retombent naturellement sur mes épaules.

— Ça va le faire ! m'encourage Violette avant de monter dans sa chambre.

J'ouvre à Ludo et le fais entrer. Il est rasé de près et sent bon. Mon frangin lui propose un apéritif, qu'il décline.

— J'ai réservé pour vingt heures précises, justifie-t-il.

J'enfile mon manteau et suis Ludovic à l'extérieur. La froideur de l'air me saisit, le vent me gifle les joues. Nous nous engageons à pied dans la rue et je m'étonne qu'il n'ait pas pris sa voiture.

— Nous allons au *Café du Commerce*, ça aurait été dommage de gaspiller de l'essence pour si peu, m'explique-t-il.

Mon estomac fait un triple salto à la mention du restaurant des parents de Clément. Je crois que j'aurais préféré un endroit dans lequel personne ne nous connaît. Ce qui est totalement ridicule, tout bien réfléchi, puisque ce dîner est purement formel.

Le froid vif me mord les jambes et la neige se remet doucement à tomber, en minces flocons. Je regrette d'avoir choisi de porter une robe. En cinq minutes, nous rejoignons notre point de chute. Les lumières colorées du *Café du Commerce* dansent devant nous, les vitres de l'établissement sont embuées. Comme il doit faire bon, à l'intérieur ! J'accélère le pas, pressée de me retrouver dans l'atmosphère douillette du restaurant.

Ludovic s'efface pour me laisser entrer et c'est Rémi, le frère de Clément, qui nous accueille. Même teint diaphane, ses cheveux et ses yeux sont un peu plus clairs que ceux de son cadet. La salle est pleine et d'appétissants effluves de cuisine embaument l'air. Il nous place au fond, près du sapin, autour d'une petite table intimiste.

Rémi dépose une coupelle pleine de tapenade et de croûtons sur la nappe amidonnée, et nous commandons chacun un kir.

— Tu es très belle, ce soir, déclare Ludo, alors que j'enlève délicatement mon manteau. Tes cheveux ont des reflets blonds sous la lumière, c'est joli.

Je lui souris, gênée par son badinage, et constate qu'il porte des vêtements assez ordinaires : un jean épais et un gros pull blanc cassé. J'en conclus qu'après sa journée de travail, il n'a pas eu le temps de faire un détour par chez lui avant de venir me chercher. Je suis bien trop apprêtée pour une simple soirée dont le but est de faire le point sur toutes les années écoulées.

Je m'entends lui demander :

— Tu habites loin ?

Il secoue la tête.

— Dans les nouveaux lotissements, à la sortie de Vallenot.

Rémi dépose nos apéritifs et le menu devant nous. Je trinque avec Ludo et jette un œil distrait à la carte, pour me donner une contenance.

— Je suis content de te revoir, me confie Ludovic.

— Oui, c'est une sacrée surprise !

Je radote, bon sang, je radote !

Des images sorties tout droit de l'été où j'ai bossé ici me reviennent en mémoire. C'est évidemment cet endroit, qui éveille tout ça. Toutes incluent Clément, ses regards qui me vrillaient le cœur, ses gestes qui me laissaient envisager que… Non, je ne peux pas me raccrocher à des impressions qui appartiennent définitivement au passé.

— Tu es songeuse, observe Ludo.

— En fait, je suis étonnée que tu m'aies emmenée dîner ici.

Il s'esclaffe joyeusement.

— C'est le seul restaurant ouvert hors saison. Il y a bien des pizzerias dans les villages alentour, mais rien ne vaut le cadre que nous avons là.

Il m'adresse un sourire ravageur et, pour la première fois, je remarque à quel point il est séduisant. Avec son visage allongé et ses pommettes hautes, il ressemble un peu à cet acteur anglais au nom imprononçable, qui a joué dans la série Sherlock Holmes. Benedict Cumberbatch, ça me revient.

— Et si nous choisissions ce que nous allons manger, Léna ?

J'étudie le menu et m'arrête sur un velouté de châtaignes et des saint-jacques rôties accompagnées d'un risotto à la crème de potiron. Au cas où je serais amenée à lui démontrer l'étendue de mes talents en matière de french kiss, autant éviter la mauvaise haleine.

Je m'en veux aussitôt de ces pensées. Ma vie sentimentale a beau être quasi monacale en ce moment, ce n'est pas une raison pour que je saute sur tout ce qui ressemble de près ou de loin à un clone de Benedict Cumberbatch.

Quelques instants plus tard, je goûte la soupe. Je soupire, au comble de la béatitude.

— Quel régal !

Ludovic attaque sa cassolette d'escargots tout en m'interrogeant sur ma profession. Avec passion, je lui explique en quoi consiste mon activité artistique. Il m'écoute avec attention et s'avère charmant, me versant du vin lorsque mon verre est vide. Pas une seule fois il n'a consulté son téléphone portable, ce qui tient de l'exploit compte tenu de ce que je peux observer autour de nous. Il préfère me couver d'un regard qui en dit long sur son désir et c'est particulièrement flatteur. Finalement, il ne m'a peut-être pas invitée dans le seul but d'évoquer le bon vieux temps…

À son tour, il me parle de son métier et du village, qu'il n'a jamais pu quitter. Nos années collège reviennent très vite sur le tapis. Je ne vois pas passer la soirée et son humour me fait rire aux éclats. J'ai pratiquement terminé mon risotto lorsque je me souviens que j'avais une question, et pas des moindres, à lui poser. Je toussote avant d'oser me lancer :

— Alors, si j'ai bien compris, tu as un enfant.

Ludovic fait tourner son index sur le rebord de son verre et me répond :

— Oui, Théo a six ans. Sa mère et moi sommes séparés depuis quelques années, déjà.

Mon cœur envisage un lâcher de confettis.

— Ce n'est pas trop difficile ?

— Non, nous l'avons en garde alternée. Il le vit bien, il a vite compris où était son intérêt : deux chambres, des jouets dans chaque maison, deux sapins de Noël, donc plus de cadeaux à ouvrir.

Je souris, attendrie.

— Je vous apporte la carte des desserts ? demande Rémi, que je n'ai pas vu surgir.

— Pourquoi pas ?

— Je vais seulement prendre un café, déclare Ludo.

À voix haute, je lis attentivement la liste des douceurs sucrées qui me sont proposées.

— Ça va être difficile de choisir. J'hésite entre le diplomate aux fruits exotiques et l'entremets au chocolat noir. Tout a l'air si exquis !

— Vu les prix, assène Ludovic, ça peut être bon.

Je lui décoche un coup d'œil par-dessus la carte. Il se penche vers moi et poursuit, en baissant le ton :

— Ils sont malins, en ouvrant hors saison. Les personnes des alentours qui ont envie d'un bon restaurant rappliquent automatiquement chez eux. Tu as vu comme c'est plein ? Ils doivent engranger de sacrées recettes.

Je me rappelle alors la scène à laquelle j'ai assisté dans l'après-midi.

— Je crois que Clément travaille dur et tient à présenter des produits frais. Les clients ne s'y trompent pas, la cuisine est excellente. Alors j'espère pour eux que ça marche, oui.

Rémi revient vers nous et je me décide finalement pour un thé. J'ai envie de goûter à chacun des desserts, mais j'ai peur de faire subir un grave traumatisme à ma balance. La salle s'est peu à peu vidée, seules trois tables sont encore occupées.

Ludovic me demande si je suis heureuse d'être rentrée à Vallenot pour les fêtes.

J'acquiesce d'un mouvement de la tête.

— La région m'a manqué. Cependant, je dois t'avouer que ce n'est pas la période de l'année que je préfère.

— Je vois très bien ce que tu veux dire. Noël, c'est tellement... commercial. Les gens courent dans tous les sens pour dépenser un maximum d'argent en choses futiles, qui finiront en vente sur les sites d'occasion.

Waouh, il existe plus blasé que moi, apparemment !

Il m'explique d'un ton égal que s'il aide son pote à vendre des sapins, c'est avant tout pour récupérer une partie de l'argent qu'il a déboursé pour les cadeaux de son fils.

— Heureusement que je suis économe, parce que j'ai une maison à payer, la voiture et les factures. On vit dans une société de surconsommation. Les envies deviennent des besoins. Je ne me laisse pas avoir, crois-moi.

Il ponctue sa phrase par un clin d'œil et je suis médusée. Le fric semble être son obsession. La pingrerie son défaut. Mon cœur remballe ses confettis, c'est la douche froide.

Je lui dis doucement, afin de ne pas le froisser, que nous n'étions pas obligés d'aller au restaurant. Il réfute, mais j'entends à peine sa réponse, le regard attiré vers le bar, où j'aperçois Clément. Se tenant de profil, il est en train de boire un verre d'eau. Je présume qu'il a terminé son service et que le restaurant fermera ses portes dès que nous partirons. Il se met à ranger des ustensiles, en esquissant des gestes cadencés. Ce calme apparent tranche nettement avec sa colère, quelques heures plus tôt. Peut-être qu'il est cyclothymique ?

Je me surprends à le détailler : il porte une chemise cintrée à carreaux bleus et noirs sur un jean brut un peu large. Ses manches sont retroussées, laissant entrevoir des avant-bras musclés. Sans sa barbe, il aurait l'air encore très juvénile.

D'un seul coup, il pivote et me voit. Il semble m'adresser un clin d'œil, mais ça pourrait bien être une illusion d'optique due au vin. Clément murmure quelque chose à l'oreille de son frère, qui tourne la tête dans notre direction. Tandis que le cadet retourne dans la cuisine, Rémi s'avance vers nous.

— On me signale qu'il n'y a plus ni thé, ni café pour ce soir. En revanche, si vous êtes d'accord, le chef vous offre sa spécialité.

Que peut-il bien mijoter ? Je me soustrais à mes pensées pour reporter mon attention sur mon compagnon de table.

— Excuse-moi, j'ai un peu perdu le fil. C'est sûrement le vin. Tu disais quoi avant que… ?

— Je constatais seulement que tout augmente sauf les salaires. Ça va finir par exploser. Et toi, ton métier, ça rapporte ?

Ok. J'ai gagné un tête-à-tête avec Gripsou. Je n'étais encore jamais tombée sur un radin, il fallait bien que ça m'arrive un jour. La soirée avait trop bien commencé ! Ne jamais se fier à un type qui ressemble vaguement à un acteur. JA-MAIS.

Je rétorque, agacée :

— Ta question est un peu déplacée. En tout cas, je gagne suffisamment pour pouvoir m'offrir un dîner dans un restaurant.

— Relax, répond-il en tentant un geste d'apaisement. C'était de la simple curiosité.

Tout à coup, je m'estime heureuse qu'il ne m'ait pas proposé de commander un plat pour deux. Je préfère encore en rire. Clément réapparaît subitement, deux verres entre les mains. Il se dirige vers nous et annonce, un sourire espiègle aux lèvres :

— Spécialité du moment : le lait de poule !

La gourmandise illumine les yeux de Ludovic.

— Clément, mon vieux ! s'exclame-t-il en se levant pour une brève accolade. Comment vas-tu ?

— Je vais bien, déclare le jeune chef. On a eu un gros service, donc je suis content de ne pas travailler demain matin.

Son regard oscille entre Ludovic et moi.

— C'est marrant de vous voir là, tous les deux.

— Eh oui, tout arrive ! se rengorge Ludo, dans une attitude digne d'un golden boy.

— On a décidé d'évoquer le bon vieux temps autour d'un dîner, dis-je en même temps.

Pourquoi ai-je la furieuse envie de lui faire comprendre qu'il n'y a rien entre Ludovic et moi ? Clément reste stoïque et, profitant que Ludo avale goulûment sa boisson, je m'empresse de changer de sujet.

— Le repas était succulent. Je regrette de ne pas avoir plusieurs estomacs pour déguster toute la carte. Est-ce qu'on pourrait avoir l'addition ?

Il va chercher la note pendant que Ludo s'éclipse au petit coin. Je trempe mes lèvres dans le lait de poule, cette fois-ci rehaussé par quelques gouttes de rhum. C'est délicieux. Non, divin. Je vendrais ma mère pour boire ça tous les jours.

Enfin, encore faudrait-il savoir où elle se trouve. Je vais quand même lui envoyer un mail, quand je serai rentrée. On ne sait jamais.

Clément revient vers moi et je lève mon verre à son attention.

— Tu es un petit rigolo, toi. Je ne pensais pas être aussi rapidement satisfaite, quand je t'ai dit que c'était mon nouveau cocktail favori.

— Je n'ai pas pu résister ! À ce sujet, ajoute-t-il d'un ton de conspirateur, tu t'étais bien gardée de me dire que tu venais dîner ici.

— Je l'ai appris seulement un quart d'heure avant de franchir la porte du restaurant.

Il me sourit malicieusement, de cet air qui me faisait totalement perdre la tête il y a quelques années.

— Ludo t'a sorti le grand jeu, alors.

— Tu es loin d'imaginer à quel point !

— C'est de l'ironie, que j'entends dans ta voix ?

— Peut-être.

Nos regards se confondent et le feu me monte aux joues.

— Ce lait de poule est délicieux, mais je crois que j'ai enfilé les verres comme des perles, ce soir.

— Tu es un peu rouge, confirme-t-il avec un regard expressif.

La porte des toilettes s'ouvre sur Ludovic et, soulagée de le voir – ce qui est incohérent de ma part –, j'insiste aussitôt pour régler la moitié de l'addition. À l'instant où je m'éloigne vers la caisse, une grande brune sort de la cuisine et s'approche doucement de Clément.

— On y va ? l'interroge-t-elle en secouant ses boucles.

Elle est plutôt jolie, façon beauté naturelle, avec ses cheveux bouclés qui retombent sur ses épaules, son jean brut qui souligne un corps proche de la perfection et son manteau de cuir. Étrangement, il me semble éprouver un ridicule pincement de jalousie. Je manque même d'en rater mon code de carte bleue et je dois m'y prendre à deux fois.

— À bientôt, Léna ! me salue Clément en passant derrière moi.

L'inconnue m'adresse un très bref signe de tête et sort à sa suite. Je me sens confuse. Comme remise à ma place. Après l'humiliation subie il y a treize ans, je me trouve vraiment idiote d'avoir pu penser que Clément n'aurait jamais cherché à se mettre en couple.

Je t'apprécie vraiment. Beaucoup, même. Et je suis très flatté. Mais je n'ai pas envie de m'engager dans une relation et je te respecte trop pour m'amuser avec toi. Tu es une fille bien, petite princesse.

J'avais seulement dix-huit ans et jamais un SMS ne m'avait encore autant dépitée. Sur le coup, j'en ai cruellement voulu à Clément, que j'ai par la suite relégué au rang de fantasme inassouvi. Bien sûr, comme le commun des mortels, il a évolué. Il s'est casé, il est rentré dans le rang.

Ironie du sort, à l'heure où la stabilité devrait avoir sonné depuis belle lurette à ma porte, c'est moi qui suis incapable de tenir le cap amoureux. La vie est mal fichue et manque carrément de logique, quand elle s'y met.

— Tu veux boire un dernier verre chez moi ? propose Ludo, dehors, sous les flocons virevoltants.

Je resserre mon manteau autour de ma robe.

— C'est gentil, mais je préfère rentrer. On m'attend.

Bien que déçu, il insiste pour me raccompagner. Ce qui m'ennuie, car je n'ai plus rien à lui dire. S'il a su me charmer en début de soirée, tout son potentiel séduction s'est évanoui dès lors qu'il a monopolisé la conversation avec sa passion pour les économies. Le point positif, c'est que je ne ressens aucune déception. Après tout, ce n'était pas un rendez-vous amoureux.

C'est du moins ce que j'essaie de lui expliquer quelques minutes plus tard, devant la maison, alors qu'il tente de m'embrasser.

— Je ne te connaissais pas si farouche, minaude-t-il, en jouant avec une mèche de mes cheveux.

Au secours.

Je lui immobilise le poignet et articule très nettement :

— Écoute, Ludo : nous avons passé une agréable soirée, mais il n'y aura rien de plus. Et quand je dis non, ça ne signifie pas que je sois timide ou que j'aie envie de me faire désirer. C'est juste non.

Il déglutit, blessé dans son ego, et je lui souhaite bonne nuit. J'attends qu'il se soit éloigné pour rentrer, soulagée d'en avoir terminé.

8

Adossée contre la porte d'entrée, je cède au fou rire en découvrant Tom et Violette, qui me scrutent. Avec leurs yeux arrondis par la curiosité, ils ressemblent à deux chouettes.

— Alors, m'interroge Tom, au comble de l'excitation, j'ai un beau-frère ?

— Oh non, cela ne risque pas !

Mon frère lève les yeux au ciel en soupirant.

— Qu'est-ce qui ne te convient pas, cette fois-ci ?

Je consens à les suivre dans la cuisine, où, autour d'une tisane, je leur raconte les détails de la soirée. Violette multiplie les exclamations tandis que mon frère écoute attentivement mes déboires, le menton posé entre ses mains.

— Ok, Ludo n'est pas un type pour toi, reconnaît-il. Il t'a vraiment laissé payer ta part de l'addition ?

— Oui, mais ça à la rigueur, je m'en fiche. Je n'attends pas d'un homme qu'il m'offre le restaurant. Mais si tu l'avais entendu… c'était épouvantable.

Je suis sûre qu'il récupère l'eau de sa lessive pour faire la vaisselle.

Ma nièce grimace de dégoût.

— Tu es vraiment dégueu, Léna !

— Désolée. Et vous, la soirée s'est bien passée ?

Tom opine du chef. Ils ont regardé pour la cinquantième fois *Love Actually*, puis mon frangin, emporté par le côté feel-good du film, s'est décidé à appeler sa femme.

— Elle ne t'a pas raccroché au nez ?

Il me toise sévèrement et je me récrie aussitôt :

— Je ne dis pas que c'est ce qu'elle aurait dû faire, je te demande juste comment elle a réagi.

— Elle a besoin de faire le point, de son côté.

Malgré tout, je ne peux pas m'empêcher d'être triste pour lui.

— Au bout de trois minutes, elle a voulu que Papa me passe le téléphone, balance Violette.

— C'est vrai ?

Ils hochent la tête de concert.

— Cela dit, je n'ai senti aucune animosité dans sa voix, précise doucement Tom.

— Tout n'est peut-être pas perdu. Bon, dis-je en me levant, Papa et Nouvelle Élue arrivent demain soir, je vais aider Mamie à préparer leur chambre, demain matin.

Tom me répond qu'en début d'après-midi, il envisage de se rendre en ville, à une trentaine de kilomètres de là, avec Violette, afin de terminer ses achats de Noël.

— Est-ce que tu veux te joindre à nous ?

Il y a de cela encore quelques jours, j'aurais bondi furieusement en protestant qu'il en était hors de question. L'idée de fréquenter un centre-ville le dernier vendredi avant Noël et d'affronter des scènes d'hystérie collective ne m'enchante pas particulièrement. Néanmoins, j'ai envie de profiter d'un moment avec eux avant que la famille soit réunie pour le jour le plus cauchemardesque de l'année.

— Je viendrai. Il me reste aussi quelques emplettes à effectuer. Et puis, nous devrions peut-être réfléchir à un cadeau pour la nouvelle compagne de Papa, même si on ne la connaît pas.

Mon frère approuve.

— Je lui téléphone demain matin, pendant que tu seras chez Mamie. Il pourra peut-être me donner quelques pistes.

***

Il fait froid. La pluie tombe à verse et je grelotte dans mon anorak. J'ai pourtant pris soin d'enfiler mon pull préféré, celui qui est vert sapin avec la tête de Minnie Mouse dessus, mais rien n'y fait, je ne parviens pas à me réchauffer.

J'ai envie de faire pipi et me faufile rapidement à travers les buissons afin de soulager au plus vite ma vessie.

Je porte mes bottes en caoutchouc, celles que j'utilise toujours pour les sorties en forêt, les longues journées d'hiver. Je sais que mon grand-père m'accompagne. Je ne le vois pas, je ne l'entends pas, mais il n'est pas loin. C'est une certitude.

Je pense comme une adulte et pourtant j'ai un corps d'enfant.

J'ai sept ans. Il me reste quelques dents de lait et des taches de rousseur sur le nez.

Tout ceci est bizarre, on dirait un film dont je suis à la fois actrice et spectatrice.

J'ai trouvé le coin parfait et je m'accroupis, posant délicatement près de moi les branches de houx que j'ai récoltées. Mes gestes sont hachés, comme au ralenti.

Il faut que je me dépêche, car Mamie ne va pas être contente si nous rentrons trop tard.

Pourtant, je n'ai pas envie de me presser. Je veux retenir le temps.

La nuit est totalement tombée, la pluie me cingle le visage. Et ce froid engourdissant !

Il me semble que je devrais faire quelque chose d'important, mais je ne parviens plus à bouger.

Mes cheveux se dressent sur ma nuque.

Une chose horrible va se produire.

Je DOIS rejoindre mon grand-père.

Mais le sol me retient, mes pieds sont embourbés dans la boue.

Nous y sommes.

Un horrible crissement de pneus.

Puis le silence.

Même la pluie est devenue muette.

Un liquide chaud coule à l'intérieur de mon pantalon et sinue le long de mes jambes.

PAPI !!!

Je hurle.

***

En proie à la panique, je me redresse sur le lit. Tom surgit dans ma chambre, affolé par mon cri strident.

— Léna, que se passe-t-il ? C'était quoi, ce hurlement ?

Je m'assois et ramène mes genoux contre ma poitrine. Mes joues sont baignées de larmes.

— J'étais là, quand il est mort, n'est-ce pas ?

— Quoi… ?

— Réponds-moi, Tom ; le jour où Papi est décédé…

Sans un mot, mon frère s'avance et me rejoint sur le lit. J'étends le bras pour allumer ma lampe de chevet et la lumière tamisée projette un clair-obscur idéal pour tenir une conversation difficile au beau milieu de la nuit.

— Oui. Tu étais sur place, confirme-t-il en me serrant contre lui.

J'aspire une goulée d'air pour me reprendre.

— Il y avait une voiture.

Il hésite un instant, avant d'admettre :

— C'est vrai. Tu te souviens donc de ça.

Je remue lentement la tête, pesant bien mes mots. La morsure de la culpabilité s'insinue en moi depuis que je me suis réveillée en sursaut.

— Il est mort par ma faute.

Tom tressaille et réfute :

— Non, voyons ! Quelle idée !

J'insiste avec force :

— Si je n'étais pas partie derrière un buisson, il ne m'aurait pas attendue plus loin. Tout seul. Ce ne serait pas arrivé.

— Tu n'en sais rien, Léna. Surtout dans un cas comme celui-ci.

Je me frotte vigoureusement les jambes. Mon pyjama à carreaux écossais semble soudain peser trois tonnes sur mon corps.

— Je ne me souviens que du bruit. Le crépitement de la pluie. Cette voiture qui freine si brutalement.

— Tu as fait un cauchemar, c'est ça ?

J'acquiesce.

— Cet après-midi, j'ai voulu emmener Violette dans la forêt. Je ne me suis pas sentie très bien... Sur le coup j'ai pensé à une sorte de malaise vagal, mais ça s'est vite dissipé. Et puis, j'ai fait ce rêve... Pourquoi est-ce que ça se manifeste maintenant ?

— Tu as subi un lourd traumatisme. Tu n'étais qu'une enfant et ton cerveau a préféré tout bloquer. Je crois que le fait de retourner sur les lieux a fait sauter certains verrous. Le reste te reviendra peu à peu.

— Je ne suis pas certaine d'en avoir envie. C'est épouvantable de savoir que j'étais présente et que je n'ai rien fait pour empêcher que cela arrive.

— Mais enfin, je ne vois pas ce que tu aurais pu faire.

Être percutée à sa place. Ou ne pas le retarder. En rentrant directement, l'accident n'aurait pas eu lieu et mon grand-père serait peut-être encore de ce monde. Ma famille n'aurait pas explosé et...

— À quoi penses-tu, frangine ?

— Je me dis que les choses sont vraiment mal foutues.

9

Le lendemain, encore hantée par les images de mon cauchemar, je fonce de bonne heure chez ma grand-mère. Je la trouve particulièrement pomponnée, vêtue d'un tailleur pantalon bordeaux et le teint rehaussé d'un fard couleur pêche. Je crois qu'elle est dans sa période orange.

— Je vois que tu es prête à accueillir ta nouvelle belle-fille, ne puis-je m'empêcher de souligner. Tu es pimpante.

Elle me détaille un court instant, puis rétorque :

— Je ne peux pas en dire autant en ce qui te concerne. Tu as vu ces cernes, sous tes yeux ?

Avant que je n'aie le temps de répondre, elle m'entraîne dans la cuisine, où deux inséparables aux plumes colorées pépient gaiement dans leur cage. Leurs échanges me font l'effet de braillements aussi stridents qu'insupportables.

— C'est nouveau, ça ? je demande en m'approchant des oiseaux.

— Oui, depuis le temps que j'en rêvais ! Ton oncle m'a fait la surprise et est venu me les déposer il y a une heure. Ils ont l'air de bien s'acclimater.

Si le fait que les perruches mettent tout leur cœur à tenter de me donner des coups de bec à travers les barreaux de leur nichoir est considéré comme une acclimatation, alors oui, ces bestioles semblent se plaire dans leur nouvel habitat.

Mamie me propose une tasse de thé. La radio est allumée sur une station régionale, qui diffuse une émission consacrée à Johnny Hallyday.

— *Souvenirs, souvenirs…*, fredonne ma grand-mère. C'est quand même fou qu'un tel taulier se soit laissé vaincre par le cancer, après tout ce qu'il a vécu.

Indifférente, je hausse une épaule.

— Il aura eu une belle vie.

— C'est sûr. Il en a profité et c'est ce que nous devrions tous faire… D'ailleurs, tu sais, ce n'est pas pour cette Célestine que je me suis habillée ainsi, lance-t-elle tout en s'affairant.

— La copine de Papa s'appelle Céleste, dis-je, en m'asseyant. C'est pour qui, alors ?

Mamie pivote vers moi, les yeux pétillants.

— J'ai une date !

J'allonge le cou, perplexe. Est-ce que je suis passée à côté de quelque chose d'important ?

— Une date. Pour… ? Un rendez-vous à la banque ? Chez le coiffeur ?

Elle pose délicatement les tasses en porcelaine sur la table, prenant un malin plaisir à ménager le suspense.

— Une date, énonce-t-elle, c'est ainsi que l'on nomme aujourd'hui un rendez-vous amoureux. Je l'ai lu dans *Elle*.

Je repose vivement la tasse brûlante, manquant de faire passer par-dessus bord une partie du contenu.

— Tu… Toi ? Tu as rendez-vous avec un homme ?

— Tu n'es pas obligée de jouer les ahuries ! s'offusque-t-elle. Je me trouve plutôt bien conservée.

— Je ne voulais pas insinuer le contraire. J'ignorais que tu avais rencontré quelqu'un, c'est tout. C'est… très inattendu.

Ma grand-mère se penche vers moi et souffle, sur le ton de la confidence :

— Je ne l'ai pas encore rencontré, justement. C'est prévu pour cet après-midi.

— Je ne te suis pas du tout, Mamie.

Elle avale une gorgée de thé, et m'annonce avec la même fierté que si elle venait de décrocher un poste de ministre :

— Je me suis inscrite sur Meetic.

Mon cerveau tourne à vide. Il y a forcément un malentendu.

— C'est là que j'ai commencé à papoter avec Justindu04, je cite : « Un homme de valeurs, aimant danser, ne demande qu'à vivre un nouvel amour qui durera toujours. » À notre âge, la perpétuité, c'est à peine quinze ans, ironise-t-elle.

N'importe quelle grand-mère a tendance à se méfier de ce qui a été inventé après les années soixante. Sauf la mienne.

J'émets un reniflement incrédule.

— Pour résumer, tu fréquentes les sites de rencontres et tu vas passer la journée avec un parfait inconnu. Tu as déjà entendu parler des escrocs qui sont prêts à faire croire n'importe quoi aux femmes en détresse, n'est-ce pas ?

— Je ne suis pas en détresse, rétorque-t-elle. Et je sais ce que je fais ; nous irons boire un verre au *Café du Commerce* pour faire plus ample connaissance. Je ne me ferai pas plumer facilement, crois-moi ! De plus, je serai rentrée quand ton père arrivera.

Ses arguments sont imparables, aussi je me contente de la féliciter. J'étais loin d'imaginer qu'elle envisageait de refaire sa vie, mais pourquoi pas ? Immanquablement, cela me ramène au cauchemar de la nuit passée. Mon humeur s'assombrit au fur et à mesure que les images déferlent à nouveau dans ma mémoire.

— Tu ne sembles vraiment pas dans ton assiette, Léna.

Il est hors de question que je lui explique de quoi il retourne. Le sentiment de culpabilité que je ressens est assez écrasant comme ça, je ne vais pas en plus lui gâcher son rendez-vous. Dorénavant, je comprends mieux pourquoi on évitait d'aborder le sujet en ma présence, peu après le décès de Papi. Indirectement, je l'ai tué. Les choses ne me reviennent pas de façon très précise, mais l'évidence est là.

— Léna ?

— Excuse-moi. J'ai mal dormi. Moi aussi, j'ai eu une date.

— Merveilleux ! s'exclame-t-elle.

— Oh non, ce n'était pas terrible.

— Pourquoi ça ?

— C'est le genre de type qui a l'air de s'être pris une décharge électrique dès qu'il doit mettre la main au porte-monnaie.

— Mauvais parti ! assène-t-elle. Il faut savoir faire attention, mais l'argent ne devrait jamais devenir plus important que l'amour. Bon, si nous allions préparer la chambre pour ton père et Cé… ?

— Céleste.

Nous nous apprêtons à gravir l'escalier lorsque le carillon de la porte d'entrée retentit.

— Tu attends de la visite ?

— Non.

Ma grand-mère s'éloigne pour ouvrir. Du bas de l'escalier, j'aperçois deux femmes, qui ont bien une soixantaine d'années. Elles me font immédiatement penser à des oies. Sans préambule, la plus grande demande à ma grand-mère :

— Avez-vous des nouvelles de Judith ? Nous sommes très inquiètes à son sujet.

Entendre prononcer le prénom de ma mère m'intrigue, aussi je m'avance et toussote afin de signaler ma présence. Mamie se retourne et fait les présentations :

— Ma chérie, voici Carole et Nadia, qui s'occupent avec ta mère de certains événements du village.

— Justement, déclare la première, c'est pour ça que nous cherchons Judith. Nous devions préparer ensemble la soirée de la Saint-Sylvestre, mais elle ne donne plus signe de vie. Il ne lui est rien arrivé de fâcheux, au moins ?

De concert, ma grand-mère et moi secouons négativement la tête. Les deux acolytes paraissent momentanément soulagées.

Carole reprend :

— Nous ne savons pas quelles quantités commander pour le repas. Nous devons aussi trouver une musique appropriée pour le bal.

— En ce qui concerne le dîner, vous n'avez qu'à faire en fonction des réservations, suggère Mamie. Vous vous en sortirez très bien.

Nadia s'affole :

— D'habitude c'est Judith qui gère tout ça ! Ce n'est pas très fair-play de sa part, de nous planter maintenant.

Même si je n'approuve pas non plus les manigances de ma mère, c'est le moment de voler à son secours.

— Elle est partie en vacances.

— C'est la meilleure ! rit sèchement Carole.

— Avec tout l'investissement dont elle a fait preuve jusque-là, elle a le droit de se reposer un peu.

C'est vrai, pourquoi ma mère devrait-elle s'occuper de tout pendant que ses copines se laissent porter par les événements ?

— Très bien, alors on fait comment ? On annule et on explique à toutes les personnes qui ont déjà payé les quarante euros de participation que la soirée n'aura finalement pas lieu ?

Bon, réfléchissons. Si ma mère est très douée pour nous mettre dans la panade, elle le sera forcément pour enclencher le processus inverse.

Je propose :

— Ne prenez pas de décision hâtive. Je vais lui envoyer un mail afin de savoir ce qu'elle avait initialement prévu pour la soirée, puis je reviendrai vers vous.

— Le restaurant n'attendra pas longtemps. C'est dans moins de dix jours.

On est mal. Pourtant, je me veux rassurante :

— Vous serez fixées demain au plus tard. Promis.

Faute de mieux, elles acquiescent faiblement et me laissent leurs numéros de téléphone. J'ai la satisfaisante impression d'avoir mené des négociations entre Donald Trump et Kim Jong-un. En bluffant et en l'absence d'un des deux partis. J'espère que je ne me suis pas trop avancée.

Je tape un mail assez sec à l'intention de Maman, dans lequel j'affirme que son coup de folie n'entraîne que des catastrophes. Je m'inspire même de Violette en lui reprochant d'être dans l'excès. Mon agacement évacué avec l'envoi du message, je peux enfin aider ma grand-mère à préparer la chambre. Quand je pense à l'après-midi shopping qui m'attend… La journée va être bien longue !

***

— Je suis épuisée ! dis-je en sortant de la dernière boutique.

Je ne pense qu'à m'asseoir au chaud, devant un énorme cappuccino, enroulée dans un plaid. Ce qui ne fait évidemment pas partie des possibilités qui s'offrent à moi.

Violette me fait remarquer que nous sommes seulement entrées dans trois magasins.

— Dont une grande enseigne culturelle blindée de monde. En fait, ton père et toi voulez ma mort, c'est ça ?

Elle ne relève pas et m'entraîne vers la place où nous devons rejoindre Tom. Ce dernier nous hèle à grand renfort de gestes, comme s'il avait affaire à deux myopes.

— Alors, vos achats ? demande-t-il en désignant nos sacs du menton.

Ma nièce s'empresse de détailler :

— On a trouvé un joli pull en cachemire pour Papi. Et du parfum pour Mamie Jacotte.

— Bien joué, les filles, approuve Tom. Ses rencards Meetic vont lui tomber dans les bras.

— Et mon banquier va mettre un contrat de mise à mort sur ma tête, j'ajoute en riant. Au cas où Maman serait rentrée d'ici lundi, je lui ai déniché des petits miroirs biseautés, dans une boutique hindoue. Et toi, tu as trouvé, pour Céleste ?

— J'ai suivi les indications de Papa. Un beau livre sur les œuvres d'Edward Hopper.

Un Père Noël bedonnant passe à notre hauteur, avant d'aller prendre place dans un fauteuil.

— Parfait. Alors à présent, Tom, peux-tu me dire ce que nous fichons à l'entrée du marché de Noël ?

Mon frère m'adresse un grand sourire innocent et me confie que Violette n'a jamais fait de patin à glace.

— Ça pourrait être l'occasion.

Sa fille se récrie aussitôt :

— Et qui te dit que j'ai envie d'essayer ? Tu veux que je me fasse une entorse, ou quoi ?

— Léna et moi t'aiderons. Nous sommes des pros du patinage.

Comme elle me jette un regard interrogateur, je confirme les dires de Tom :

— Cela fait des années que je n'ai pas pratiqué, mais je présume que c'est comme le vélo, ça ne se perd pas.

Dans un soupir, ma nièce s'avoue vaincue.

— J'ai une seule condition, précise-t-elle. Après, je veux manger des churros.

Nous longeons les différents baraquements qui proposent çà et là des bijoux artisanaux (pourtant similaires d'un stand à l'autre), des pseudo-savons de Marseille (sûrement fabriqués en Chine), des décorations de Noël ringardes, des produits locaux et autres bougies aux senteurs de saison. Beurk. Puis je me laisse embarquer vers la piste verglacée, déjà envahie par des gamins piaillant d'excitation. Il m'aurait pourtant suffi de dire que je ne voulais pas être mêlée à ça et j'aurais pu y échapper. Il est toutefois trop tard pour que je change d'avis sans me ridiculiser.

La chance est visiblement de mon côté puisque les enceintes ne diffusent pas de chansons de Noël. C'est au moins ça de gagné ! Les organisateurs semblent avoir jugé préférable d'investir dans une compilation de hits des années quatre-vingt. J'aurais une pensée émue pour Charly s'ils nous passent *Il est libre Max.* Nous nous acquittons du prix de l'entrée et chaussons les patins. Violette se redresse maladroitement, son père et moi la tenons chacun fermement par un bras. Tom compte à rebours et nous nous élançons, sous les hurlements de ma nièce.

— Je vais tomber ! Ne me lâchez pas !

— On n'en a pas l'intention, se marre mon frère. Je n'ai pas envie de me faire tuer par ta mère.

Violette se débat, dans le but de décocher un coup d'épaule à son père, ce qui a pour effet de nous déstabiliser… et nous chutons lamentablement, sous les quolibets de l'assistance. Trois grands dadais qui se retrouvent les fesses sur le sol gelé, bien sûr, c'est drôle. Je cède à l'hilarité générale.

— Des pros, hein ? grommelle Violette, la seule que la situation n'amuse pas.

— C'est juste le temps de se remettre dans le bain, lui assure Tom.

Nous nous relevons tant bien que mal, le ventre courbaturé à force de rire, et patinons bras dessus, bras dessous. Les haut-parleurs crachent le tube le plus célèbre du groupe Images. Emportés par le rythme et les patins qui glissent sur la glace, Tom et moi braillons en chœur :

— *Ils m'entraînent au bout de la nuit… Les démons de minuiiiiiit !*

— Non, mais c'est trop la honte de sortir avec vous ! fulmine Violette. Vous êtes dans l'excès, je vous jure !

Le vent froid me balaie le visage et ajoute à mon euphorie. Je ne pensais pas prendre un tel plaisir en participant à une animation si caractéristique de cette période de l'année ! Je me sens vivifiée. Du moins, jusqu'à ce que George Michael se mette à susurrer dans les enceintes *Last Christmas.* Évidemment. C'était suspect, aussi, le fait qu'aucune chanson de circonstance ne soit diffusée.

Trois quarts d'heure plus tard, les joues rougies par le grand air, nous avons rendu les patins et Tom a commandé des churros pour sa fille. Nous nous installons autour d'une petite table métallique afin de siroter du vin chaud aux épices. Plus loin, le Père Noël prend la pose avec des enfants intimidés ou tremblant d'excitation.

Pendant que Violette dévore ses sucreries en envoyant des SMS, Tom me révèle qu'une idée lui est venue.

— La dernière fois que j'ai eu Maman au téléphone, elle m'a dit que ça faisait très longtemps qu'elle n'avait pas revu sa cousine Amélie.

— Celle qui vit en Allemagne ? Tu crois qu'elle pourrait être allée lui rendre visite ?

— C'est une simple hypothèse. Si je retrouve son numéro de téléphone, je pourrais essayer de l'appeler, en rentrant.

Je hoche la tête, pensivement.

— Ça pourrait se tenir. C'est vrai qu'elle l'apprécie.

J'extirpe mon smartphone de la poche de ma doudoune et explique à mon frangin que j'ai envoyé un mail à notre mère, un peu plus tôt dans la journée.

— Elle m'aura peut-être répondu.

De fait, trois enveloppes clignotent. Deux d'entre elles concernent des publicités visant à me rappeler que c'est le moment ou jamais pour effectuer mes derniers achats de Noël. Offres promotionnelles à ne pas rater, prix imbattables. Ludovic adorerait !

La troisième est bien la réponse de Maman.

Je m'exclame, non sans ironie :

— Super ! Elle est en vie !

Mon frère se penche par-dessus mon épaule pour en lire le contenu :

De : Judith <judithbrun1956@gmail.com>
À : Léna <pichon.lena@yahoo.fr>
Objet : re : merci de nous donner des nouvelles

Ma chérie,

Tu vas rire, mais je me demandais justement si vous alliez encore tenir longtemps, Tom et toi, avant de m'envoyer un mail. J'ai bien vu tes appels en absence, mais là où je suis, je ne peux pas répondre.

Tu n'exagérerais pas une chouille, quand tu m'écris que les catastrophes s'enchaînent ? Je vais essayer de te répondre point par point :

1/ Concernant la soirée de la Saint-Sylvestre : lorsque les inscriptions seront closes, Nadia et Carole pourront commander les quantités en fonction du nombre de participants. Le restaurant gérera son stock. Je connais Clément, il proposera des portions généreuses. Quant à l'animation musicale, vous trouverez les coordonnées d'un orchestre sur mon bureau, les filles pourront les contacter. Ils n'auront qu'à jouer leur répertoire habituel, qui est varié.

2/ Ton père vient passer Noël avec vous, d'accord. Vous êtes ses enfants, Mamie Jacotte est sa mère. Quoi de plus normal ? Je ne vais pas monter sur mes grands chevaux, d'autant plus que, non, pour répondre à ta troisième question, je ne serai pas rentrée. Et même si c'était le cas, c'est Noël, paix dans le monde, tout ça. Je trouve tout de même dommage qu'il attende que je m'absente pour se souvenir que passer les fêtes avec ses gosses peut être une excellente chose.

Tout le monde survivra sans moi, c'est bon ? Je suis sûre que vous vous amusez bien, malgré ton message qui se voulait culpabilisant.

Ah, j'oubliais : oui, tu pourras embarquer *Porque te vas* dans ta valise et non, je ne fais pas ma crise de la soixantaine. Je me porte comme un charme.
Je vous embrasse.

Maman.
PS : J'espère que vous avez acheté un sapin.

Tom lit le mail une seconde fois et tout ce que je trouve à dire se résume par :

— Elle ne nous dit pas où elle est.

— J'appellerai sa cousine, promis. Le principal, c'est qu'elle soit en bonne santé, non ?

Je renifle, en pleine crise de paranoïa.

— Et si elle écrivait sous la contrainte ? Tu imagines, si comme Mamie elle s'est inscrite sur Meetic ? Elle peut être tombée sur un psychopathe et…

— On se calme ! m'interrompt mon frère. Heureusement que je sais que tu es en train de lire Gilles Legardinier. À t'écouter, on pourrait croire que tu feuillettes Agatha Christie en cachette.

— C'est vrai que t'es un peu dans l'excès, lâche Violette.

— Très bien, comme vous voulez. Si jamais il lui arrive quelque chose, je me serai au moins inquiétée.

Tom me presse la main.

— Tu n'es pas responsable de Maman, Léna. Pas plus que de ce qui est arrivé à…

Je lui fais comprendre d'un regard qu'il est hors de question qu'il analyse mes réactions devant sa progéniture. Et puis, il n'est pas psy, que je sache !

— Nous devrions prendre le chemin du retour si nous voulons être arrivés avant Papa, je fais alors remarquer. Et je dois appeler les copines de Maman pour les tenir informées.

Je profite du trajet en voiture pour joindre Carole et lui exposer les suggestions de ma mère.

— Quoi ?! s'écrie-t-elle dans le combiné, manquant de me torpiller un tympan au passage. Mais vous ne vous rendez pas compte de tout le travail qu'on a déjà, à la mairie !

J'avais espéré qu'elle serait davantage emballée.

— Je ne suis que la messagère, vous n'avez pas besoin de me crier dessus.

Mon interlocutrice pousse un long soupir.

— Comment est-ce qu'on va bien pouvoir faire ? On manque de temps…

— La réponse de ma mère me paraît sensée, je me risque à répondre.

— Évidemment, mais qui va se charger de tout ça ? Qui ? Nous sommes dé-bor-dés, vous comprenez ?

Comme je ne dis plus rien, elle enchaîne :

— Vous pourriez peut-être nous aider à organiser ces derniers détails ?

À mon tour de m'égosiller comme si elle venait de me faire une proposition indécente :

— Moi ?! Pas question.

— C'est quand même à cause de votre mère qu'on se retrouve dans cette situation.

— Et alors ? Je n'ai pas à en assumer les conséquences.

— Je vous demande juste de passer un coup de fil au restaurant et à l'orchestre, ce n'est quand même pas si compliqué.

Aux grands maux les grands remèdes.

— Je vais être honnête avec vous, Carole. Cette période me donne de l'urticaire.

— Vous n'exagérez pas un peu ?

— Non. Si je ne risquais pas de passer pour une cinglée, j'irais jusqu'à arracher les décorations de chaque sapin.

Silence. Carole semble retenir sa respiration, tandis que mon frère me coule un regard en biais.

— Bon, dit mon interlocutrice d'une voix beaucoup plus doucereuse. Envoyez-moi le numéro de l'orchestre par SMS et on s'occupe de tout.

Quand elle précise « on s'occupe de tout », est-ce que ça inclut le fait de téléphoner à une ambulance pour me transporter dans le plus proche établissement psychiatrique ? J'ai peut-être un peu trop poussé le bouchon. En même temps, il faut voir le bon côté des choses : aucun risque de croiser le moindre sapin dans une chambre capitonnée.

Curieusement, Tom et Violette secouent la tête en levant les yeux au ciel.

— Quoi ? Le problème est réglé, au moins.

10

— Maman n'est pas à Munich, annonce mon frère, alors que je sors de la douche.

— Pourquoi est-ce que cela ne m'étonne pas ?

— Peut-être parce qu'il aurait été bizarre qu'elle préfère fêter Noël avec une cousine plutôt qu'avec ses enfants qu'elle ne voit pas plus de deux fois par an ?

Faisant les cent pas dans le salon, je réfléchis à ce que Tom est en train de me dire.

— On tient un truc, là ! Nous n'avons pas pensé à considérer le problème sous un autre angle !

— Léna, tu fais la même tête que celle d'Archimède quand il a lancé son « *Eurêka !* ». Tu m'inquiètes.

Violette, jusque-là occupée à regarder des âneries sur YouTube avec une parfaite application, redresse la tête.

— Papa, tu n'as pas connu Archimède.

Elle replonge aussitôt dans sa vidéo si passionnante.

— Tu penses à quoi ? veut savoir mon frère.

— À aucun moment, nous ne nous sommes posé la bonne question. À savoir : aux yeux de Maman, qu'est-ce qui pourrait être plus important que de fêter Noël avec nous ? Elle qui se plaint régulièrement de ne pas nous voir assez souvent ?

Tom paraît déçu.

— Je ne sais pas. Je suis incapable de répondre à cette question.

Je soupire.

— Pareil. On pourrait peut-être fouiller dans son ordinateur.

— Pas bête, admet mon frangin en se dirigeant vers le PC.

Je le rejoins en deux pas, mais nos espoirs sont brisés net.

— Merde, il faut entrer un mot de passe.

— Ça ne doit pas être compliqué, dis-je. Maman est généralement infoutue de les retenir. Soit elle l'a noté quelque part, soit c'est quelque chose de très simple.

Tour à tour, nous entrons nos dates de naissance, la sienne, le nom d'Elvis Presley sous toutes les formes possibles.

— Elle nous a bien eus, soupire Tom, déconfit. Rien ne fonctionne.

J'avise la tonne de papiers qui jonchent son bureau. Si nous envisageons de trouver un mot de passe là-dedans, il va nous falloir des jours entiers pour tout éplucher.

Je tape du poing sur la table.

— C'est rageant !

Sur une impulsion, je monte au grenier. Je laisse mon regard errer sur les affichettes à l'effigie de grands chefs amérindiens. Je me demande si… L'idée s'enfuit aussitôt. Le portrait grandeur nature d'Elvis me fixe avec ironie. Il me nargue, en fait.

Je m'empare du quarante-cinq tours *Porque te vas*, l'insère sur la platine et m'assois dans le fauteuil, en attendant qu'un éclair de génie vienne illuminer mon cerveau. Ma mère ne peut pas être partie aux États-Unis dans l'espoir d'y croiser Elvis ou Sitting Bull puisqu'ils sont trépassés depuis des lustres. Quoi, alors ? Un truc m'échappe et je sens que la réponse n'est pourtant pas loin. C'est extrêmement frustrant.

— Léna ! crie Violette depuis le rez-de-chaussée. Tu viens ? Je te rappelle que nous dînons chez Mamie et cette chanson est insupportable !

Oui, tout cela est extrêmement frustrant.

***

Xavier nous ouvre la porte lorsque nous déboulons chez ma grand-mère, prêts à faire passer un examen d'entrée digne de ce nom à la nouvelle copine de Papa.

— Alors, elle est comment ? chuchote mon frangin à l'attention de notre oncle.

— Blonde.

— C'est tout ? je fais, déçue. J'espérais quelque chose du genre « vulgaire » ou « terriblement stupide ».

— Laissez-lui au moins une chance, nous recommande Xavier, de son éternel air bienveillant.

Je meurs d'envie de rejoindre Mamie dans la cuisine pour lui demander comment s'est passé son rendez-vous, mais je pense que ma nouvelle belle-mère prendrait cela comme un affront personnel. Faute de quoi, je suis tout le monde dans le salon, où Papa s'exclame joyeusement :

— Les enfants ! Vous voilà !

Je suis la première à me précipiter dans ses bras, avant de laisser la place à Tom pour l'accolade. C'est seulement quand Papa étreint chaleureusement Violette que j'avise, près du canapé, la grande femme élancée qui m'adresse un timide signe de tête. Je m'avance vers elle et me présente, pendant que mon père demande à sa petite-fille si ses résultats scolaires sont à la hauteur de ses espérances.

— Je présume que vous êtes Céleste ?

Elle a beau me dominer de dix bons centimètres, j'ai le sentiment qu'à l'heure actuelle, elle préférerait se trouver dans un trou de souris. Malgré tout, un sourire illumine son visage et ses beaux yeux verts tandis qu'elle me serre la main avec gentillesse. Il faudra que je pense à lui signaler que chez nous, on s'embrasse et qu'on en fait souvent trois tonnes dans les effusions.

— Et vous êtes Léna, suppose-t-elle, d'une voix feutrée. Enchantée ! Votre père m'a dit beaucoup de bien à votre égard. Il est très fier de vous.

— Ah bon ?

Ne lui laissant pas le temps d'expliciter, Papa se pointe, entraînant Tom et Violette dans son sillage. Je m'éclipse poliment afin d'aller seconder ma grand-mère dans les préparatifs du dîner. Cette dernière est en train d'égoutter de caoutchouteuses saucisses cocktail, tout en fredonnant.

— *Dans la vie, faut pas s'en faire…*

Par chance, les inséparables sont silencieux. Elle leur a peut-être filé des somnifères.

— Coucou Mamie !

— Ah, ma chérie, tu tombes bien ! Peux-tu préparer les piques apéritif, s'il te plaît ?

— Bien sûr. Alors, ce Justindu04, il est comment ?

— Très élégant ! Il portait un costume, figure-toi. Il m'a fait penser à Clark Gable. Enfin, à ce qu'il aurait pu être s'il était devenu vieux, naturellement.

Je déniche les cure-dents dans un tiroir près d'une pelote de ficelle à rôti.

— Est-ce que ça fera l'affaire ?

— Évidemment, qu'il fera l'affaire !

— Je parlais des piques pour les saucisses.

Elle ricane comme une ado et le rouge lui monte aux joues.

— Ah oui. Cela dit, Justin fera aussi l'affaire. Il est chic et il a de la conversation.

Je fais couler l'eau du robinet dans un verre et elle ajoute, en disposant des tranches de saucisson sur un plateau :

— Il sera présent pour le réveillon.

— Euh… Ce n'est pas un peu précipité ?

— À notre âge, on n'a pas l'éternité pour se décider, ma chérie. Et puis, ton père nous présente bien Solène.

— Céleste, dis-je en goûtant la charcuterie. D'ailleurs, tu la trouves comment ?

— Discrète. Avec un ou deux verres, elle va finir par se détendre, crois-en mon expérience. Elle m'a dit qu'elle est responsable d'une agence de voyages.

Sans plus attendre, nous rejoignons tout le monde dans la salle à manger. Au départ, la discussion est convenue, entrecoupée de bruits de mastication. Nous lorgnons Céleste à tour de rôle, en essayant de rester discrets. Son cou se teinte peu à peu de plaques rose pâle, parfaitement assorties à son pull-over, et elle passe fréquemment la main dans ses cheveux coupés court. Je pense pouvoir affirmer sans me tromper qu'elle est plutôt mal à l'aise. Et qu'elle nous a tous grillés.

Mamie tente de détendre l'atmosphère.

— Ça me fait chaud au cœur, de vous avoir ici ! lance-t-elle à la cantonade.

— C'est vrai que nous ne nous réunissons pas assez souvent, reconnaît Papa. Je crois que nous sommes tous pris par nos boulots.

L'excuse n'est pas franchement avérée pour moi puisque seul un ordinateur portable peut me suffire pour travailler. Ce que je me garde bien de préciser. En revanche, mon père est à la tête d'une agence d'assurances. Il est sur le qui-vive toute la semaine et n'a pas beaucoup de temps à consacrer à la vie de famille. Je me demande même comment il parvient à aligner autant de conquêtes.

Céleste nous parle un peu d'elle et gagne en aisance au fil de la soirée. Elle nous raconte qu'elle a connu Papa dans le cadre de leurs métiers respectifs, puisqu'il a été amené à travailler avec elle pour assurer des voyages.

— Le seul prétexte qu'il a trouvé pour me revoir, c'était de me dire qu'il voulait emmener sa compagne d'alors en séjour sur l'île Maurice et qu'il souhaitait passer par mon agence.

— Finalement, ajoute mon père, je n'ai acheté aucun voyage, mais invité Céleste au restaurant.

Et très certainement largué la précédente conquête sans aucun remords. Je crois que je suis trop conventionnelle pour réussir à comprendre le mode de fonctionnement de Papa.

Ma grand-mère sert le dessert. Mon père en profite pour nous interroger sur la « disparition » de Maman.

— Est-ce qu'elle vous a donné des nouvelles ?

J'acquiesce en lui faisant part du mail que j'ai reçu.

— Elle exagère ! déplore-t-il. C'est d'un égoïsme !

Consternée par cette attaque facile, je fronce les sourcils. Aurait-il oublié qu'il a lui-même tout quitté du jour au lendemain ?

— Maman aura au moins attendu que Tom et moi ne soyons plus des gamins pour profiter de la vie.

Ma remarque acerbe jette un froid.

— Léna ! souffle Tom d'un ton autoritaire.

Je m'apprête à lui rétorquer que je ne suis pas sa fille, puis me ravise. Inutile de jeter davantage d'huile sur le feu. Je suis à fleur de peau et dans ces conditions, rien de bon ne ressortira. Dans le but évident de faire diversion, Xavier propose de servir le café. Je saute sur l'occasion pour l'aider à le préparer.

— Tu ne devrais pas te montrer si dure envers ton père, me réprimande doucement mon oncle une fois que nous sommes seuls dans la cuisine.

Je pose brutalement les tasses sur le plan de travail.

— De quel droit juge-t-il Maman ? Avec la vie dissolue qu'il mène !

Xavier tempère mes propos.

— Dissolue, dissolue… Comme dirait Violette, tu fais un peu dans l'excès, là.

Je lui décoche un regard noir. Tant pis si je dois rôtir en enfer.

— Allez, on se détend. Tout va bien se passer.

Un faux sourire plaqué sur les lèvres, je réapparais dans la salle à manger, un plateau entre les mains. Mamie se lève et s'empare de trois paquets posés sur le vaisselier.

— C'est pour vous, les enfants, déclare-t-elle en nous les distribuant, à Tom, Violette et moi.

— Ce n'est pas encore Noël, proteste ma nièce.

— C'est un avant-goût.

Nous déchirons les emballages et découvrons chacun un pull-over tricoté à la main. Je suis accablée en avisant le mien, qui est rouge, orné d'une frise de flocons de neige.

— C'est…

Le reste de ma phrase reste coincé dans ma gorge. *Hideux.* Tom, lui, éprouve toutes les difficultés du monde à contenir son enthousiasme.

— C'est génial ! Tu nous faisais les mêmes, quand on était gosses Tu te souviens, Léna ?

— Je ne vois pas comment j'aurais pu oublier.

Violette considère le sien avec perplexité, une tête de renne sur fond vert, avec une étoile en guise de nez.

— Il a l'air un peu grand.

— Je n'avais pas tes mensurations, ma chérie. Je me suis basée sur celles de Léna à ton âge, explique patiemment ma grand-mère.

— Ah ouais, siffle ma nièce en me détaillant, tu devais être ronde.

— Mais pas du tout ! J'ai toujours été large au niveau des épaules parce que je pratiquais la natation.

— J'espère que vous les porterez pour Noël.

L'intonation de Mamie est tellement chargée d'espoir qu'il serait criminel de refuser sa requête. Je ne peux pas me débarrasser de ce pull sans risquer de la vexer. Tant pis, je vais prendre sur moi et sourire sur les photos. Qu'est-ce que ça me coûtera ?

— Dis, Papa, lance soudainement mon frère, si Céleste et toi veniez déjeuner avec nous, demain ? Mamie mérite un peu de repos.

Devant mon air affolé, il précise qu'il a l'intention de prendre toute la préparation du repas en charge.

— Eh bien, ce sera avec plaisir, approuve mon père.

Céleste acquiesce également, nous octroyant un sourire plein de gratitude et de chaleur. Malgré son sérieux et sa discrétion, je la trouve très agréable. Papa semble épanoui, fait suffisamment rare pour être relevé. Elle n'y est sans doute pas étrangère. Je ne demande qu'à la connaître davantage. L'idée de Tom n'est pas si mauvaise.

***

— C'est gentil de nous inviter.

Céleste est encore plus intimidée qu'hier soir. Elle n'arrête pas de triturer ses courtes mèches blondes et semble marcher sur des œufs.

Je l'accompagne jusque dans le salon afin qu'elle puisse poser son manteau sur le canapé et m'enquiers :

— Quelque chose ne va pas ?

— Oh, si… enfin, je…

Elle prend une inspiration et se jette à l'eau :

— C'est sûrement ridicule, mais je me demande si j'ai vraiment ma place ici. Dans la maison de votre mère. C'est plutôt gênant. Que dirait-elle si elle revenait et me trouvait dans son salon ?

Je lui assure qu'elle n'a pas à s'en faire.

— Déjà, ma mère ne reviendra pas aujourd'hui. Ensuite, notre famille doit vous paraître un peu déjantée, mais votre présence ici n'est pas un problème. Maman a tendance à encourager tout ce qui peut nous rapprocher de Papa… alors tant que vous ne lui volez pas sa collection de disques d'Elvis, tout devrait bien se passer.

Elle rit et se détend enfin. Le déjeuner s'avère très intéressant. Tom nous a préparé une quiche aux poireaux avec une salade. Après les nombreux excès des jours passés, un repas léger ne nous fera pas de mal ! Mon père a apporté un petit muscadet et nous refaisons le monde tout en mangeant.

Nous apprenons beaucoup de choses sur Céleste et le tutoiement est rapidement de mise. Sans hésiter, elle nous parle d'elle, de son enfance heureuse en Ardèche, entourée de parents très soucieux de préserver l'écosystème. Elle a suivi des études touristiques, puis commerciales, car elle voulait vivre dans une ville ; l'élevage de chèvres ne faisait pas partie de ses plans.

— Mes parents ont été déçus, mais ils se sont montrés compréhensifs. Les voyages m'attiraient plus que le fromage.

— Tu pars souvent ? l'interroge Tom.

— Le principal piège de mon métier, c'est que je gère tout depuis un bureau, répond-elle tristement. Cela dit, dès que l'occasion se présente, je lève les voiles. Je rêve d'un safari en Afrique, sur les traces de Karen Blixen.

— J'ai lu *La Ferme africaine*, au collège, mentionne Violette. C'est vrai que ça donne envie de découvrir.

Céleste a dix ans de moins que mon père. Cela ne se voit pas et nous importe peu. À première vue, elle est saine d'esprit et c'est tout ce qui compte. Passionnée par son travail, elle a un grand garçon âgé de douze ans, qui, hasard du planning, passe les fêtes avec son père.

Malgré la joie qui anime notre repas, j'ai du mal à fixer mes pensées sur les conversations en cours. La nuit dernière, je n'ai pas très bien dormi, terrorisée à l'idée que mon précédent cauchemar se manifeste à nouveau. Dès que le sommeil menaçait de m'emporter dans ses limbes, un brusque sursaut de mon corps se chargeait de me rappeler à l'ordre. J'ai fini par sombrer sans rêver de ce qui est arrivé à mon grand-père, mais je ne peux m'empêcher d'y penser sans cesse.

Rapidement, Violette demande l'autorisation d'aller faire un tour, afin de prendre quelques photos. Tom lui accorde la permission à condition qu'elle ne s'éloigne pas en direction des montagnes.

— Roooh, ça va, râle-t-elle, je ne suis plus un bébé.

— Certes, mais ça ne les rend pas moins dangereuses. Pas question de t'en approcher avant la fonte des neiges et accompagnée.

— Pas la peine d'être relou, c'est bon, j'ai compris.

Elle soupire bien fort pour la forme et Tom annonce qu'il va emballer ses cadeaux.

J'aide Céleste et mon père à faire la vaisselle, puis nous allons boire le café sous la véranda, où nous jouissons d'une vue unique sur les roches recouvertes de neige, qui scintille sous les effets du soleil.

Mon père m'observe au-dessus de la tasse brûlante.

— Dis-moi, ma puce, est-ce que tu sais pourquoi Aniata n'est pas là ?

Parce que ton fils a peut-être décidé de suivre tes traces. Non, ce serait parfaitement injuste, comme réponse. J'engloutis un sablé parfumé à la cannelle, puis esquisse un geste vague.

— Tom t'expliquera…

— J'imagine qu'elle travaille.

Je ne cherche pas à le détromper et juge préférable de détourner la conversation.

— Alors, vous avez des projets pour l'après-midi ?

— Nous allons visiter un village voisin. Est-ce que tu veux venir avec nous ? demande Céleste.

Mon portable vibre au même instant, me signalant un SMS de ma nièce :

Besoin que tu me couvres, suis avec Lucas. Rejoins-moi o restau dans 1h, stp.

— Allez-y sans moi, je vais retrouver Violette. On se voit plus tard.

Je tape rapidement ma réponse :

T'es dans L'EXCES avec ton langage SMS. Je serai là.

Mon père et Céleste partis, j'essaie vainement de me replonger dans mon livre. Finalement, je décide de prendre un peu d'avance sur le rendez-vous fixé avec Violette. Je n'ai pas envie de rester toute seule, à ressasser mille et une pensées contre-productives. J'espère que ma nièce ne va pas faire de bêtise avec Lucas. Que sait-on de ce jeune homme, en définitive ? Ce n'est pas parce que je connais une partie de sa famille que cela fait de lui un mec irréprochable. Zut, j'ai l'impression de devenir aussi barbante que mon frangin !

En atteignant la rue commerçante, j'aboutis à la conclusion que Violette a la tête sur les épaules et ne ferait rien d'insensé. Les haut-parleurs diffusent en boucle les mêmes ritournelles vantant la joie de Noël, la paix et l'amour dans les cœurs attendris. Encore deux jours et ce sera fini. Cette soudaine prise de conscience me redonne instantanément le sourire.

Je pousse la porte du *Café du Commerce* et trouve Josse, toute seule derrière le bar. Une cliente aux cheveux blonds comme les blés est assise sur un tabouret et sirote son café, en reluquant son smartphone de façon compulsive. Son pouce se refuse à lâcher l'écran, comme un enfant qui ne peut se séparer de son doudou.

Tout est calme, une délicieuse odeur de pommes chaudes flotte dans l'air et la patronne fredonne un air guilleret que je ne parviens pas à identifier. Après l'avoir saluée, je ne tarde pas à imiter l'unique cliente en me hissant à mon tour sur un siège.

— Qu'est-ce que je te sers, ma belle ? me demande la mère de Clément.

Je songe immédiatement à un délicieux lait de poule, puis me ressaisis et commande un thé.

— Le séjour se passe bien ? reprend-elle. Quand je pense que le réveillon est déjà demain soir, ça s'écoule à une vitesse...

J'admets que le temps a au moins la décence de passer rapidement.

— Ce Noël est quand même très particulier, dis-je. Mon père nous a présenté une énième nouvelle copine et ma grand-mère s'y met aussi. Elle a rencontré quelqu'un sur Meetic, tu y crois, toi ?

Josse s'esclaffe.

— Ta grand-mère a toujours été une personne très étonnante. Elle était d'ailleurs ici, hier, avec l'heureux élu.

— Ah oui, c'est vrai ! Il est comment ?

— Ma parole, tu joues les détectives ?

— Non, encore heureux ! Mais Mamie l'a invité à se joindre à nous demain soir, je ne sais pas à quoi m'attendre.

— Il m'a paru très bien et tout à fait correct. Un peu rétrograde dans son look vestimentaire, mais enfin, il a de l'allure.

Je la remercie tandis qu'elle dépose le thé face à moi.

— Et comment va ta mère ? enchaîne-t-elle.

C'est vrai qu'il y a encore des personnes qui ne sont pas au courant.

— Tout semble rouler, selon son dernier mail.

Mon interlocutrice m'adresse un coup d'œil interrogateur. Étonnamment, je me laisse aller dans les confidences. J'ai besoin d'alléger mon fardeau et je sais que Josse n'est pas du style à colporter des ragots.

— Maman nous a invités à venir pour les fêtes… et elle s'est fait la malle. On ignore où elle se trouve.

Intriguée, elle s'accoude au comptoir.

— Tu veux dire qu'elle a disparu ?

— Pas exactement… Elle nous a laissé un mot dans lequel elle nous annonce qu'elle a des rêves à réaliser.

— Tiens, ça me fait penser à cette grand-mère qui a appris à quatre-vingt-dix ans qu'elle était atteinte d'un cancer. Elle a décidé de voyager et son histoire a fait le buzz sur les réseaux sociaux.

Comme je grimace, Josse reprend, rassurante :

— Je suis certaine que ta mère est en bonne santé. Elle avait peut-être besoin de vacances. Tu sais, quand on a élevé nos gamins et que beaucoup de choses continuent à reposer sur nous, on a parfois envie de tout plaquer.

— Mais si jamais il lui arrivait un accident…

Je m'interromps en me rendant compte que ma voisine de tabouret me scrute, attentive à mes paroles. Depuis quand est-elle en train de nous écouter, au juste ? À présent, je regrette de m'être ainsi confiée, devant une inconnue. Ces longs cheveux blonds et ce regard indigo… cela m'évoque quelque chose, sans que j'arrive à mettre le doigt dessus. La jeune femme esquisse un mince sourire et règle sa consommation, avant de quitter le restaurant.

Josse reporte son attention sur moi.

— Tu te fais du mouron pour rien, ma jolie. Ta mère sait ce qu'elle fait.

Je suis déjà à mille lieues de notre sujet initial.

— Sans doute. C'était qui, cette femme qui vient de partir ?

Le temps d'un silence, elle affiche une mine déconcertée.

— C'est Lyne, la responsable du cabinet immobilier, me répond-elle finalement. Tu ne l'as peut-être pas connue…

Sans transition, elle me désigne une affiche collée sur la porte.

— Soirée jeux et animation mardi soir. Mes fils prépareront un buffet à volonté. Ta famille et toi êtes les bienvenus, si le cœur vous en dit. J'en ai parlé à ta grand-mère, elle m'a répondu que ça la changera des enterrements, ajoute-t-elle en riant.

Ça vient de moi ou elle a changé de sujet avec un peu trop d'empressement ? Étrange. À défaut de comprendre ce brusque changement, je lui réponds :

— Je vais voir avec Tom et Violette. Mais, euh… pour en revenir à…

— Maman, est-ce que…

Interruption simultanée. J'avais oublié que Clément pouvait potentiellement être ici. La façon dont il a surgi de la cuisine m'a coupée dans mon élan. Il paraît d'ailleurs tout aussi surpris que moi.

— L'appel du lait de poule ? me charrie-t-il, avant de s'installer à côté de moi.

— C'est une proposition ? Parce que je pourrais la prendre très au sérieux, tu sais.

Selon toute vraisemblance, je suis en train de flirter outrageusement. Je suis la première à me demander ce qui me pousse à agir de la sorte. Il a une copine et les mecs maqués, très peu pour moi. Certes, Clément est charmant, dans son genre et physiquement loin des mannequins de papier glacé qui sentent les embrouilles à plein nez, avec leurs abdos façon Action Man. Sous sa barbe, un visage fin et pâle, un nez oblong et un profond regard étiré de petits plis qui partent en étoiles. Sous sa chemise et son jean, un corps élancé et un petit ventre naissant qui ne cherche même pas à se cacher. Je remarque encore quelques grains de beauté à la base du cou et…

Mon Dieu. Le célibat longue durée est en train de me griller la cervelle.

À demi assis sur un tabouret, Clément me fait face à présent, m'obligeant à le regarder. J'espère qu'il n'est pas télépathe. Ce serait drôlement gênant.

Il me demande, tandis que sa mère lui sert un café :

— Alors, ça marche avec Ludo ?

— Oh, ce n'était pas ce que tu imagines.

— Tu étais pourtant tout en beauté.

Il vient de me dire quoi, là ? Mon cœur joue un drôle de staccato, mais je ne relève pas la remarque.

— Cela ne pouvait pas fonctionner, entre lui et moi. Nous ne sommes pas branchés sur la même longueur d'onde… ou sur le même modèle économique, devrais-je dire.

— Je parie que c'est parce que tu es devenue trop citadine, plaisante Clément.

Je secoue la tête, en faisant mine d'être outrée.

— Jamais de la vie !

Il se penche vers moi et plante ses yeux foncés dans les miens.

— Pourquoi est-ce que tu ne reviens pas vivre ici ? veut-il savoir.

Je lève les mains pour lui signifier l'évidence.

— J'ai mon travail, à Nice.

— Tu fais quoi, au juste ?

Après avoir écouté attentivement mes explications, il fait observer :

— Si j'ai bien compris, tu bosses chez toi, avec un ordinateur.

— C'est l'avantage du job.

— Donc, ce n'est pas le travail, qui te retient à Nice, dit-il en fronçant les sourcils. N'importe quel endroit pourvu d'une connexion Internet peut te suffire. Tu vois quelqu'un, peut-être ?

Je me contente de soupirer, quitte à passer pour la célibataire désespérée et sur le point d'organiser une journée portes ouvertes :

— Non, pas l'ombre d'un mec en vue. Ta… ta copine est très jolie, d'ailleurs. Et euh… elle a l'air sympa.

Ses iris prennent un éclat nouveau.

— Ma…

Violette débarque au même instant, en compagnie de Lucas. Clément m'interroge du regard et je lui chuchote à toute vitesse :

— Je n'en sais pas davantage que toi.

Je compte toutefois y remédier.

La fille de Tom s'approche de moi et je tente de déceler sur ses joues la teinte si vive des heures passées à s'embrasser. À première vue, rien à signaler. Clément rappelle à son cousin qu'ils ont du travail et tous deux prennent congé de nous. Je suis le premier du regard jusqu'à ce que la cuisine le soustraie définitivement à ma vue.

Une fois que nous sommes dehors, je laisse échapper un long soupir de soulagement. Je ne sais pas ce qui m'a pris de reluquer Clément sous toutes les coutures et de me sentir aussi perturbée par sa présence, mais j'analyserai le problème ultérieurement. Priorité à ma nièce. Je lui demande de but en blanc :

— Est-ce que tu prends la pilule ?

Pour la diplomatie, on repassera. J'ai dû hériter les gènes de ma grand-mère.

Violette écarquille les yeux, horrifiée.

— Tu crois que je suis une fille facile ?

Je m'efforce de la radoucir en passant un bras autour de ses épaules. À son âge, cette question posée de façon abrupte ne m'aurait pas réjouie non plus. J'ai tendance à oublier que Violette est ma nièce, et non une bonne copine.

— Bien sûr que non. Je veux juste m'assurer que ton père n'a pas de souci à se faire. Tu le connais.

Elle émet un rire sec.

— Je repars vendredi, Léna. Je n'ai pas l'intention de perdre ma virginité d'ici là.

Non, non, non, je ne veux pas avoir cette discussion avec elle, que je tenais dans mes bras lorsqu'elle avait cinq mois. C'était hier. Où est passé le bébé aux fins cheveux, qui gazouillait et sentait si bon ?

— Lucas et toi, vous…

— On s'entend bien.

Posément, elle m'explique qu'ils sont allés faire un tour dans la forêt et ont beaucoup discuté. Je comprends à travers ses propos que Lucas est un jeune homme réfléchi et particulièrement respectueux. Il est très attiré par ma nièce, mais le fait qu'elle n'ait pas encore seize ans le gêne un peu. Il est vrai qu'à cet âge, trois ans d'écart, c'est important. Pas forcément un gouffre, mais la maturité et les attentes ne sont déjà pas les mêmes.

— On ne se connaît pas très bien, de toute façon, ajoute-t-elle.

Je suis épatée par sa capacité à raisonner et lui fais part de mon admiration :

— Tu es d'une maturité déconcertante, tu sais ? J'ai l'impression qu'à l'époque dans laquelle nous vivons, tout doit aller très vite, y compris les relations amoureuses.

On s'embrasse, on partage quelques nuits ensemble, et dès qu'on commence à se connaître un peu trop, on se jette avant de passer à la personne suivante, au hasard d'une alerte de site de rencontres.

Évidemment, je me garde bien de lui faire part de mes pensées un peu trop pessimistes au sujet de l'amour.

Violette hausse simplement les épaules et me répond, de façon très philosophique :

— Je pense que notre époque se trompe sur toute la ligne, Léna.

11

La journée du 24 et le réveillon passent plutôt vite, à ma grande surprise.

Pour faire plaisir à Xavier, nous assistons à la messe de minuit, qu'il célèbre à dix-huit heures. Monter et redescendre les ruelles glissantes en pleine nuit, avec quelques verres dans le nez, ce n'est pas ce qui se fait de mieux, à moins de vouloir passer le réveillon entre les bras des pompiers. Option moyennement intéressante, car ici, ils n'ont pas tellement l'apparence de mannequins. On serait plutôt dans le genre quarantenaires qui se laissent un peu aller sur le saucisson et la bière.

Violette et moi, indisciplinées, avons du mal à réprimer un fou rire en écoutant des femmes âgées mettre tout leur cœur à chanter très fort et très faux *Il est né le divin enfant*, ce qui nous vaut un regard très appuyé de la part de notre oncle qui, de l'autel, nous surveille avec application, comme si nous n'étions pas sortables. D'accord, il n'a pas complètement tort !

Aussitôt le petit Jésus déposé dans la crèche et l'hostie partagée entre les fidèles, nous prenons le chemin jusque chez ma grand-mère. Un monsieur très chic attend devant la porte, un bouquet de fleurs à la main. Le fameux « *Justindu04 qui aime danser et espère faire à nouveau rimer amour avec toujours* ». Il a un sursaut de surprise en nous voyant débouler à sept, mais se remet vite, grâce à l'apéritif servi généreusement par mon père.

Dire que l'ambiance est très détendue serait faux, avec les deux nouveaux qui ont débarqué dans notre famille et qui cherchent à se faire les plus petits possible. Je discute littérature avec Céleste que Mamie appelle trois ou quatre fois Céline, les autres conversent avec Justin, en essayant de ne pas trop le brusquer. Difficile de parler de soi devant des inconnus qui ont des airs de conseil de famille. On doit se demander à quelle sauce on va être grignoté.

Violette, quant à elle, ne lâche son portable qu'au profit de ses couverts, ce qui entraîne quelques œillades courroucées de la part de Justin. À tout moment, je m'attends au fameux « Moi, à mon époque… », censé démontrer la décadence de notre ère.

Un repas de famille en 2017.

— Dans un roman féminin, on crierait au cliché…, s'amuse Céleste en observant ma nièce.

— Et dans un roman noir, on applaudirait l'auteur pour avoir « parfaitement su capter l'air du temps tout en décryptant nos travers modernes », j'ajoute en riant, avec un ton condescendant.

Après les questions personnelles, les discussions glissent lentement sur la politique et les sujets de société. Le brouhaha s'intensifie alors que chacun tente d'élever la voix par-dessus celles des autres pour étaler son opinion, sur la droite, la gauche, l'ère Macron, l'immigration, le terrorisme et le pouvoir d'achat. Bien sûr, personne n'est du même avis.

Les conversations simultanées où tout le monde parle sans écouter personne, c'est la clé des dîners réussis. Du Facebook avec le volume en plus et les insultes en moins.

Nous apprenons que Justindu04, en plus d'aimer danser et de vouloir faire à nouveau rimer amour avec toujours, regrette l'époque coloniale. Selon lui, le monde tournait bien mieux lorsque, je cite, « certains peuples n'avaient pas leur indépendance et se contentaient de faire ce qu'on leur demandait ». Il y a encore des gens qui pensent ainsi ? Je suis choquée. Mamie tente de faire bonne figure, mais elle a soudainement l'air si constipée que c'en est hilarant.

La bûche a l'effet bénéfique de mettre tout le monde d'accord et la discussion qui s'ensuit sur la pâtisserie n'engendre, elle, aucune polémique. Je ne vais pas prétendre que mon cœur est en fête, cependant, je me sens moins mal que ce que je redoutais. Je suis simplement contente d'être là, dans le petit cocon qu'est la salle à manger de ma grand-mère, avec le feu qui crépite dans la cheminée et la table joliment parée.

Seulement, une fois allongée dans mon lit, mille pensées tourbillonnent dans mon esprit sans qu'aucune ne se fixe durablement. C'est une sensation violente, de me souvenir à trente ans que mon grand-père est mort par ma faute. Et encore, ma mémoire doit se contenter des miettes amères de mon cauchemar. C'est fou, toutes ces émotions que le cerveau est capable de refouler, quand il se sent incommodé ! Si seulement je pouvais mettre la main sur des articles de journaux de l'époque, peut-être que cela m'aiderait à retrouver totalement la mémoire…

Le sommeil me fuyant, je me connecte sur Internet et tape sur Google le nom de mon grand-père. Rien le concernant. Ce qui était très prévisible, dans un patelin niché entre les montagnes.

Dépitée, je découvre dans ma boîte mail un message de Maman, qui nous souhaite un bon réveillon et un joyeux Noël. De mauvaise foi, je lui réponds que nous ne nous étions encore jamais autant amusés, avant de plonger enfin dans les bras de Morphée, à plus de quatre heures du matin.

***

25 décembre

Noël. Les paquets au pied du sapin, les pépites d'excitation dans les yeux, les sourires qui remontent jusqu'aux oreilles.

Je suis encore en pyjama lorsque je rejoins Tom et Violette. Mon frère me colle d'autorité un mug de café fumant entre les mains.

— Il est onze heures, ma vieille ! Dépêche-toi, ils ne vont pas tarder à arriver.

J'étouffe un bâillement de protestation.

— Je sais quelle heure il est, Tom. Et je n'ai pas envie.

Violette, jusque-là assise sur une chaise, se lève d'un bond.

— T'es pas normale, Léna, j'te jure, grogne-t-elle.

Je sais qu'elle a raison. Je devrais trépigner d'impatience. Mon père, Céleste, Mamie et Xavier vont nous retrouver d'une minute à l'autre pour procéder à l'ouverture des dizaines de cadeaux, puis nous irons déjeuner chez ma grand-mère. Et moi, je suis plantée là, avec la seule envie de retourner m'enfoncer sous la couette et de dormir jusqu'à demain matin. Jusqu'à ce que tous ces flonflons soient passés.

Tom pivote vers sa fille :

— Peux-tu aller leur dire qu'on les attend d'ici trois quarts d'heure, ma puce ?

Violette, excédée, marmonne que je vais leur pourrir Noël et part en claquant la porte.

— Bon, qu'est-ce que tu nous fais ? veut savoir mon frère en passant nerveusement le plat de la main sur sa nuque.

Impuissante, je hausse une épaule et essaie de ne pas céder aux larmes qui menacent de déborder.

— Je ne peux pas, Tom. Ça me paralyse. Tu n'as qu'à dire à Mamie que j'ai chopé une gastro.

Il secoue fermement la tête.

— Hors de question.

Je l'implore du regard, mais sa volonté ne vacille pas.

— Il te reste quarante minutes, ajoute-t-il en regardant sa montre. Si tu veux en discuter, c'est le moment ou jamais.

J'ouvre la bouche, puis la referme aussitôt.

Je vais lui balancer que je culpabilise à mort pour un événement qui remonte à vingt-cinq ans et dont je ne me souviens que depuis quelques jours, ce qui est déjà assez ridicule en soi.

Je vais chialer en lui avouant que j'ai du mal à regarder Mamie dans les yeux parce que j'ai réalisé que j'ai plus ou moins tué mon grand-père, et ensuite ? La journée sera gâchée pour tout le monde et ils auront d'excellentes raisons d'être fâchés.

Je ne peux pas leur faire ça. Ils ne méritent pas que Noël soit invariablement associé à de mauvais souvenirs. Ce n'est pas non plus la peine de faire fuir Céleste. Je vais m'abstenir.

— Ok, désolée, Tom.

J'avale quelques gorgées de café.

— Je vais me doucher et m'habiller.

— Es-tu certaine que ça va aller ?

J'inspire une longue bouffée d'air.

— Oui. C'était une crise d'angoisse, c'est tout.

Mon frère me scrute avec une mine soucieuse. Je devine ce qu'il va me dire avant même qu'il ne prononce ces paroles :

— Si Noël est à ce point une source d'anxiété pour toi, tu devrais peut-être envisager une psychothérapie. Je dis ça pour ton bien.

Je m'efforce de détendre mes épaules et les rejette en arrière pour donner une impression de maîtrise totale de moi-même.

— Je te remercie de te soucier de moi, frangin. Mais ça va le faire.

La seule chose que je maîtrise en ce moment, c'est le faux-semblant.

Quelques minutes plus tard, nous ouvrons nos présents, réunis autour du sapin, parés des pulls moches que Mamie nous a tricotés avec tant d'amour. La tête de lutin qui orne celui de Tom a l'air de me narguer : *On t'a bien eue, ma vieille. Joyeux Noël !*

Violette observe de façon circonspecte les livres sur Audrey Hepburn et Simone Veil que je lui ai offerts, alors que mon frère applaudit silencieusement mes choix. Cependant, sa fille se réjouit davantage en découvrant l'appareil photo que mon père et Tom lui ont acheté.

Le sourire me vient également en découvrant mes cadeaux : des livres et un coûteux sac à main sur lequel je lorgnais depuis des mois. Tom a ajouté à la dernière minute la bande originale du film *Cría cuervos*.

— Je suis tombé dessus par hasard, l'autre jour, lorsque nous sommes allés en ville, relate-t-il. À présent, tu pourras pourrir la vie de tes voisins avec *Porque te vas*.

Près d'une heure plus tard, nous rassemblons les restes de papiers cadeaux avant de les jeter et de nous diriger chez Mamie. Le déjeuner débute dans la bonne humeur. Ma grand-mère a confectionné un sapin feuilleté pour l'apéritif, garni de caviar d'aubergines et de fromage de chèvre. Elle passe également quelques brioches individuelles au four, avant de les remplir avec une couche de foie gras et de confiture de figue. Un véritable festin !

La bouche un peu pleine, je lui demande si elle compte revoir Justin. Tous les regards convergent aussitôt vers elle.

— Oh non, répond-elle avec fermeté. Il m'a fait savoir que nous sommes trop *singuliers.* Il n'y a guère que Xavier qui a trouvé grâce à ses yeux.

Ce dernier lui sourit tendrement tandis que Céleste se désole pour elle.

— Allons, proteste Mamie, les larmes et le chagrin ne m'intéressent pas. Et de vous à moi, le temps des colons ne me fait pas rêver.

Ma grand-mère nous explique que, de surcroît, elle papote régulièrement avec deux autres hommes sur Meetic.

— Ils sont charmants, mais je soupçonne l'un d'eux d'avoir fait un lifting. À moins que son chirurgien ne se nomme Photoshop.

— Vous allez voir qu'elle va finir par s'inscrire sur Tinder ! plaisante Tom.

Mamie lève un sourcil réprobateur.

— Je ne suis pas intéressée par les coups d'un soir, mon chéri.

Nous manquons simultanément de nous étouffer à coups de foie gras pour les uns, de vin pour les autres. Violette, assise à côté de moi, me chuchote, effarée :

— Mais tu crois qu'à son âge, elle fait encore l'amour ?

À l'évidence, je vais mourir aujourd'hui. Afin d'éviter d'avoir à lui répondre, j'aide Xavier à ouvrir les huîtres dans la cuisine. Dans leur cage, les inséparables caquettent de façon stridulante à nos moindres faits et gestes.

— Comment est-ce que tu te sens ? s'enquiert mon oncle.

Je me gratte machinalement le bras.

— Pas trop mal. Ce n'est qu'un moment à passer.

Je pourrais me confier à lui, il a l'habitude d'écouter. Père Xavier confesse des dizaines de personnes depuis des années, et en tant qu'oncle, il a toujours été très attentif à notre bien-être. Mais ce n'est pas l'instant idéal.

Néanmoins, je lui pose cette question :

— Comment as-tu fait pour ne pas perdre ta foi ?

Il m'interroge du regard et j'explicite :

— Il y a vingt-cinq ans, quand…

— La mort fait partie de la vie, dit-il en s'emparant d'une huître. Nous devons l'accepter, tout simplement.

— Tu n'as jamais ressenti de colère ?

— Non. De la tristesse, évidemment. J'aimais profondément mon père, même si ces choses-là, on ne se les disait jamais. La vie n'est qu'un cycle, la mort en est un autre.

Je coule un œil vers les oiseaux. L'un d'eux mâchouille un morceau de pomme en me regardant de haut. Ils me font penser au film d'Hitchcock, je suis sûre qu'à la moindre occasion, ils nous tueraient à coups de bec féroces.

— Je commence à me souvenir de ce soir-là. Pas encore de façon précise, mais… C'est quand même injuste de mourir si brusquement.

Xavier tourne vers moi son visage serein.

— La mort est injuste pour ceux qui restent, Léna. Parce qu'elle nous rappelle que tout peut s'arrêter en quelques secondes et que nous n'avons pas vraiment pris le temps d'en profiter. Je vais te confier un secret : on reste vivant tant qu'on est encore dans le cœur des gens. On disparaît réellement quand les traits du visage ou le son de la voix commencent à s'en effacer. Je n'ai rien oublié de mon père.

Il dépose une dernière huître sur le plateau et nous rejoignons les autres dans la salle à manger. Je me sens comme dans un état second, encore en train de méditer sur les dernières paroles de mon oncle.

Les conversations s'accompagnent du bruit des couverts qui s'entrechoquent, de la maladresse d'une main qui renverse son verre sur la nappe en voulant attraper du pain, d'éclats de rire, d'anecdotes sur l'enfance des uns et des autres. Ma grand-mère est dotée d'une mémoire infaillible et évoque pour la cinquantième fois (minimum) le jour où mon père, âgé de six ans, est tombé dans la fosse à purin d'une ferme des alentours (l'odeur était épouvantable) ou encore celui où Tom, en visite chez des cousins éloignés, a ouvert tous les clapiers des lapins et tapé dans ses mains pour qu'ils s'enfuient avant de terminer en civet. Il avait onze ans et était dans sa phase végétarienne.

— Quel dommage qu'aujourd'hui on ne laisse plus les enfants expérimenter les bêtises, conclut-elle. À la moindre incartade, on se retrouve avec un diagnostic d'hyperactivité. Non, vraiment, c'était une autre époque.

Nous attaquons la viande et les légumes lorsque Mamie demande à Céleste, qui a toujours vécu à Avignon, si la région lui plaît.

— Énormément ! s'enthousiasme-t-elle. Je n'ai pas encore vu toutes les merveilles des environs, mais Éric m'a promis que nous reviendrions cet été.

Je jette un coup d'œil éloquent à mon père, heureuse qu'il se projette enfin aussi loin dans l'avenir avec une femme.

Violette s'anime à son tour, lançant avec emphase :

— Lucas m'a dit qu'il me montrera les abris sous roches ! Avec mon nouvel appareil photo, je sens que je vais pouvoir réaliser de belles prises de vues.

Tom se recule sur sa chaise. Un éclair de contrariété traverse son regard.

— Et qui est ce Lucas ?

— Juste un copain, c'est bon.

— Quel genre de copain ?

Ma nièce rougit, soupire et s'emporte, telle une Cocotte-Minute qui ne va pas tarder à exploser :

— T'es lourd, là, tu vas pas commencer…

Je viens à sa rescousse avant que la situation s'envenime :

— Je le connais, tu n'as pas à t'inquiéter. C'est le cousin de Clément, il bosse avec lui au *Café du Commerce.*

— C'est vrai, confirme ma grand-mère. Il a les cheveux qui partent un peu dans tous les sens, mais c'est un jeune homme très bien élevé.

— Je peux venir habiter chez toi ? lui demande Violette, avec le plus grand sérieux.

— Je n'ai rien contre, mais ce n'est pas pour autant que tu seras autorisée à grimper dans ces montagnes, ma chérie. Je n'ai pas envie que tu fasses la une des faits divers.

— Ça va, j'ai compris, souffle Violette. Pas besoin de me faire la morale.

Mon père change de sujet de conversation et met directement les pieds dans le plat :

— Comment se fait-il qu'Aniata ne soit pas présente ? Elle travaille ?

Un silence de mort tombe autour de la table. Mon bras me gratte à nouveau, ma grand-mère sauce son assiette pourtant impeccable, Violette consulte ses SMS.

— J'ai raté quelque chose ? insiste Papa, face à notre gêne palpable.

Tom se lance dans les explications et tente de ne pas s'enliser. Je compte sur mon père pour lui rappeler que ce genre d'infidélité n'amène en général rien de bon. Au lieu de quoi, il se passe la langue sur les dents et lance, avec l'expression de celui qui en sait long sur la vie :

— Elle reviendra, tu verras.

La moutarde me monte au nez. À moins que ce ne soit le porto de l'apéritif.

— Je ne suis pas un parangon de vertu, mais suis-je vraiment la seule à considérer que ce que Tom a fait est grave ?

Ce dernier affiche son air de vierge effarouchée tandis que mon père toussote.

— Enfin, Léna, ce serait dommage qu'ils se séparent pour si peu. Un baiser, ce n'est rien du tout.

Je deviens carrément inflammable.

— Évidemment, Papa, tu ne pouvais qu'approuver, de toute façon.

Mon frère se lève.

— Je vais fumer.

— Je t'accompagne, déclare mon père tout en m'adressant un œil peiné.

Violette souffle à Xavier qu'il faudrait peut-être arrêter de me servir de l'alcool, Céleste me regarde avec compassion.

— J'ai bien cru que tu allais lui balancer la dinde à la figure, soupire Mamie.

Je sais que je suis allée trop loin et que je n'aurais pas dû prendre mon père ainsi à partie. Léna ou l'art de plomber l'ambiance. Anime vos mariages, baptêmes et autres soirées festives.

J'ai sacrément fait preuve d'immaturité. Je m'en veux d'avoir remis de vieux griefs sur le tapis... À pas lents, je les rejoins sur le balcon transformé en fumoir. La neige s'est remise à tomber, un froid sec m'accueille et me donne aussitôt envie de faire demi-tour. Cependant, je préfère m'excuser auprès de mon père.

— Je suis navrée. Les mots ont dépassé mes pensées.

Il secoue la tête avec lenteur et déclare, avant de tirer une nouvelle taffe sur sa cigarette :

— Tu pensais réellement ce que tu as dit, Léna. C'est ce qui m'attriste.

— Je n'aurais pas dû sortir de mes gonds.

Mon père hausse les épaules, dans un élan de fatalité.

— Céleste est super. Tu sembles être en harmonie avec elle.

— Je confirme, m'appuie Tom.

Papa sourit et je perçois tout l'amour qui remonte jusqu'aux coins de ses yeux et les fait briller.

— Elle me fait du bien. Je me sens apaisé à ses côtés.

Puis il se tourne vers moi :

— Je regrette tout le mal que j'ai pu faire à ta mère, ma puce. Et à toi aussi, par la même occasion. Tu étais petite et je suis lâchement parti. Mais je portais un tel poids sur mes épaules… La mort de Papa m'a dévasté.

Je me mords l'intérieur des joues, prête à prendre sur moi la responsabilité qui m'incombe dans ce drame. Peut-être qu'il était compliqué pour mon père d'arriver encore à vivre sous le même toit que moi. Il ne devait pas être évident de côtoyer au quotidien celle par qui tout est arrivé…

J'inspire et laisse l'air glacial s'insinuer dans mes narines. Lorsque j'étais petite, j'étais persuadée que si je pleurais en plein soleil, je pourrais faire naître un arc-en-ciel. Aujourd'hui le ciel a une teinte morose. Si je pleure maintenant, mes larmes vont geler sur mes joues. Je m'essuie furtivement les yeux.

La voix de Violette nous parvient de la salle à manger :

— Le fromage est servi ! Vous comptez rester dehors ?

Tom s'esclaffe et relance l'une de nos vieilles boutades :

— Vous savez ce qu'on dit : Noël au balcon…

Papa et moi répondons en chœur :

— … enrhumé comme un con !

Il y a des plaisanteries qui sont entre nous comme des rituels immuables. Nous pourrions rester quinze ans sans nous voir, ces phrases fétiches, ces tics de langage que l'on s'amuse à exagérer ressortiraient à la moindre occasion. Le code familial.

Je trouve cela réconfortant, car ça signifie que la vie ne nous a pas tout enlevé. Elle n'a pas réussi à nous éloigner tant que ça, malgré tout.

La magie de Noël.

12

Je passe la matinée du mardi à errer de ma chambre au canapé. Mon père et Céleste sont repartis à cause de leurs obligations professionnelles et ça me colle un peu le cafard.

Comme chaque jour, j'ai consulté mes mails. Ma mère n'a toujours pas manifesté une quelconque intention de rentrer au bercail. Si elle savait comme la situation est stressante ! Elle est certainement loin d'imaginer ce que c'est, de devoir répondre, et avec le sourire, quand on nous demande de ses nouvelles : « Maman a disparu. On sait qu'elle n'est pas morte, c'est toujours ça de pris. » J'exagère à peine. Ses copines Carole et Nadia semblent s'être fait une raison et sont prêtes à gérer la soirée de la Saint-Sylvestre. J'ai l'impression qu'elles marchent sur des œufs dès qu'elles me croisent, il faut dire que je n'y suis pas allée avec le dos de la cuiller lors de notre dernière conversation au téléphone.

Tom, lui, a relégué le problème dans le compartiment « Affaires non urgentes » de son cerveau. S'il est préoccupé, c'est par un autre dossier : Aniata va récupérer Violette après-demain à la gare de Nice, puis elles reprendront l'avion pour Paris et les festivités du Nouvel An.

Autant dire qu'en ce matin du 26 décembre, l'ambiance chez les Pichon est aussi festive que dans un goulag sous Staline. Ce n'est pas l'envie qui me manque de tout laisser en plan et de retourner chez moi. Si je reste, c'est pour ne faire de peine à personne.

J'ai toujours détesté les séjours prolongés car les au revoir sont encore plus tristes et ressemblent davantage à des adieux anticipés. Comme si c'était la dernière fois. Même ma nièce semble s'être refermée comme une coquille. Elle s'adresse à nous pour le strict nécessaire, par des monosyllabes marmonnées.

— C'était quand même bien, hier.

— *Mmph.*

— Ça te dérange, de me passer un peu de pain ?

— *Mmph.*

— On devrait essayer de se voir plus souvent.

— Hein ? *Mmph.*

Les journées doivent lui paraître bien longues. Je rince lentement la vaisselle du déjeuner, tout en fixant les succulentes posées sur le rebord de la fenêtre. Elles ont grand besoin d'être rabotées, les pauvres !

Voilà, c'est exactement ce à quoi je vais m'occuper.

Je m'essuie les mains dans un torchon qui représente un calendrier de l'année 1977, ouvre la fenêtre et m'empare des pots qui contiennent les fleurs pastel. Je profite du calme de la maison, Tom étant parti accompagner Mamie faire ses courses et Violette occupée à écouter de la musique en textotant.

Munie du terreau, j'en verse par-dessus les billes d'argile censées former un drainage et évacuer l'excédent d'eau. C'est salutaire de jardiner, même à petite échelle, les doigts plongés dans la terre. Pendant ce temps, mes neurones se tiennent à carreau. Un doute s'insinue en moi : j'espère que je ne suis pas en train de tuer les plantes de ma mère. Avant de me lancer dans cette entreprise risquée, j'aurais peut-être dû consulter l'un des manuels de jardinage, dans sa bibliothèque.

La bibliothèque ! Comment n'y ai-je pas pensé plus tôt ? Avec un peu de chance, ils auront numérisé les archives du journal local. Et peut-être trouverais-je une mention sur l'accident de mon grand-père… Malgré moi, je suis presque tentée de réprimer cette idée. Qu'est-ce que je peux bien espérer à part déterrer encore plus mon sentiment de culpabilité ? Peut-être est-ce retourner le couteau dans la plaie ou m'auto-punir en me lacérant l'esprit… Mais j'ai besoin de savoir.

Je ne tiens plus en place et je vais devenir folle si je reste à prendre soin des succulentes. Je rempote le tout vite fait, me souviens qu'il ne sert à rien de les arroser en hiver et les replace sur le rebord de la fenêtre. Puis j'enfile mon manteau avant de prévenir Violette que je sors. Je ne suis pas certaine qu'elle m'ait entendue, alors une fois dehors, je lui envoie un SMS. J'espère que la bibliothèque est ouverte le 26 décembre.

***

J'arrive essoufflée devant le nouveau bâtiment qui abrite la médiathèque. Au pas de course, j'ai redescendu les vieilles rues, puis traversé le pont qui mène aux quartiers plus récents, là où de rutilantes structures ont été bâties. Si, quand j'étais plus jeune, la bibliothèque était hébergée dans une maison médiévale, les livres sont aujourd'hui disposés sous un bloc blanc, aux lignes impersonnelles. Au moins, les pages ne prennent pas l'humidité.

Mes semelles en caoutchouc crissent sur le linoléum jaune, me rappelant le gymnase des années collège.

Je me dirige vers la femme de l'accueil et lui expose directement ma requête :

— Bonjour madame, je voudrais savoir s'il est possible de consulter les archives du journal local.

Mon interlocutrice essaie de repousser discrètement ses chocolats Mon Chéri et plaque sur son visage un sourire professionnel.

— Bien sûr, elles sont à disposition dans nos ordinateurs. Vous avez juste à entrer la période qui vous intéresse dans le logiciel.

— Merci.

Je m'avance dans les rayonnages quasi vides – il n'y a qu'une cinglée de mon espèce pour se rendre à la bibliothèque le lendemain de Noël – et avise les PC. Tout en m'installant, je songe que je peux encore faire demi-tour. Il n'est pas trop tard. Pourtant, une force irrésistible me maintient assise sur la chaise en plastique. Il me reste encore un peu de temps avant de devoir me préparer pour la soirée au *Café du Commerce.* Autant que je le tue en autoflagellation.

Je clique sur la barre de recherche et ouvre la page d'accueil du journal. En haut, à droite, je sélectionne le mois de décembre 1993. Un message m'annonce que je dois délester mon compte en banque de deux euros et soixante centimes par article consulté. Payer pour me rappeler d'horribles instants. Je suis sur le point de tout laisser tomber et finalement, je sors ma carte bleue.

Je ne tarde pas à trouver l'annonce du décès de mon grand-père, qui a été garde champêtre de Vallenot durant quarante ans. Le journaliste retrace sa vie dans les grandes lignes, son mariage heureux, ses deux enfants, dont l'un est devenu prêtre, ses petits-enfants, son implication dans le club de football local et plus globalement dans la vie associative, ses coups de gueule légendaires lors de conseils municipaux, les gens qui se souviennent de lui comme un homme de caractère, mais « d'une bonté et d'une générosité poussées à l'extrême ».

De tout cela, je ne m'en souviens pas tellement. Pour moi, mon grand-père, c'était celui qui m'emmenait en balade dans les bois, qui se moquait tendrement de ma grand-mère car il ne savait pas lui dire « je t'aime » d'une autre façon, celui qui finissait toujours les restes de crème pâtissière en y ajoutant un trait de rhum, qui mangeait des tartines de camembert au petit déjeuner et qui me félicitait en me donnant une pièce de vingt francs à chaque nouveau bulletin de notes.

Mes souvenirs personnels sont bien plus précieux que ceux relatés par l'article hommage, qui se conclut par : « Jean-Michel Pichon est décédé brutalement ce mercredi. » Une vie qui s'achève. Envolée. *Pfffiout.*

Aucune mention de l'accident. Personne ne précise si Jean-Michel Pichon aurait vécu jusqu'à cent ans, sans cela.

J'avale avec peine la boule de salive qui obstrue ma gorge. Si je veux obtenir des réponses concrètes, je vais bien devoir finir par les poser, ces saloperies de questions qui m'assaillent sans relâche depuis mon cauchemar.

***

Xavier nous dépose devant le *Café du Commerce.* Tom a préféré décliner la soirée, voulant privilégier une nouvelle tentative téléphonique pour se rabibocher avec Aniata. Ce qui est tout à son honneur.

Mamie, Violette et moi pénétrons donc toutes les trois dans l'établissement, habillées comme si nous allions au bal. Josse nous accueille avec sa joie caractéristique.

— Voici les plus belles de la soirée ! Enlevez vos manteaux, il fait chaud, ici.

Elle nous indique une table et nous désigne, un peu plus loin, le buffet à volonté.

— Le père Xavier ne s'est pas joint à vous ?

Mamie fait un geste de dénégation.

— Ce n'est pas ce soir que nous arriverons à le dévergonder, plaisante-t-elle.

Notre hôtesse secoue ses cheveux blonds.

— Quel gâchis, quand même ! Un si bel homme… Le Seigneur aurait pu nous le laisser, celui-là.

Ma grand-mère lui répond, sur le ton de la confidence :

— Si je n'avais pas accouché chez moi, j'aurais juré qu'on me l'avait échangé à la naissance, le jour où il nous a annoncé sa vocation. Mais enfin, vaut mieux ça que brigand ou criminel. Il a le cœur sur la main, mon Xavier.

La propriétaire du bar se tourne vers moi.

— Des nouvelles de ta mère ?

— Un petit mail pour nous souhaiter un joyeux Noël, rien de plus. Aucune indication sur le lieu où elle se trouve. Peut-être qu'elle a rejoint une tribu masaï.

— C'est quand même une drôle d'histoire.

Après nous avoir installées, Josse nous montre les jeux de société, empilés sur une étagère, au fond.

— Chaque table fera son choix et vous pourrez jouer par équipes. Le but est évidemment de créer des liens, de passer la soirée *ensemble*.

Violette ne cache pas sa sidération.

— Vous voulez qu'on joue avec des inconnus ?

Mamie lève les yeux au ciel.

— Tu discutes bien avec n'importe qui sur Facebook, c'est pareil.

— Non, ce n'est pas la même chose, proteste ma nièce.

— Tu as raison, confirme Josse, sans se départir de son sourire. C'est même encore mieux. On se voit, on rit, on entend la voix de l'autre. On remarque les cheveux un peu trop longs d'un garçon, on sent les effluves d'un parfum, on découvre un piercing au sourcil… Plein de trucs indétectables derrière un écran ! Cela n'a carrément rien à voir.

Ma nièce paraît sceptique, mais ne trouve rien à redire.

Dans le restaurant quasi complet, la cacophonie s'accroît. Josse nous conseille d'aller nous servir au buffet et nous nous exécutons. J'intime l'ordre à Mamie de rester assise pendant que je vais lui faire remplir par Rémi une assiette de velouté de courge.

Si ma grand-mère et Violette mangent de bon appétit tout en bavardant, je me contente de picorer. Je mâche de petites bouchées de foie gras posé sur un macaron au chocolat (un délice) et ravale mes questions à chaque déglutition. Le bon moment ne viendra jamais. Je n'ai pas le droit de réveiller les vieilles douleurs. J'essaie tant bien que mal de participer à la conversation, tentant de m'intéresser aux prochains rencards Meetic de Mamie.

— Un petit jeune de vingt-cinq ans m'a envoyé une photo de sa… enfin, vous voyez quoi. J'ignore s'il le fait de façon systématique ou s'il nourrit un fantasme un peu particulier, toujours est-il que je lui ai répondu que de mon temps, on ne la sortait pas si facilement !

Je pleure à force de rire, Violette est cramoisie et se tient les côtes.

— T'es dans l'excès, Mamie, halète-t-elle, j'ai mal au bide !

Très vite, le buffet se pare de mignardises, tartelettes aux fruits et mousses au chocolat. Pas de lait de poule à l'horizon, à ma plus grande déception. Nous commençons à choisir nos jeux. Belote pour les uns, Cluedo pour les autres. Mamie repère trois de ses amis : Odette, *alias Dédette*, tricoteuse de compétition et amatrice du total look rayures, son mari Valéry *comme l'ancien Président*, incollable sur les pinards régionaux et Danielle, *deuzèleuh*, fumeuse compulsive et spécialiste des sudokus force 4 (moi, le premier niveau suffit déjà à me faire convulser).

Ma grand-mère leur propose un Trivial Pursuit. Violette me supplie de faire équipe avec elle. Les questions s'enchaînent, les fous rires aussi. Violette et moi séchons lorsqu'il s'agit de tout ce qui se rapporte aux sciences, Mamie se montre experte sur le divertissement.

— Quel redoutable personnage de *The Walking Dead* conserve un enfant zombie dans son placard ? lit Violette, persuadée que cela va être à notre tour de lancer le dé.

Ma grand-mère rugit, comme s'il y avait cinq mille euros à la clé :

— Le Gouverneur ! C'est le Gouverneur !

Nous la regardons, hébétées, les yeux écarquillés. Ma nièce retourne la carte et vérifie la réponse.

— C'est pas vrai ! Elle a raison. Comment tu peux savoir ça, Mamie ?

— Vous me prenez pour une vieille nouille restée coincée à *La Petite Maison dans la prairie* ?

Entre ses cheveux teints en roux et son penchant pour le maquillage couleur pêche, j'aurais plutôt pensé à *Orange Is the New Black*, mais passons.

— C'est Xavier qui m'a fait découvrir ça, figurez-vous, poursuit-elle. Il a acheté les DVD et un soir par semaine nous regardons plusieurs épisodes. On est accros.

Je vide mon verre de rouge d'un trait. Heureusement que je suis bien assise.

— Je ne vois pas ce qu'il y a d'étonnant, ajoute-t-elle. C'est vachement bien fait.

Ma grand-mère drague sur Meetic et regarde des séries sur les zombies. Avec mon oncle, curé de son état. Normal, quoi.

Je me demande quelles surprises nous attendent encore. Ce séjour devient surréaliste.

***

Un peu plus tard, Clément et Lucas sortent de la cuisine pour saluer tout le monde. Ils cueillent les compliments à chaque table comme s'ils étaient des rockstars. À ce stade, ils vont bientôt devoir signer des autographes et poser pour des selfies avec une foule de mamies en délire.

Je note que chacun a fait un effort de présentation, ce soir : le premier porte une chemise rouge sous un fin pull noir, le second a discipliné ses cheveux. J'essaie de rester concentrée sur le jeu, mais mes yeux ont tendance à vouloir dévier sur Clément.

Je ne vais pas me leurrer, ce n'est pas la première fois que je me sens troublée par lui, mais ce soir, c'est encore plus que ça. Plus que cette attirance que je ressentais il y a treize ans. Ce n'est plus un trouble, c'est une envie de le savoir près de moi. D'aimanter son regard, d'« *amanter* » nos corps.

J'en invente de nouveaux mots qui auraient déjà dû exister depuis longtemps pour expliquer une telle attraction. Au secours ! Ils s'approchent de nous ! Je m'efforce de rester naturelle et réponds par un vague :

— Ah tiens, salut !

Je crois que j'ai trop bu. Violette semble avoir autant de contenance que moi, j'en devine facilement la raison. Finalement, on a toutes le même âge dans cette situation. Quinze ans. Comme s'il y avait tout à coup un tremblement de terre, j'ai les jambes et le cœur qui flageolent.

Clément me demande s'il peut nous aider à remporter la partie.

— Ne le laisse pas jouer avec vous, me recommande Josse. Mon fils est très mauvais perdant et expert dans l'art de faire voler les plateaux de jeu !

Je coule un regard moqueur vers le principal intéressé.

— Vraiment ? Je découvre beaucoup de facettes inédites de ton caractère, en ce moment.

— Je ne vois pas pourquoi tu dis ça, rétorque-t-il avec un sourire en coin.

Le dé m'échappe des mains et atterrit sur les cuisses grassouillettes d'Odette *alias Dédette.* Lucas échange quelques mots avec ma nièce et se tait quand Valéry *comme l'ancien Président* nous pose LA question qui pourrait nous valoir notre dernier camembert :

— Au billard français…

— C'est bon, Léna, je te laisse répondre, annonce Violette.

On est mal. Ne pas perdre la face.

L'ami de Mamie reprend :

— Hum, au billard français, donc, de quelle couleur est la boule qui n'est pas blanche ?

Clément a rapproché une chaise et se tient tout près de moi. Si près que je sens son souffle tiède sur ma nuque, presque comme une caresse faisant naître un millier de petits frissons sur ma peau… Je ne vais pas tarder à répondre que cette fichue boule doit être rouge, aussi rouge que moi, aussi rouge qu'une tomate asthmatique après un marathon.

Va falloir que je me calme.

— Noire ?

Un air de triomphe passe dans les yeux de Danielle *deuzèleuh.*

— Rouge ! exulte-t-elle. On n'est pas dans *Motus*, petite !

— La question est hyper mal formulée, intervient Clément. Il y a du rouge et du blanc, ok, mais il peut aussi y avoir des boules jaunes !

De derrière le bar, Josse élève la voix :

— Je vous ai prévenu qu'il était mauvais joueur ! Bon, je ne voudrais chasser personne, mais nous allons bientôt fermer ! Nos cuisiniers ont mérité de se reposer !

Un grand-père proteste :

— Tu nous jettes dehors alors qu'on n'a pas encore chanté ? J'ai apporté mon accordéon.

L'assemblée se met à marteler les tables du poing et clame :

— Jeannot, une chanson ! Jeannot, une chanson !

Mamie participe à cet élan de rébellion, qui me laisse interdite. Ce qui ne manque pas de faire rire Clément.

— Une fois qu'ils sont lancés, on ne les arrête plus. Si tu veux un bon conseil, sauve-toi, sinon tu n'es pas couchée avant l'aube.

Je n'ai pas le temps de trouver une réponse censée me faire passer pour une femme pleine d'esprit que déjà, ledit Jeannot enflamme la salle :

— *C'est la java bleue…*

Très vite, tout le monde l'accompagne, dans un joyeux brouhaha mêlé de chants et d'accordéon :

— *Laaaa java la plus beeeeelle…*

L'École des fans version troisième âge vient officiellement de débuter.

— Ils sont sérieux, là ? lance Violette.

— *Celle qui ensorcelle…*

— Oh oui, ils ont l'air très sérieux…

— *Quand on la danse les yeux dans les yeux…*

— Tu veux sortir ? lui propose Lucas.

Ma nièce opine et recule vivement sa chaise. Je la retiens délicatement par le bras.

— Tu restes devant le restaurant, hein.

— Oh, c'est bon, fait-elle en se dégageant.

Je soupire, résignée.

— Ne t'inquiète pas, Lucas est sérieux, tente de me rassurer Clément.

— Je n'ai aucun doute sur ton cousin. C'est juste que Violette m'a paru bizarre toute la journée. Elle repart après-demain, alors…

Je ne peux pas terminer ma phrase car les chanteurs s'emballent :

— *Au rythme joyeux*
Quand les corps se confondent
Comme elle au monde
Il n'y en a pas deux
C'est la java bleue.

Ma grand-mère coule un regard vers nous, puis s'exclame :

— Eh bien, les jeunes, au lieu de nous regarder, vous n'avez qu'à danser !

Je termine un nouveau verre de vin et je me sens presque pousser des ailes. Joyeuse, je me tourne vers Clément :

— Elle a raison ! Viens danser !

— Je n'aime pas ça, proteste-t-il.

— Rooooh, allez ! Je ne vais pas te sauter dessus !

Il s'esclaffe avant de me remballer aussi sec :

— Si tu tiens vraiment à danser, regarde le grand-père qui te toise avec des yeux pleins d'envie, là-bas. Je suis sûr qu'il n'aurait rien contre.

— T'es vraiment pas drôle. Je crois que je ne vais pas tarder à rentrer. Je vais chercher Violette.

En me levant, j'ai la curieuse impression que la pièce tangue un peu. D'un pas que j'espère assuré, je commence à me diriger vers la sortie.

— C'est la cuisine ! me dit Clément en me rattrapant par un coude. Visiblement, tu es un peu éméchée. Je vous raccompagne, ça sera plus sûr.

Je suis sur le point de lui répondre qu'à mon avis, nous ne risquons pas de nous faire agresser, mais une petite voix m'intime l'ordre de me taire. Ses yeux noirs posés sur les miens semblent d'ailleurs me suggérer la même chose.

— Ne vous en faites pas pour moi, les enfants, Dédette et Valéry me déposeront à la maison.

Vraisemblablement, la surdité ne guette pas encore ma grand-mère, loin de là.

— Pas de nuit blanche, Mamie !

Pendant que Clément va récupérer ses affaires, je salue Josse et sors. L'air vif me fait du bien et m'aide à remettre mes pensées dans le bon ordre. Les effets de l'alcool, c'est moche, quand même. Surtout quand on a déjà une nette tendance à se prendre la honte à jeun. Lucas fume une cigarette tout en discutant avec Violette. Ils ne m'ont pas encore vue et j'ai le temps d'apercevoir le jeune homme passer tendrement une main dans les cheveux de ma nièce. Je me fige afin de ne pas les déranger, j'en serais bien trop gênée. Et je me surprends à envier la simplicité de cet élan.

Violette approche son visage de celui du jeune homme. Leurs bouches ne sont plus qu'à quelques millimètres l'une de l'autre. Par pudeur, je me détourne.

— On y va ?

La voix de Clément nous fait sursauter tous les trois et j'adopte l'attitude de celle qui vient de débarquer. Je n'ai pas envie que Violette aille s'imaginer que je l'espionnais, alors qu'elle était sur le point de donner un premier baiser à Lucas. Tous deux m'ont l'air un peu contrariés de nous voir, mais ne laissent rien paraître de ce qu'il vient de se passer. Ou plutôt, de ce qu'il a failli se passer.

Comme pour faire durer encore un peu plus le temps, nous flânons plus que nous ne marchons, à travers les vieilles ruelles.

— Léna, il fallait que je te demande quelque chose, me dit Clément, un peu embarrassé.

À tous les coups, il va demander pourquoi il entend mon cœur cogner comme s'il voulait s'échapper de ma cage thoracique.

— Tu as froid ?

J'éclate de rire.

— C'est ce que tu voulais me demander ? Si j'ai froid ?

— Non, mais on dirait que tu grelottes, là.

Sans me laisser répondre, il s'arrête et ôte son écharpe pour me la passer autour du cou. Je me sens littéralement fondre. Son haleine frôle la mienne, mon souffle se fait court. Si je me hisse sur la pointe des pieds, nos lèvres se toucheront.

Il pense que j'ai froid alors que je suis en train de bouillir intérieurement. Au vu des températures pourtant bel et bien négatives, je frise le choc épidermique.

— Au moins, tu ne te transformeras pas en iceberg dans les minutes qui viennent, murmure-t-il d'un drôle de ton.

S'il savait comme je suis plus proche du brasier que du glaçon ! Je déglutis et il détourne le regard. Il y a comme une alchimie dans l'air, quelque chose d'électrisant.

À l'arrière-plan, Lucas et Violette nous observent en gloussant bêtement. Nous reprenons notre marche comme si de rien n'était. Comme si je n'avais pas son écharpe empreinte de son parfum enroulée autour de mon cou.

Dans mon cœur, voltigent des milliers de pétales de roses. C'est la java bleue.

— En fait, reprend-il d'une voix un peu moins assurée, il nous manque une serveuse pour le réveillon de la Saint-Sylvestre. Est-ce que ça te dirait de nous dépanner ?

Ces paroles me sidèrent. Moi qui avais le sentiment de vivre un instant diablement romantique, voilà qu'il me propose de travailler pour lui. J'aurais dû me douter que derrière sa proposition de me raccompagner se cachait une intention différente que celle espérée. Il a une petite amie, en plus. Comment ai-je pu l'oublier, bon sang ?

— Ça fait longtemps que je n'ai plus bossé dans la restauration.

— Tu n'aurais pas grand-chose à faire. La soirée aura lieu dans la salle des fêtes. Tout le monde mangera la même chose. Et puis, tu ne seras pas seule, ma mère et Rémi serviront aussi.

Dans une même tirade, il arrive à passer du conditionnel au futur du genre « *c'est dans la poche* ».

— Si tu veux une rémunération…

Je coupe court à sa méprise. Qu'il pense ce qu'il veut, mais pas que je suis vénale.

— Il ne s'agit pas de ça. Crois-moi, me mettre plusieurs assiettes entre les mains et me demander de déambuler avec autour des tables, ce n'est pas une décision à prendre à la légère. Je n'ai plus dix-huit ans.

— J'espère te faire changer d'avis.

En effet, c'est ce qui manque de se produire, notamment à cause de son sourire. Je ne sais pas s'il a conscience du charme fou qu'il dégage, le soir, vers minuit. Un désir que je suis condamnée à garder pour moi, cette fois-ci.

L'éternelle répétition des choses.

Le mauvais endroit au mauvais moment.

La faute à pas de chance.

Violette se tourne vers nous :

— Arrivés !

Sitôt les au revoir effectués, les deux cousins commencent à s'éloigner.

Je porte la main à mon cou et hèle Clément :

— Ton écharpe !

— Tu me la rendras plus tard.

Ma nièce et moi entrons à pas de loup dans la maison, afin de ne pas réveiller mon frère.

Je ne sais plus où j'en suis, ni même comment je m'appelle.

13

La lampe halogène du salon tamise la pièce d'un doux éclairage. Tom est sûrement en train de bouquiner. Violette et moi avançons, avant de nous figer de stupeur sur le seuil.

Mon frère est assis sur le canapé, en compagnie d'une femme taillée dans une allumette, dont les boucles blondes se déploient sur les épaules. Tous deux discutent face à face, jambes repliées, un verre à la main. À leur droite, un feu crépite dans la cheminée. Une véritable scène sortie d'une comédie romantique !

Violette démarre au quart de tour :

— C'est qui, cette pouffe ?

Le bond qu'ils font pourrait prêter à rire si la situation n'était pas aussi gênante. Si Tom n'était déjà pas en mauvaise posture avec son épouse.

Avant que Violette ne s'énerve davantage, je lui demande de monter dans sa chambre.

— Je m'en occupe, ok ?

Elle s'exécute de mauvaise grâce et détale dans l'escalier, en montant les marches quatre à quatre. J'entre dans le salon et, pour la seconde fois en moins de deux minutes, m'immobilise net, alors que Tom et la blonde au visage de poupée me regardent, comme s'ils ne voyaient pas de problème au fait que je les trouve ainsi, à une heure avancée de la nuit.

Cette femme, je la connais. C'est celle qui a écouté ma conversation au bar, avec Josse. Mais il y a autre chose.

Un flash-back qui me revient en pleine face.

***

Je me dirige vers les buissons, mais un horrible bruit de voiture qui freine brutalement me fige sur place.

Je me retourne par réflexe et mon cerveau est incapable de comprendre ce que mes yeux voient.

Sur la route, une masse inerte, éclairée par les phares du véhicule arrêté.

Une belle femme blonde sort de l'habitacle, une expression d'horreur déformant ses traits.

Ses mains recouvrent sa bouche, comme si elle allait vomir ou hurler.

Elle marmonne :

— Oh mon Dieu ! Oh mon Dieu, non !

De la radio s'élève la voix de Freddie Mercury.

Cette femme doit avoir renversé un sanglier.

Papi va forcément lui venir en aide.

Pourtant, cela ne colle pas. S'il y avait eu des bêtes, je les aurais entendues.

— Papi ? dis-je d'une voix incertaine.

Mais Papi ne me répondra plus jamais.

Le corps étendu sur la route est le sien.

Je reconnais la cotte de travail vert bouteille qu'il quitte rarement et les bottes en caoutchouc.

Mon regard croise celui de la femme, une lueur de panique traverse ses yeux bleus.

Je m'enfuis en courant, laissant tomber les branches de houx cueillies un peu plus tôt, et, d'un bond, me réfugie derrière un bosquet.

J'entends la portière claquer, la voiture s'éloigner.

Je me recroqueville sur moi-même et tremble de tout mon corps.

Hier, j'ai appris que le Père Noël n'existait pas.

Aujourd'hui, on arrache mon Papi à la vie.

Sept ans, c'est encore trop tôt pour perdre autant d'illusions d'un coup.

Je tremble et je sens un liquide chaud couler le long de mes cuisses.

***

— Léna, est-ce que tout va bien ?

Je tressaille en découvrant Tom face à moi, sa main posée sur mon bras.

— On dirait que tu viens de voir un fantôme, ajoute-t-il.

Je désigne l'intruse de l'index :

— Vous… Vous…

Je ravale le flot de mots accusateurs qui s'apprêtait à franchir la barrière de mes lèvres. Cette femme ne peut pas être celle qui a tué mon grand-père, à moins de ne pas avoir vieilli en vingt-cinq ans.

C'est impossible. Je dois rester rationnelle.

— Vous êtes qui ?

Mon frère m'entraîne vers un fauteuil.

— Tu veux un verre de whisky ?

Sa voix est un peu pâteuse. J'imagine que la bouteille a été bien inaugurée.

— Non, ça ira.

Je me laisse tomber dans le fauteuil et toise à nouveau la femme, qui rit d'un air gêné. Tom la rejoint sur le canapé et entreprend de m'expliquer :

— Lyne est agent immobilier. J'étais au collège avec elle.

Mon Dieu. Il va m'annoncer qu'il a eu un coup de foudre pour elle et divorcer d'Aniata. C'est pour ça qu'elle était attentive à ce que je disais, au bar. C'est pour ça qu'elle triture nerveusement le bas de sa minijupe.

Mon frère reprend, d'une élocution rendue difficile par l'alcool :

— Lyne a eu vent de la disparition de Maman.

Je lâche un rire sec.

— Ah ! Pas bien difficile, elle m'a épiée quand j'ai tout déballé à Josse, samedi après-midi.

L'accusée toussote et me dit, d'une voix douce :

— Je vous assure que mon intention n'était pas de vous espionner.

J'aurais tendance à me méfier de son sourire enjôleur. Tom, au contraire, semble l'apprécier.

— Lyne est venue me faire une proposition pour la maison… au cas où Maman ne reviendrait pas.

Je bondis du fauteuil.

— Mais vous êtes cinglés, tous les deux ? Je vous signale que Maman n'est pas morte.

Lyne croise ses longues jambes fines et se penche vers moi.

— Toutefois, j'ai cru comprendre que vous ne savez pas où elle est et que vous ignorez si elle va revenir. S'il s'avérait qu'elle ne donne plus de nouvelles…

Je ne la laisse pas terminer sa phrase.

— Ce qui ne sera pas le cas.

Elle change de tactique.

— Vous savez, votre mère a reçu plusieurs belles propositions de rachat. Nous avons un projet de maison d'hôtes et cet endroit serait tout à fait approprié pour…

Je me lève et vitupère :

— JAMAIS !

Surprise par mon accès de fureur, Lyne s'enfonce dans le canapé. Tom frise l'hébétude, avec ses yeux écarquillés.

— Je ne sais pas ce que vous espériez au juste, mais sachez que ma mère est vivante et bien portante. Alors, vos petites manigances, vous êtes priée d'aller les faire hors de sa maison.

Elle se redresse pour prendre congé et lance une œillade agacée vers Tom. Lyne pense probablement qu'elle se serait bien passée de l'avis de la petite sœur.

Mon frère lui emboîte le pas. Arrivée près de l'entrée, elle se retourne vers moi :

— Vous devriez peut-être y réfléchir à tête reposée…

Je hausse un sourcil.

— Je n'ai pas été assez claire ? Ma mère est en vie. La décision n'appartient qu'à elle et je doute fort qu'elle ait envie de vendre. Bonne nuit, madame.

Une fois la porte refermée je retourne dans le salon et m'étire de tout mon long. Je suis épuisée, lessivée. Mon frangin me rejoint, affichant la même expression qu'un cocker qui vient de faire une ânerie et sait qu'il va se faire gronder.

— Votre petit rendez-vous était prévu de longue date ? C'est pour ça que tu n'as pas voulu venir à la soirée ?

— Je te jure que non. Elle a débarqué, peu après le dîner.

Je calcule à l'aide de mes doigts.

— Et pendant trois heures et demie, vous avez comploté contre Maman. Non mais sérieusement, Tom, qu'est-ce qui t'arrive ?

Il bâille exagérément et me répond :

— Je suis fatigué, Léna…

— Tu m'étonnes ! Elle t'a fait picoler, la jolie blonde, hein ?

— Il est tard. Est-ce qu'on peut en reparler demain ?

Je brandis un index sous son nez, en guise de menace.

— Je te préviens, mon vieux, tu n'as pas intérêt à te défiler.

Sur le palier du premier étage, Violette entrebâille la porte de sa chambre en m'entendant monter.

— Alors ? chuchote-t-elle. Il trompe ma mère ?

Je secoue la tête.

— Non, rien à craindre de ce côté-là. Cette nana voulait juste faire une offre d'achat pour la maison.

— Mamie veut vendre ?

— Franchement, ça me surprendrait. En attendant, sois sereine, il n'a rien fait avec elle.

Nous nous souhaitons mutuellement une bonne nuit et je rejoins vite fait mon lit, encore troublée par tous les événements de la soirée.

Telle une adolescente, je plonge le nez dans l'écharpe de Clément. Je voudrais m'enivrer de cette odeur, un doux mélange de pain d'épice et de linge propre. Honteuse, je la repose aussitôt sur mon bureau. Il faudra absolument que je pense à la lui rendre…

Les images de mon flash-back tournent en boucle sous mon crâne. La mémoire me revient vite et pourtant, j'ai le sentiment qu'il me manque encore des éléments. Qui était cette femme qui a renversé mon grand-père ? Pourquoi Lyne lui ressemble-t-elle autant ? À moins que mon cerveau ne mélange tout ? Puis-je être sûre de ces visions ? Tout cela a-t-il réellement eu lieu, d'ailleurs ? Ça pourrait concorder avec mon cauchemar. Expliquer le traumatisme refoulé…

Demain, après avoir passé un bon savon à Tom, j'aborderai le sujet de front. Je veux être certaine que mes souvenirs en sont vraiment, qu'ils ne sont pas uniquement le fruit de divers éléments mis bout à bout.

***

Violette touille son chocolat chaud tout en toisant son père avec hargne.

J'applique méticuleusement du miel sur mon pain grillé et, telle un membre du KGB, commence mon interrogatoire :

— Alors, Tom, des choses à nous dire ?

Le nez dans son café, il grogne vaguement avant d'avaler une longue gorgée brûlante.

— On dirait qu'il va faire beau, aujourd'hui.

Ma nièce serre l'anse de sa tasse plus que de raison.

— Tu sais très bien que Léna ne compte pas papoter météo.

Mon frangin agite les mains en guise de soumission.

— Ok, ok. J'ai compris, les filles. Qu'est-ce ce que vous voulez entendre, au juste ? Lyne a sonné à la porte, j'ai écouté ce qu'elle avait à me dire et ses propositions resteront sans suite.

— Quelles propositions ? insiste Violette.

Tom soupire.

— Je ne suis pas idiot, ma fille, je sais pertinemment que Léna t'a déjà briefée sur le sujet. Détendez-vous un peu, toutes les deux.

— Mouais.

Je laisse passer le temps d'un silence et reprends :

— Donc, tu n'as pas l'intention d'entrer dans le jeu de Barbie agent immobilier, ni de retourner le cerveau de Maman pour qu'elle se décide à vendre ?

Ma question l'offusque.

— Notre mère est assez grande pour prendre des décisions ! Tu as une si piètre image de moi ?

— Aucun rapport avec ce que je pense de toi. Mes certitudes vacillent toutes les unes après les autres, en ce moment. Alors je m'attends à tout.

— Nous avons bu. Moi un peu plus qu'elle, ok. Je n'étais pas très lucide, mais je n'aurais rien signé, même dans le cas où cela aurait été légal.

La sincérité perce dans ses yeux.

— Très bien, Tom, je te crois. Est-ce que tu as au moins pu téléphoner à Aniata ?

Jouant machinalement avec le couvercle du beurrier, il lance, défaitiste :

— À quoi bon ?

Violette se lève précipitamment et vide sa tasse dans l'évier, d'un geste rageur.

— Je monte dans ma chambre, grommelle-t-elle.

Je plante mon regard dans celui de mon frère.

— Super exemple pour ta gamine, vraiment.

Comme bien souvent, mon frère prend sur lui et s'efforce de rester calme.

— Tu aurais voulu que je fasse quoi ?

— Que tu ne lui laisses pas croire que quand un couple va mal, mieux vaut baisser les bras plutôt que se battre. Je ne sais pas si tu t'en rends compte, mais Violette a une pression énorme sur les épaules. L'adolescence, ce n'est pas un truc facile à gérer.

— Je ne laisse pas tomber. C'est seulement que j'ai du mal à trouver les bons mots. Oui, je sais, pour un orthophoniste, c'est le comble, lâche-t-il en soufflant par le nez.

— C'est dommage. Ta fille compte sur vous deux.

Je me sers un second café et, sans transition aucune, lui pose la question qui me taraude :

— Est-ce que Lyne a un rapport avec ce qui est arrivé à notre grand-père ?

Il redresse la tête vers moi, perplexe.

— Pardonne-moi, mais ta question est très étrange, Léna. Qu'est-ce que tu sous-entends, au juste ?

Je reprends place sur ma chaise et fais tourner la tasse entre mes mains.

— La mémoire m'est revenue.

— Très bien ! m'encourage-t-il.

— Il y a d'abord eu ce cauchemar, qui a réveillé mon sentiment de culpabilité. Je dis bien « *réveillé* », car il a toujours été là, tapi au fond de moi. Et puisqu'il prenait trop de place, j'ai tout refoulé.

Tom fronce les sourcils, comme s'il se trouvait face à une équation ardue.

— Je ne comprends toujours pas ce que tu te reproches.

Je secoue la tête, en regardant vers la fenêtre.

— Tout s'est joué en quelques secondes. Je me rappelle très nettement avoir eu une envie pressante. Papi m'a dit qu'il allait m'attendre sur le bord de la route. Je n'ai même pas eu le temps d'atteindre le bosquet que j'ai entendu cet abominable crissement de freins et… j'ai vu la femme. Elle est sortie de sa voiture.

Mes yeux reviennent vers ceux de mon frère, attentif à la moindre de mes paroles.

— Hier soir, j'aurais pu jurer qu'elle et Lyne ne formaient qu'une seule et même personne. Sauf que Lyne devait avoir quinze ans, à l'époque. Donc ça ne colle pas.

Je porte la tasse à ma bouche.

— Qu'est-ce qui ne colle pas ? Je ne te suis pas du tout.

— Lyne n'a pas pu renverser Papi. Elle était trop jeune.

Mon frère repose si brusquement son mug sur la table qu'un peu de café passe par-dessus bord. Il est déconcerté.

— Mon Dieu, comment t'aider ? murmure-t-il.

— M'aider ?

— Ton subconscient a voulu te mettre sur la piste, mais il t'a renvoyé une image distordue de la réalité.

— Alors quelle est-elle, cette *réalité* ? Donne-moi au moins un indice, bon sang !

— Ce n'est pas Lyne, que tu as vue, ce soir-là. C'était sa mère.

14

People try and hide the night
underneath the covers.
People try and hide the light
underneath the covers.

Dans mes écouteurs, le groupe Arcade Fire joue ses entêtants accords de basse et de guitares sur le titre *Rebellion (Lies).* Je descends la rue en cadence, en direction du vieil hôtel à l'abandon.

Sur les trottoirs, je croise des cartons de jouets éventrés et des cadavres de sapins, laissés là par des personnes trop pressées de passer à autre chose. Ces arbres nus et tristes aux épines défraîchies me font l'effet des lendemains qui déchantent.

La forêt d'épicéas a déserté la place de la mairie. Ne restent que les guirlandes lumineuses suspendues entre les lampadaires, accrochées sur les murs des bâtiments ou décorant les vitrines des commerçants. Le ciel a une nouvelle fois pris cette teinte entre gris et blanc, annonciatrice de neige. Le froid est sec, les rues vides à l'exception d'un couple qui promène son bambin sur une luge. Les gens préparent déjà la nouvelle année ou sont partis skier, à quelques kilomètres de là.

L'ancien hôtel se dresse devant moi. Je frôle le mur qui longe la route et remarque les fenêtres condamnées. Seule une ouverture très basse, probablement la cave, est béante, plus ou moins protégée par un rideau sans âge, aux grosses fleurs psychédéliques délavées.

Le portail de fer apparaît dans le virage. J'ôte mes écouteurs et passe mes doigts à travers les barreaux rouillés. Est-ce que la vérité pourrait se cacher dans ce lieu sinistre ? J'étais pourtant si sûre de détenir les clés pour combler l'oubli orchestré par mes cellules grises !

Dans la cour, la balançoire branlante grince de façon lugubre, bercée par l'air. Ici, les fantômes doivent être tristes. La mairie diffuse dans la rue une chanson de Frank Sinatra, qui assure avec entrain que le Père Noël arrive dans la ville. Le contraste entre les deux atmosphères est presque inquiétant.

Mon regard se porte sur la moitié restante de l'escalier extérieur. Si Vallenot abrite un tueur en série, c'est forcément ici qu'il se cache. Malgré tout, une partie de moi est tentée d'entrer. Non, je ne peux…

— Tu es enfin décidée à visiter ?

Je pousse le même cri d'effroi qu'un teckel cardiaque. Puis expire de soulagement en découvrant Clément. Il n'y a bien que lui pour me déclencher un tel coup au cœur !

— Tu m'as foutu une de ces trouilles !

Il se tient près de moi, les mains enfouies dans ses poches.

— Navré, je ne voulais pas t'effrayer. En te voyant, j'ai pensé que tu…

— Non, je ne veux pas entrer là-dedans.

Déstabilisé, il semble attendre la suite. Je pivote et traverse la route, prenant la direction du petit square situé juste en face. Clément me suit.

— Tu es certaine que tout va bien ?

Je me hisse en haut d'un banc peint en vert, dont le bois est creusé de messages.

P + V 2011.
Quentin j't'M.
Mélanie + Brahim = ♥
Maëlle la mytho.

Sur les bancs, on grave des mots d'amour et des maux de haine. Des cris du cœur qu'on ne peut pas hurler autrement.

Sans rien dire, Clément prend place à côté de moi. Je sais qu'il ne bougera pas tant que je n'ouvrirai pas la bouche. Je fixe l'horizon, droit devant. Je défie du regard cet hôtel qui tombe en miettes, comme si tout cela était sa faute.

— C'est un peu le bordel, en ce moment dans ma famille.

— Ta mère est partie… j'en ai entendu parler.

Évidemment. C'était à parier. Maman, on la voyait tout le temps, partout, chaque jour. Alors forcément, plus rien du jour au lendemain, c'est suspect.

— La connaissant, elle va réapparaître un beau jour comme une fleur avec le printemps.

— Tu comptes rester jusqu'à son retour ?

Je secoue la tête.

— Je ne peux pas, j'ai du travail. En attendant, j'ajoute en désignant du menton l'édifice qui nous fait face, j'essaie de capter quel est le lien entre la propriétaire de cet hôtel et la mort de mon grand-père.

Il me regarde sans comprendre.

— Comment ça ?

Je lui raconte ce que je suis *persuadée* d'avoir vu en cette fin de journée de décembre 1993.

— Tom prétend que je ne fais qu'interpréter un rêve de façon maladroite. Mais je *sais* à quoi j'ai assisté. Je ne suis pas sur une fausse piste.

Clément fronce les sourcils, en pleine réflexion.

— Pourquoi ton frère te mentirait-il ?

— Je n'en sais rien. Quelque chose m'échappe. Il y a un truc avec cette nana, la mère de Lyne.

Je lui relate le peu qu'a consenti à m'expliquer Tom. Que cette femme se trouvait bien sur place ce soir-là. Qu'elle s'appelle Françoise Vernet et possédait alors l'hôtel Bellevue, le plus beau des alentours. Qu'elle a été la maîtresse de mon père durant des années. Et qu'ils ont rompu quelques jours après le drame.

— Les secrets de famille, c'est terrible, compatit Clément.

— Il n'y a rien de secret dans le fait que mon père ait eu des maîtresses. C'est de notoriété publique. Je voudrais juste savoir pourquoi Tom prétend que je me trompe alors que tout concorde.

— Et tu penses obtenir la réponse en te rendant dans cet hôtel…

Je pousse un long soupir d'incertitude.

— Peut-être. C'est compliqué.

— Je me demande ce qui ne l'est pas, fait-il en plongeant son regard noir dans le mien.

Bon sang, ce qu'il est sexy quand il fait ça ! Au comble de l'agitation, je détourne le visage avant qu'il n'y lise l'affolement de mon cœur. Le ciel s'est encore assombri sans nous avertir. De gros flocons s'écrasent sur le sol au ralenti, nous donnant une chance de déguerpir avant l'averse.

— Je crois que nous ferions mieux d'aller nous mettre à l'abri, dis-je en descendant du banc.

— Les fourneaux m'attendent, de toute façon, répond Clément sans aucune conviction.

Nous marchons sans nous presser, malgré le temps qui n'augure rien de bon.

— Si j'avais su que je te croiserais, j'aurais pris ton écharpe.

Je suis vraiment douée pour sortir des choses ridicules et dénuées de sens. Par chance, il ne relève pas et se contente de prendre un air impénétrable.

— J'en ai d'autres.

— Ok.

Il n'y a rien d'autre à répondre quand on a la gorge serrée. Sinatra s'est tu depuis un bon moment, seuls résonnent à présent les bruits de nos pas. C'est fou comme tout devient plus calme, quand il neige. Le trottoir est étroit, nous avançons l'un contre l'autre. Nos mains se frôlent parfois par accident, puis s'éloignent timidement, comme mues par une volonté propre.

Le silence entre nous pèse une tonne. Si j'ouvre la bouche, je vais dire des bêtises. Je vais lui dire que j'ai envie d'oublier le monde entier entre ses bras.

À deux mètres du restaurant, Clément s'immobilise sans crier gare et se tourne pour me faire face. J'ai le réflexe de m'arrêter avant de me retrouver projetée contre lui. Je m'en veux un peu, d'ailleurs, je suis sûre que je m'y serais sentie bien.

— Léna, je…

Il s'interrompt aussi soudainement qu'il a commencé. Dans le film *Love Actually*, c'est à cet instant précis qu'il déciderait de m'embrasser. Une voiture file à vive allure, comme pour nous signifier que le moment est passé. Autour de nous, la neige tournoie avec plus de virulence.

— Ma proposition tient toujours, reprend-il.

— C'est gentil, dis-je un peu déçue, mais je n'oserai jamais entrer dans le vieil hôtel.

Il émet un petit rire moqueur.

— Je te parle de l'autre proposition.

Les idées affolantes qui me traversent l'esprit ne concordent en rien avec ce qu'il a pu me dire auparavant.

— Pour le réveillon, insiste-t-il.

— Ah, oui. Je… J'ai besoin d'y réfléchir.

— C'est dans quatre jours. Essaie de ne pas débarquer à la dernière minute.

— Alors là, aucun risque.

À sa façon de me regarder, je vois bien qu'il n'a pas envie de partir. Peut-être qu'il attend que je fasse le premier pas ? À moins que je ne sois qu'une grande rêveuse.

— Bon, j'y vais, se décide-t-il en me faisant la bise.

Mon cœur résonne fortement dans ma poitrine. Telle que je me connais, je vais m'emballer et courir droit à la catastrophe.

Je dois à tout prix l'éviter si je ne veux pas vivre une nouvelle déconvenue. Pourtant, je cherche déjà des prétextes pour le revoir…

***

Tom, Violette et moi passons la soirée chez Mamie. Ma nièce doit repartir demain et je vois bien que cette perspective la rend grognon.

— Ta valise est prête ? l'interroge Tom.

— Ouais.

— Tu reviendras nous voir bientôt, prophétise ma grand-mère.

— Si tu le dis.

J'ajoute, sur une impulsion :

— J'essaierai de venir aussi pour tes prochaines vacances. Comme ça, je te montrerai les coins où la neige nous a empêchées d'aller.

— Les abris sous roches ? s'anime-t-elle soudainement.

— Euh… je ne suis pas la personne la plus expérimentée pour t'y conduire.

Son enthousiasme retombe comme un soufflé et elle hausse les épaules. Xavier tente à son tour :

— Tu as dû manquer à ta mère. Elle va être heureuse de te revoir.

— Tu parles, fait-elle, amère. Je suis sûre qu'elle a passé son temps à consulter ses copines et les magazines féminins pour savoir si elle doit laisser une nouvelle chance à Papa.

— De mon temps, les problèmes de couple restaient dans la famille, désapprouve Mamie. Personne ne venait ajouter son grain de sel.

— C'est un peu symptomatique de notre époque, répond mon oncle. Si vous saviez ce que je peux entendre en confession…

— On se confesse encore, de nos jours ? demande Tom, étonné.

— Bien plus que tu ne le crois. Combien de fois ai-je droit aux : « Ma copine m'a dit qu'elle avait bien remarqué que mon mari a tendance à lorgner ailleurs, Untel m'a mise en garde, etc. » Les gens adorent prendre part à la vie des autres.

— Je ne sais pas si cela dénote un ennui profond ou un besoin de reconnaissance…, commence mon frère d'un ton songeur.

— Il est vrai que les gens adorent croire que les choses arrivent grâce à eux, renchérit Mamie. Ça permet de se faire mousser un peu.

— Vous n'êtes pas un peu dans l'excès, là ? soupire Violette. Après vous allez enchaîner sur la téléréalité, les réseaux sociaux et la déclaration d'Andy Warhol sur le quart d'heure de gloire.

— Hourra ! exulte Xavier. On a réussi à lui faire prononcer plus de trois mots !

— Je vois vraiment pas ce qu'il y a de drôle !

Pauvre Violette ! Je vois bien qu'elle n'a pas le moral et je me sens vraiment impuissante, à ne pas pouvoir l'aider. Peut-être qu'en trouvant un sujet plus fun, je vais réussir à lui redonner le sourire. Je me verse un verre d'eau et demande à Mamie où elle en est avec Meetic.

— Nulle part. Les hommes de mon âge y sont rares, tu sais. Et puis, les jeunes de soixante-dix ans, je les trouve trop perchés. Ils ont des restes de Mai 1968 dans le sang et ils écoutent Léo Ferré, qui me déprime.

Xavier se met à fredonner :

— *Avec le temps…*

Avec le temps va, tout s'en va

On oublie le visage et l'on oublie la voix…

Ma grand-mère pousse un soupir à fendre l'âme.

— C'est ce que je disais. Déprimant. Encore plus quand c'est chanté par un curé. On se croirait à un enterrement.

Je me frotte nerveusement la nuque à l'évocation du mot tabou. Mon frère a la bonne idée de lancer le signal du départ. Violette devra se lever tôt pour aller rejoindre Aniata à Nice.

Demain sera un autre jour.

15

— Léna !

Les grands coups saccadés qui résonnent contre la porte de ma chambre me tirent douloureusement du sommeil. Que se passe-t-il ? C'est la guerre, ou quoi ?

Je quitte le confort douillet de mon lit, mais je n'ai pas le temps d'ouvrir que déjà la poignée se tourne. Tom apparaît dans l'embrasure, en même temps qu'une mince lueur de jour.

Il a la mine livide.

Maman est morte. C'est la seule chose que je suis capable de penser.

Je le rejoins en deux pas et demande d'une voix blanche :

— C'est Maman ?

— Violette est avec toi ?

— Non, tu vois bien que je suis seule.

— Elle a disparu, fait-il, accablé.

— Vio… Comment ça « disparu » ? Tu déconnes ?

On dirait qu'il va s'évanouir.

— Non. Elle n'est plus là.

Je le suis dans la cuisine pendant que, le souffle court, il m'explique qu'il est allé frapper une première fois à sa porte pour la réveiller.

— Elle n'a pas répondu, mais ça c'est habituel. Il lui faut toujours au moins un quart d'heure pour se lever alors je n'ai pas fait plus attention qu'à l'ordinaire. Au bout de trente minutes, j'ai trouvé ça bizarre, donc je suis remonté dans sa chambre.

Tom a tout d'abord aperçu une forme humaine sous la couette, avant de se rendre compte qu'il ne s'agissait que de vêtements roulés en boule.

Je m'assois sur une chaise et tente de réfléchir. Tom, adossé contre le lave–vaisselle, se passe une main sur le visage. La torture de ne pas savoir où se trouve sa fille cabosse ses traits.

— Je l'ai cherchée partout autour de la maison, Léna. Et son smartphone est sur répondeur. J'ai l'impression de devenir fou.

— Bon, pas de panique. Elle ne peut pas être bien loin.

— Je ne sais pas si je dois prévenir la gendarmerie maintenant ou continuer à la chercher… Je vais appeler Mamie. Elle est peut-être chez elle.

Tom nourrit un faux espoir, mais je préfère ne pas le décourager. Il est huit heures trente, Violette devrait déjà être à la gare du village voisin. Je ne vois absolument pas pour quelle raison elle aurait décidé d'aller prendre son train toute seule. Ce serait franchement improbable.

Je laisse mon frère questionner Mamie en faisant les cent pas et je monte dans la chambre de ma nièce. Peut-être que je pourrai y trouver quelques indices… Est-elle partie de son plein gré ? En tout cas, la fenêtre de sa chambre est intacte, fermée de l'intérieur. À première vue, elle a emporté son téléphone. Sa valise est toujours posée sur le plancher, au pied de la commode, mais son sac à dos n'est plus là. Impossible de me rendre compte si elle a pris des vêtements, je ne connais pas sa garde-robe par cœur.

Tom me rejoint très vite et lance, haletant :

— Mamie prévient Xavier et elle arrive. Violette n'est pas chez elle.

Je suis tentée de lui répondre que, malheureusement, je m'en doutais un peu, mais ça ne fera pas avancer les choses.

— À quelle heure devait-elle rejoindre sa mère à Nice ?

— Vers midi, répond-il, la voix obstruée par l'angoisse.

— Ok. Tu ferais bien de dire à Aniata de monter dans le premier train pour nous retrouver.

— Elle va me tuer, lâche-t-il en secouant la tête.

Sa remarque me sidère.

— Peut-être. Néanmoins, la priorité, c'est de retrouver ta fille. Et mon petit doigt me dit qu'elle n'a pas été kidnappée.

— Tu crois ? Ma pauvre Violette, je n'arrête pas d'imaginer le pire… Mon petit bébé…

— Je ne pense pas qu'un ravisseur lui aurait laissé le temps de prendre son portable, son sac à dos et son appareil photo, Tom.

— Mais alors…

En bas, la voix de Mamie nous interrompt :

— Je suis là, les enfants !

Avant de descendre, je souffle à mon frère :

— Tom, à mon avis ta fille a fugué…

Nous regagnons le rez-de-chaussée au pas de course. Ma grand-mère et Xavier nous attendent dans la cuisine, où ils ont préparé des tasses de café. Nous allons en avoir grandement besoin !

— Bon, que savons-nous ? s'enquiert Mamie en s'agitant dans tous les sens.

Nous relatons le peu de choses que nous avons pu déduire. Soit trois fois rien, si ce n'est que ma nièce s'est enfuie.

— Je serais d'avis de ne pas faire déplacer la gendarmerie pour rien, commence Xavier. Nous devrions partir à sa recherche sans plus attendre.

Je pose la question qui me paraît la plus sensée :

— Où est-ce qu'on devrait la chercher, selon vous ?

Aucune réponse. Finalement, nous ferions peut-être mieux d'appeler du renfort.

— Elle ne t'a rien dit qui pourrait nous mettre sur la piste, Léna ? m'implore Tom.

Je m'efforce de rassembler mes souvenirs et avoue :

— Je l'ai trouvée un peu à cran, hier… J'ai mis ça sur le compte de sa tristesse de nous quitter.

— Attendez ! s'écrie Mamie. Elle fréquente ce garçon… Lucas, non ?

— Tu penses qu'il aurait pu l'enlever ? bondit Tom, prêt à aller en découdre avec le cousin de Clément.

Je calme aussitôt le jeu.

— L'enlever… tu y vas un peu fort. Je comprends ton inquiétude, mais si Lucas est dans le coup, je ne crois pas qu'on puisse parler de rapt. Il y a même de fortes chances pour que Violette ait été consentante.

— Je ne vois qu'une seule solution, annonce mon oncle. Foncer au *Café du Commerce.*

Une petite voix surgie du fond de moi me rappelle que je me suis promis d'éviter Clément.

— Nous ferions peut-être mieux de rester ici pendant que Tom va se renseigner… au cas où Violette reviendrait.

— Pas question, proteste mon frère. Tu viens avec moi, Léna, sinon je vais le tuer.

— Quant à moi, je refuse de rester inactive, intervient ma grand-mère.

Xavier se dévoue pour attendre, toutefois sans trop y croire.

Je saute dans mes vêtements et suis prête en moins de temps qu'il n'en faut pour le dire. Pour aller plus vite, nous empruntons la voiture de Xavier et scrutons attentivement chaque rue, au cas où ma nièce nous attendrait, bien sagement, devant un magasin.

— En fait, c'est elle que je vais tuer, jure mon frère.

— Excuse-moi de me mêler de ce qui ne me regarde pas, dis-je en toussotant, mais à mon avis, si Violette a fugué, c'est pour déclencher une réaction inverse.

— Tu n'espères quand même pas que je vais la féliciter et augmenter son argent de poche, non ?

Ma grand-mère, assise du côté passager, lui tapote le genou.

— Ce n'est pas toi, quand elle était toute petite, qui était capable de lui demander deux heures durant de se calmer, en souriant comme un niais ?

— Elle a quinze ans, bordel !

En sortant de la voiture, je lui rappelle de prévenir Aniata.

— Je lui envoie un texto.

Si je devais un jour apprendre que ma fille a fugué, j'aimerais mieux que ça se passe autrement que par un SMS. Tom est cependant assez soucieux comme ça pour que je n'en rajoute pas une couche. Il tape le message alors que nous avançons vers le restaurant. Mamie prend la tête de notre groupe et ouvre la porte de l'établissement, vide de clients en cette heure très matinale. Notre état de nerfs détonne radicalement avec l'atmosphère ouatée de la salle.

— Quelle surprise ! s'exclame Josse, en train de se déhancher sur un air qui passe à la radio. Un rendez-vous de bon matin, Jacotte ?

Elle stoppe brusquement son babillage en nous apercevant, Tom et moi. Je crois que c'est surtout la tête de mon frère qui la perturbe. On dirait un tueur à gages moldave qui cherche le type à exécuter.

— Est-ce que Violette est dans les parages, à tout hasard ? s'enquiert Mamie sur le même ton que si elle demandait à consulter le journal.

— La petite ? Bien sûr que non, pourquoi… ?

— Lucas, la coupe mon frère. Où est-il ?

Stupéfaite, Josse fronce les sourcils, mais ne se laisse pas impressionner pour autant.

— Est-ce que l'un de vous pourrait me dire ce qui se passe ?

— Violette a disparu, dis-je.

— Elle aussi ? C'est une épidémie, chez vous !

Elle lâche un rire nerveux en se rendant compte que je ne plaisante pas du tout.

— Flûte, murmure-t-elle, consternée. Que puis-je faire pour t'aider, Tom ?

— J'aimerais parler à Lucas, gronde mon frère, qui n'a plus que ce prénom à la bouche.

Son smartphone se met alors à sonner, inondant la salle de la douce mélodie *Tes yeux noirs* d'Indochine.

— C'est Aniata, soupire-t-il.

— Au lieu de faire ta tête de petit garçon contrit, décroche ! ordonne Mamie. On s'occupe du suspect.

Mon Dieu, il ne manquerait plus qu'elle nous sorte un flingue de son sac à main ! Nous devons avoir l'air d'être à la tête de la mafia locale.

— Si mon neveu est impliqué là-dedans, il va passer un sale quart d'heure, déclare Josse.

Elle esquisse deux pas en direction de la cuisine et s'exclame :

— Les garçons ! On a besoin de vous fissa !

Au moment où Tom raccroche le téléphone, Lucas, Rémi et Clément rappliquent, intrigués. Je note avec soulagement que la copine de Clément n'est pas présente aujourd'hui. En m'avisant, ce dernier m'adresse un sourire qui me donne envie d'oublier instantanément la situation de crise dans laquelle nous nous trouvons.

Mais qu'est-ce qui brille sur nos regards

Ce sont tes yeux noirs…

Mon frère me fait sursauter en beuglant :

— Tu as quelque chose à me dire, Lucas ?

Par réflexe, je me dresse devant lui afin qu'il ne saute pas à la gorge du jeune homme, qui recule timidement.

— La petite Violette a fugué, l'informe Josse en s'érigeant à son tour entre eux.

J'observe attentivement la réaction de Lucas, qui est en train de contracter les mâchoires. Tous les regards sont tournés vers lui.

— Tu sais quelque chose ? lui demande prudemment Clément.

— Dis-le maintenant et tout finira bien, l'intimide mon frère.

Le garçon pâlit mais tient bon.

— Je croyais qu'elle était rentrée à Paris. Je ne suis au courant de rien.

Je n'arrive pas à définir s'il nous ment ou s'il est sincère. Il a l'air complètement affolé et je vois sa poitrine se soulever au fur et à mesure que sa respiration s'accélère. Soit il a peur que Tom lui casse la gueule, soit il est inquiet pour Violette.

— Je peux lui téléphoner, si vous voulez, bredouille-t-il.

Je m'avance vers lui.

— Aux dernières nouvelles, son portable était éteint. Est-ce que tu es certain de ne rien savoir ?

Il secoue vivement la tête. Tom le menace :

— Tu es majeur, ça pourrait te coûter très cher si tu…

— Oh ! crie le jeune homme. J'ignore où elle est, compris ? Pas la peine de me prendre la tête ! En revanche, il y a autre chose que je sais…

Il se tait, hésitant visiblement à poursuivre. Je l'encourage à nous en dire davantage, arguant que Violette est peut-être en danger. Lucas passe une main dans ses cheveux et se décide :

— Hier soir, elle m'a envoyé un texto en disant qu'elle en avait marre… euh… je ne peux pas vous dire ça à voix haute, désolé, fait-il en tendant son portable à mon frère.

Je m'approche de Tom afin de lire avec lui.

« J'te jure, j'sature grave d mes parents. Entre ma mère qui fait mariner mon daron et lui ki me flic, c relou. Je veux resT vivre ici. »

Lucas lui a répondu qu'il comprenait. Rien de plus. Mon frère lui rend son smartphone, mais le scrute toujours d'un œil méfiant.

— Je reviens dans deux minutes, nous dit-il. J'ai besoin de fumer.

— Je t'accompagne, déclare Rémi, amical. On va la retrouver, ta gosse.

L'air de rien, Clément s'est rapproché de moi.

— Ça va aller ? me demande-t-il en me pressant le bras.

Ce contact me fait presque frémir, mais je ne laisse rien paraître.

— À vrai dire, je m'inquiète surtout pour la sécurité de Lucas tant qu'il se trouvera à moins de dix mètres de Tom.

Il a un rire sans joie.

— Asseyez-vous, nous invite Josse lorsque Tom et Rémi rentrent, trois minutes plus tard. Nous réfléchirons mieux avec du café.

Nous prenons place tous les six autour de la plus grande table. Josse dépose devant nous des tasses bien remplies et tourne la plaque métallique de la porte pour annoncer que le restaurant est fermé.

L'angoisse commence réellement à me gagner. Et si une simple fugue pouvait se transformer en drame ? Depuis combien d'heures Violette est-elle partie ? Deux, trois, six ? Est-elle assez couverte pour résister au froid mordant ?

— Est-ce que Violette a une meilleure copine, dans le coin ? s'enquiert Mamie.

— Non, pas à ma connaissance, dis-je en soupirant. Son seul ami est Lucas.

Nos cerveaux tournent à vive allure. Tout en réfléchissant, Rémi tapote la table du bout des doigts alors que son frère semble chercher une réponse en auscultant le fond de sa tasse. Tom contrôle l'écran de son portable toutes les deux secondes sans même s'en rendre compte et les jambes de Lucas sont prises d'une bougeotte incontrôlable.

Seules Mamie et Josse conservent leur sang-froid.

— Si elle avait pris un bus ? hasarde tout à coup Clément.

— Ce serait curieux, mais pas impossible, reconnaît mon frère. Ce qui nous laisse trois destinations possibles : elle pourrait être allée en ville, à Nice ou à la montagne.

— La montagne ! s'exclame soudainement Lucas. Elle me parle sans arrêt des abris sous roches !

Je fais claquer mes mains l'une contre l'autre et confirme ses dires :

— Mais oui ! Elle a insisté pour les visiter car elle aimerait y faire des photos. Je lui ai expliqué que c'était trop dangereux à cause de la neige.

— C'est vrai qu'elle en a beaucoup parlé, confirme Mamie.

Tom est en train de se transformer en un nuancier de couleurs, allant du gris au vert.

— Vous pensez vraiment qu'elle pourrait être là-bas ? Malgré les risques ? insiste ma grand-mère, pâle comme un linge.

Un silence oppressant suit ses propos alors que nous suivons probablement tous le même cheminement d'idées. Terrain non sécurisé, froid, plaques de verglas, neige. Le vide vertigineux.

Violette, non, pitié, ne me dis pas que tu as tenté le diable !

N'y tenant plus, mon frère se lève subitement, manquant de renverser sa chaise.

— On y va.

16

— Vous serez prudents, n'est-ce pas ?

Ma grand-mère vient de poser la question pour la sixième fois en huit minutes. Tom reste patient et la rassure à nouveau :

— Rémi vient d'avoir au téléphone un de ses amis guide de haute montagne, il va nous rejoindre. Et Josse est montée chez elle à la recherche de chaussures de randonnée. Tu n'as aucun souci à te faire.

— Il n'empêche que je boirais bien quelque chose d'un peu plus fort que ce café.

Pour ma part, j'en ai marre d'arpenter la salle de long en large. Je m'arrête un instant pour demander à Tom :

— Est-ce qu'Aniata vient ?

— Elle saute dans le premier train. Si tu pouvais téléphoner à Xavier pour qu'il la récupère à la gare et qu'ils vous retrouvent tous les deux ici…

— Je le ferai. Comment elle l'a pris ?

Il se pourfend d'un rictus pessimiste.

— Il est évident que nos retrouvailles ne seront pas celles que j'espérais.

Je lui tapote gentiment l'épaule.

— Je suis sûre que tout ça finira bien.

— Je me demande pour qui.

Je me remets à faire les cent pas et calcule le temps qu'il leur faudra pour grimper dans les sentiers étroits, chercher Violette et redescendre.

Des heures. Des heures durant lesquelles je risque de devenir folle si je continue à tourner comme une lionne en cage.

— Je veux venir avec vous, Tom.

— Pas question. Je te rappelle que tu as le vertige.

— Je ne regarderai pas en bas.

— Tu risquerais de nous ralentir. Ce n'est pas ce dont nous avons besoin si nous voulons retrouver Violette dans les plus brefs délais.

C'est frustrant, mais je dois me faire une raison. Au moins, je sens mon frère légèrement rasséréné par rapport à tout à l'heure. La solidarité qui se met en place pour les recherches n'y est sûrement pas étrangère.

Plutôt que de me ronger les ongles, je file vers la cuisine pour savoir si Clément a besoin d'aide. Je le trouve en train de préparer des sandwichs tandis que Lucas remplit une Thermos de café.

— Est-ce que je peux être utile ?

— À moins de savoir cuisiner ce que j'avais prévu à la carte ce midi, non, répond Clément, d'un ton placide.

Violette embarrasse vraiment tout le monde, avec ses âneries.

— Vous allez perdre du chiffre… Tu n'es pas obligé d'aller avec eux.

Il se lève et s'approche, avant de me scruter avec profondeur.

— Je préfère perdre de l'argent plutôt que ta nièce, Léna.

Je déglutis péniblement. Si la situation n'était pas ce qu'elle est… eh bien, je serais sans doute obligée de détaler en courant.

— Merci. Pour elle, je veux dire. Et pour Tom, aussi.

Ma grand-mère nous rejoint.

— Si j'avais été un peu plus jeune, je serais volontiers partie à la recherche de Violette avec vous, commence-t-elle. Malheureusement, je crains de ne pouvoir vous être d'un grand secours…

— Allons, ne dites pas de sottises, réplique gentiment Clément. Nous serons cinq, c'est tout à fait suffisant.

Une inspiration me traverse l'esprit.

— Dis, si tu me donnais ta recette du lait de poule ? Ça nous éviterait de vider tout le stock de café et ça vous fera du bien quand vous rentrerez.

— Un chef ne confie jamais ce genre de choses…

Je lui envoie une supplique du regard. Façon koala tout mignon auquel nul ne peut résister.

— … Mais pour toi, reprend-il, je peux faire une exception.

Demain, je me renseigne pour faire le Cours Florent.

— Ce sera à charge de revanche, précise-t-il néanmoins.

Encore ce sourire espiègle, cette fois-ci assorti d'un clin d'œil.

Pendant que je le regarde s'éloigner, Mamie prend une attitude de conseillère matrimoniale, sourire bienveillant plaqué sur le visage.

— J'ai raté quelque chose ?

— Non, pourquoi ?

— Une vague impression, chuchote-t-elle avec son air de celle à qui on ne la fait pas. Faut reconnaître qu'il n'est pas mal, ce petit Clément… Et pour avoir étudié les profils Meetic de tous les hommes des environs, je peux t'assurer qu'il n'y est pas inscrit.

— Évidemment, puisqu'il n'est pas célibataire.

— Oh, parfois ça n'empêche pas, tu sais.

À voix basse, je la conjure de se taire. Après tout, nous ne sommes pas seules et Clément pourrait revenir d'un instant à l'autre.

Lucas ferme la dernière Thermos, puis se tourne vers moi, le regard grave.

— Jure-moi que le père de Violette ne me poussera pas dans le premier précipice venu.

— Je ne peux rien te promettre, dis-je en esquissant une grimace.

Comme son expression se décompose quelque peu, j'en rajoute une couche :

— Ok, si ça peut te rassurer, à ma connaissance Tom n'a jamais tué personne. Pour l'instant.

— Cesse d'effrayer mon cousin, si tu veux ma précieuse recette, menace Clément, en me décochant un léger coup dans l'épaule.

***

Une heure. Soixante minutes. Trois mille six cents secondes.

Autant de temps que les hommes ont quitté le restaurant. Ils sont partis équipés de chaussures solides, de vêtements chauds et de matériel adéquat en cas d'accident : corde, trousse de premiers soins et d'autres instruments apportés par le copain de Rémi. Je frémis à l'idée que tout cela pourrait leur être utile. Surtout le piolet d'alpinisme.

La matinée touche à sa fin, contrairement à l'attente. Je ne connais rien de pire que cette sensation d'être dans le flou. Josse et ma grand-mère viennent de passer ces soixante premières minutes à refaire le monde. Je pense pouvoir avancer sans me tromper que tous les habitants de Vallenot ont entendu leurs oreilles siffler.

Rosalie Larue, celle qui a un strabisme convergent et qui se balade toujours avec une bouteille de piquette, a demandé une glace à la rillette au boucher. Didier, le conducteur du bus scolaire, a été retrouvé près de la rivière, en train d'insulter violemment son reflet. Pas sûr qu'ils le laissent encore transporter les gosses. Et cette pauvre mère Rossini qui a appelé les pompiers parce que le chien des Brochet (un labrador) menaçait de lui bouffer une de ses poules.

— Elle poussait de ces hurlements ! Paraît qu'elle aurait pu faire une crise cardiaque. Elle était bien plus effrayée que la poule.

Et ainsi de suite. Je ne suis pas certaine de savoir qui sont tous ces gens, mais leurs mésaventures racontées de façon légèrement exagérée nous feraient presque oublier nos tourments. Presque.

Je n'arrête pas de me demander si Violette a été retrouvée, même s'il est encore un peu tôt pour le savoir. Les minutes s'égrènent si lentement ! Et si nous faisions fausse route ? Si elle était partie ailleurs ? Passée en Italie, à la merci du premier type louche venu ? Je m'en veux de n'avoir pas su discerner son mal-être, d'autant plus qu'avec le recul, je prends conscience qu'elle a essayé d'en parler plusieurs fois.

N'y tenant plus, je compose le numéro de mon frère. Je bascule directement sur la messagerie.

— Alors ? demande Mamie.

Je secoue négativement la tête.

Josse s'efforce de me rassurer :

— Il n'y a aucun réseau, là-haut. Ça ne peut que signifier qu'ils ont bien progressé.

Ou que l'un est tombé dans le vide en entraînant tous les autres. Avec toutes ces ravines dangereuses, il en faudrait peu pour que ce scénario catastrophe se produise.

Aucun réseau. Donc s'il leur arrive quelque chose, nous le saurons d'ici des décennies, quand leurs corps auront été retrouvés momifiés.

Non, il faut que j'arrête de penser au pire, vraiment. Mais sur quoi focaliser mes idées ? Mon grand-père ? Oui, je pourrais tout à fait laisser Josse et Mamie à leurs commérages pour aller fureter dans le vieil hôtel délabré, à la recherche de réponses… Ou simplement demander à ma grand-mère. Le moment serait toutefois très mal choisi.

J'essaie, en vain, de faire le vide dans mon esprit. C'est pareil quand on veut se convaincre de lâcher prise parce qu'il est l'heure de dormir et que notre cerveau saute de façon absurde d'une pensée à une autre. Au fond de la salle, le sapin clignote toujours gaiement et semble me mettre au défi de lui gâcher les fêtes. Je lui rétorquerais bien qu'il n'a plus que quelques jours à vivre, il ferait moins son malin !

— Je vais préparer du lait de poule !

Josse et ma grand-mère me considèrent avec prudence, comme si j'avais un brusque accès de fièvre. Ou de folie.

— Ça ne pourra pas nous faire de mal, dis-je. Et puisque Clément a consenti à me donner sa recette…

Josse se redresse.

— Je vais t'aider, car je ne pense pas que mon fils t'ait indiqué où se trouvent ses ustensiles.

Mamie se lève à son tour.

— Tant que nous y sommes, nous devrions nous faire à manger. L'heure du déjeuner approche.

Nous nous rendons donc toutes les trois dans la cuisine et nous mettons à l'ouvrage.

— Clément avait prévu du confit de canard à la crème d'ail, lit Josse, parmi les notes qu'elle trouve. Ce n'est pas très *healthy*, mais est-ce que cela vous convient, mesdames ?

Si le menu est alléchant, j'émets quelques réserves.

— Ça ne va pas vous pénaliser, au niveau des stocks ?

— Tu plaisantes ? De toute façon, c'était le dernier jour. Nous fermons durant tout le mois de janvier. Ce serait dommage que la nourriture se perde.

Mamie hoche la tête avec vigueur et passe un tablier autour de la taille.

— C'est bien, il ne faut pas se laisser abattre. Donnez-moi le beurre pour la crème d'ail.

Josse s'exécute, puis m'encourage :

— Tu peux préparer le lait de poule, ma jolie. Nous le boirons pendant la cuisson de la viande.

Elle m'aide à rassembler les épices, les œufs et le lait, avant de me montrer le fonctionnement des plaques de cuisson. Pourvu que je ne foute pas le feu à la cuisine de Clément ! Je ne crois pas qu'il apprécierait.

— Est-ce que tu te rends compte, Josse, que tu places l'outil de travail de ton fils entre les mains d'une nana qui a réussi un jour à incendier son four électrique en oubliant une feuille de sopalin à l'intérieur ?

Elle me regarde, dubitative.

— C'est réellement possible ?

— Oh oui ! confirme Mamie. Une autre fois, elle a laissé tomber une allumette enflammée sur une éponge sèche. Le feu s'est propagé à l'égouttoir en plastique de mon évier. Il m'a fallu deux jours entiers pour réussir à me débarrasser de l'odeur. Et après, on dit que c'est sa mère, qui est distraite…

— En parlant de Judith, enchaîne Josse, vous avez des nouvelles ?

Je soupire en versant le lait dans la casserole.

— Je pense que le mystère du triangle des Bermudes sera résolu bien avant qu'on ait le fin mot de l'histoire.

— Vous avez les nerfs solides, ton frère et toi, c'est admirable… Si j'étais partie comme ça, sans crier gare, les garçons auraient paniqué et placardé des avis de recherche jusque dans les toilettes des gens.

— C'est une idée.

— La bonne nouvelle dans toute cette histoire, c'est que mon fils semble s'être enfin posé, déclare ma grand-mère en épluchant des pommes de terre. Célimène est d'une gentillesse !

— Céleste, Mamie. Céleste.

— C'est du pareil au même. Et vous, Josse, vos grands gaillards ?

L'interpellée lève les yeux au plafond.

— Ils me désespèrent. Entre Rémi qui ne trouve personne depuis son divorce et Clément qui s'est séparé de Julie, je me demande si un jour j'aurai des petits-enfants.

Je cligne des yeux en assimilant l'information qui vient de tomber. Avant que je n'aie le temps de faire répéter à Josse ce qu'elle vient de dire, Mamie pousse un soupir de désespoir.

— Cette génération ! Je ne suis guère mieux lotie, avec Tom qui est en pleine crise conjugale et Léna qui…

— Attention à ce que tu vas dire, Mamie, l'avertis-je d'un œil mauvais.

— À présent, Josse, vous comprenez pourquoi les hommes la fuient.

***

La porte du restaurant s'ouvre soudainement, laissant apparaître Xavier et Aniata.

Nous sommes toutes les trois attablées, en train de saucer allègrement nos assiettes avec du pain frais. Mon oncle a un air hébété, la mâchoire de ma belle-sœur semble sur le point de se décrocher.

— Oh, salut vous deux ! lance Mamie en s'avisant de leur présence.

— Ne restez pas plantés là sur le seuil, leur dit Josse. Quand il y en a pour trois, il y en a pour…

Elle s'interrompt, le temps de compter sur ses doigts.

— Pour cinq, finit-elle.

— Vous êtes ivres ? s'enquiert Xavier, incrédule.

Je laisse échapper un gloussement. Tout cela est ma faute. En prenant connaissance de la recette de Clément, j'ai trouvé que la dose de rhum qu'il préconise pour son lait de poule était plutôt faible. Alors je l'ai doublée. Et nous en avons bu deux verres chacune.

— Nous sommes juste un peu pompettes, Tonton…

— Je vois. Suffisamment éméchées pour que tu m'appelles ainsi pour la première fois depuis des années.

Mamie s'évente avec sa main.

— Vous ne trouvez pas qu'il fait chaud ? Oh, et puis ne te fâche pas, Xavier. Nous sommes si angoissées au sujet de Violette que nous avons fait ce que nous avons pu pour nous détendre un peu.

— En faisant un gueuleton pendant que ma fille est envolée, quelque part dans la nature ! réprouve Aniata en désignant notre table d'un doigt accusateur.

Deux solutions s'offrent à moi : soit je lui claque la bise, comme si de rien n'était et lui fais boire beaucoup, beaucoup de lait de poule, soit je simule un coma éthylique pour faire diversion.

— Nous devons bien reprendre des forces, après cette matinée d'angoisse, argue Mamie.

— Bon, quelles sont les nouvelles ? interroge Xavier, en s'asseyant sur une chaise.

Nous n'avons pas le temps de répondre car un hélicoptère passe au-dessus du village. Son vrombissement est tel que les murs tremblent presque.

Josse fronce les sourcils.

— C'est rare, en cette saison.

— Sauf accident dans un lieu difficile d'accès, fait machinalement remarquer Mamie.

D'un même élan, nous nous précipitons à l'extérieur. L'hélico jaune s'éloigne en direction de la montagne de grès.

— Ça sent mauvais, marmonne Josse.

— Vous pensez que c'est pour eux ? demande ma belle-sœur, d'une voix blanche.

Je me mords les lèvres, hésitant à lui révéler que, selon toute vraisemblance, nous allons en effet avoir de mauvaises nouvelles. L'anxiété a déjà creusé des larges cernes sous ses yeux, ce n'est peut-être pas la peine de tirer des conclusions trop hâtives qui risqueraient d'aggraver son état de stress.

— Tiens, la neige recommence à tomber, observe ma grand-mère, dans le probable but d'éluder la question d'Aniata.

— Dites-moi s'ils sont là-bas ! insiste cette dernière en détachant chaque mot avec soin.

Josse la prend doucement par les épaules afin de la faire rentrer.

— Venez, vous avez besoin d'un remontant.

Mamie choisit de mentir effrontément :

— Cet hélicoptère, ça ne signifie rien. Il y a toujours des randonneurs, dans le coin. Et ils ne sont pas tous très prudents.

Je hoche la tête en me forçant à sourire. Je ne sais pas si ça la rassure, mais ma belle-sœur commence à boire son lait de poule à petites gorgées. Malgré tout, l'ambiance reste très tendue et si nous n'étions pas en plein hiver, nous pourrions entendre une mouche voler. Josse se racle la gorge, mais ne dit finalement rien. Quand Xavier m'interroge du regard, je décide de m'éclipser pour essayer de joindre Tom.

Je ne m'attends pas à être rassurée, je veux seulement savoir qui a eu besoin des secours : ma nièce ? Les garçons ? Si je rationalise, je me dis qu'avec un guide de haute montagne en leur compagnie, les risques sont quand même minimes. Ce qui impliquerait cependant qu'il est probablement arrivé quelque chose à Violette…

Une fois de plus, je tombe sur la messagerie de mon frère. Mes yeux se portent naturellement sur les roches, qui me paraissent bien hostiles. Les flocons virevoltent dans une valse indolente, mais là-haut, là où les cols et le ciel se confondent dans un gris épais, qui sait s'ils ne sont pas pris dans une tempête de neige ?

Mon oncle me rejoint et je lui fais part de mes pires craintes.

— L'altitude n'est pas assez importante pour qu'ils se retrouvent bloqués par la météo, tempère-t-il. Le sol ne doit pas être facilement praticable, certes, mais on a connu pire.

— Je suis pourtant à peu près sûre que cet hélicoptère était pour eux. Personne de sensé n'aurait eu l'idée de partir en randonnée à cette période.

— Je prie pour eux et pour Violette. Ayons confiance.

— Si tu penses que ce sera suffisant…

Je remballe néanmoins mon pessimisme et rentre dans le restaurant. Il y a une mère à rassurer et à soutenir. Une femme, aussi. Je vois bien qu'elle s'inquiète également pour Tom. Pendant de longues minutes, je m'efforce de la distraire, mais la pâleur prend le dessus sur sa peau bronzée de Réunionnaise. Elle se ronge nerveusement l'ongle du pouce et n'arrête pas de surveiller son téléphone. Je ne sais pas ce qu'une mère peut ressentir au plus profond d'elle-même lorsque son enfant disparaît, mais je commence à en avoir une vague idée.

— Personne n'est à l'abri d'une mauvaise rencontre, souffle-t-elle. Est-ce qu'elle saura se défendre ?

— Violette est une fille pleine de ressources et de bon sens ! affirme Mamie.

Aniata a un rire consterné.

— Alors, pourquoi nous fait-elle ça ?

Mue par l'anxiété, ma belle-sœur commence à reporter les torts sur mon frère, qui aurait dû se douter que sa fille n'allait pas bien.

— Et il n'est même pas fichu de me tenir au courant ! peste-t-elle.

— Tu devrais grignoter quelque chose, Aniata, suggère Mamie. Tu es au bord de l'hypoglycémie.

— Quelle excellente idée ! approuve Josse. Clément a préparé du pain d'épice pour le café gourmand… Nous n'allons quand même pas le jeter, ce serait bête.

Pain d'épice. Le parfum de Clément, de son écharpe. Malgré l'angoisse, je réalise à quel point j'ai envie d'inhaler son irrésistible odeur. Je dois vraiment être au bord de la crise de nerfs, pour en arriver là !

Au même instant, mon téléphone se met à sonner. Tout le monde se fige. Le numéro m'est inconnu. Je décroche avec empressement.

— Léna ? C'est Clément. Tom m'a donné…

— Vous êtes où ? Est-ce que tout va bien ?

Xavier, Josse, Mamie et Aniata sont suspendus à mes lèvres.

Tout le monde retient sa respiration, le temps s'est arrêté.

— Le réseau est un peu merdique…, rouspète-t-il.

— Je t'entends parfaitement, Clément. Dis-moi que vous êtes tous sains et saufs.

À peine ai-je terminé ma phrase que ses paroles deviennent hachées. En plus de me glacer le sang.

— Vio… ette… Tom… cués ar licoptère… route pour… pital.

17

— Ils l'ont retrouvée ? me demande Aniata, blafarde.

— Oui… Ils ont dû la faire évacuer par hélicoptère vers l'hôpital le plus proche…

— Pourquoi ?! s'écrie-t-elle avant que je n'aie pu terminer mes explications.

— Je n'ai pas tout compris parce que le réseau était mauvais… Il me semble avoir saisi qu'elle a fait une mauvaise chute.

— Une mauvaise chute ? répète-t-elle, au bord de la syncope.

— Tom est parti avec elle.

— Et les garçons ? s'enquiert Josse.

— Ils ont entamé la descente. Si Clément a réussi à me joindre, c'est qu'ils ne doivent plus être très loin.

Ma belle-sœur laisse libre cours à une fontaine de larmes et hoquette de manière confuse :

— Elle a besoin de moi à ses côtés… Je suis vraiment nulle comme mère… et en plus je suis là, à me lamenter.

Je tente de la réconforter du mieux que possible.

— Je suis désolée, Aniata. Mais je suis certaine que ça va aller.

— On ne sait même pas ce qu'elle a, ni si elle va bien.

— Je pense que si ça avait été grave, Clément me l'aurait dit.

— Mais tu n'as rien compris à ses paroles, c'est toi-même qui l'as reconnu ! J'appelle Tom.

Je la retiens doucement par le poignet.

— Il le fera dès qu'il le pourra, Aniata. Essaie de garder ton sang-froid.

Elle inspire longuement, puis semble se résigner. Josse profite de ce répit pour nous proposer une énième tasse de café. Comme je ne tiens plus en place, je préfère limiter ma consommation d'excitants si je ne veux pas me transformer en Speedy Gonzales et finir moi aussi à l'hôpital car mon cœur aura battu le record du monde de pulsations par minute.

— Pas pour moi, dis-je. Je vais préparer du lait de poule pour les garçons.

J'ai besoin de m'occuper, ça me calmera les nerfs. Si j'ai réussi à ne pas trop afficher mon angoisse, au fond de moi, j'ai juste envie de rentrer chez moi, effacer ce séjour et reprendre une activité normale.

Puisque je ne peux évidemment pas tous les planter là sans passer pour lâche, stupide ou instable (voire les trois en même temps), je me réfugie dans la cuisine, isolée du tumulte. Je souffle un bon coup et réunis sans tarder les ingrédients nécessaires sur le plan de travail en Inox. Cette fois-ci, je vais m'efforcer de suivre les instructions à la lettre. Je pense qu'il ne vaut mieux pas s'interposer entre Clément et l'une de ses recettes, ça relèverait du suicide. Sa susceptibilité, à ce que j'ai cru comprendre, atteint le chiffre cent sur une échelle de un à dix et je n'ai pas envie de me trouver au cœur d'un scandale culinaire.

Dans la salle de restaurant, les conversations ont repris bon train. Tout le monde semble enfin se détendre, tant mieux. Cette journée ne sera bientôt plus qu'un mauvais souvenir.

Je mélange lentement les épices dans le lait tout en fredonnant. Sans aucune logique, je passe de *Porque te vas* à *La Java bleue.*

— *Quand les corps se confondent...*

— Salut.

Je manque d'envoyer valser la casserole en avisant Clément, nonchalamment appuyé contre le chambranle de la porte.

— Hé ! Fais attention à mon matériel, proteste-t-il en venant à la rescousse.

Vu son air goguenard, aucun doute, il a pu profiter de mes performances vocales. Heureusement que je n'étais pas partie dans une imitation de Céline Dion. Je reprends le dessus et verse l'onctueux liquide fumant dans des verrines.

— Clément ! On dirait que tu adores me provoquer des palpitations.

— Ah oui ?

À son regard qui se plisse de malice, je prends conscience de ce que je viens de dire.

— Tu t'arranges toujours pour me faire bondir de peur, je bredouille.

Rouge de confusion, je scrute attentivement le lait de poule, au cas où il déciderait de s'échapper des verres. Puis je me souviens que Clément revient d'une mission sauvetage.

— Est-ce que Violette va bien ?

— Une grosse entorse à chaque cheville. Elle a glissé sur une plaque de verglas et s'est mal réceptionnée.

— Aïe.

Il m'explique que ma nièce est parvenue à se traîner jusque sous les roches, pour se mettre à l'abri. Elle n'a pas pu prévenir les secours puisque son portable a valdingué également et elle n'a pas réussi à le remettre en route. Lorsqu'ils l'ont trouvée, Violette était transie de froid et tremblait de tous ses membres, persuadée qu'elle allait mourir sur place, dévorée par des bêtes sauvages.

— La pauvre.

— Elle ne recommencera pas de sitôt, au moins.

— Comment a réagi Tom ?

— Toute sa colère est retombée quand il a vu sa fille.

Je pousse un soupir de soulagement.

— Je ne pense pas qu'elle échappera à une bonne engueulade, mais ça ne lui fera pas de mal.

— Et toi, Léna, comment est-ce que tu vas ?

Je me retourne pour vérifier s'il se trouve aussi près de moi que sa voix le laisse supposer.

Il est aussi près de moi que sa voix le laisse supposer. J'ai peur de commettre une catastrophe, sous le coup de l'émotion. Comme un incendie accidentel ou une combustion spontanée. Ce qui aboutirait au même résultat.

— Je vais bien. Comme tu peux le constater, je maîtrise le lait de poule à la perfection. D'ailleurs, il est tellement beau que je pense l'épouser.

Ok. Mes nerfs sont en train de lâcher et me font dire des choses absurdes.

Clément entre dans mon jeu (qui n'en était pas un, à la base) :

— Tu penses que ton oncle célébrerait le mariage ?

— Non. Et tout le monde finirait par convoiter l'heureux élu.

— Mauvais plan, affirme-t-il.

Je change vite de sujet avant que la conversation ne dérape.

— Tu peux rejoindre les autres, si tu veux, je vous apporte ça tout de suite.

En fait, je le chasse carrément.

— Non, je vais t'aider. Et puis, je tenais à inspecter l'état de ma cuisine après ton passage.

Je plante mes deux poings sur mes hanches.

— Je te trouve très possessif, comme mec. *Mon* matériel. *Ma* cuisine. Tu fais pareil avec ta petite amie ?

Clément s'approche dangereusement de moi (il n'était pas si près, finalement) et je sens le sol prêt à m'avaler tout entière.

— Je n'ai pas de copine.

Donc, j'ai bien compris ce que Josse a dit un peu plus tôt. Autant m'en assurer jusqu'au bout.

— J'ai pourtant cru, l'autre soir, en voyant cette jolie femme sortir de la cuisine.

— Julie ? C'est mon ex. Nous nous sommes séparés il y a deux mois. Elle travaillait avec moi et nous sommes restés en bons termes, mais elle part s'installer à Marseille. C'est pour la remplacer que je forme Lucas.

— Je suis navrée.

— Il n'y a vraiment pas de quoi. À présent, je suis disponible pour…

Je crois que je viens de glapir à voix haute alors qu'il penche son visage vers le mien. À peine suis-je sur le point de succomber à ses lèvres que la voix d'Aniata nous interrompt :

— Flûte, c'est un vrai labyrinthe ici !

Elle s'immobilise sur le seuil en nous apercevant, si proches l'un de l'autre.

— Oh, mon Dieu, pardon, je ne voulais pas vous déranger ! Je cherchais les toilettes !

Par réflexe, je m'écarte de Clément et me passe la main dans les cheveux, pour me donner une contenance.

— J'arrive.

— Les toilettes c'est la porte à côté, grommelle Clément en même temps.

— Désolée, vraiment désolée, répète ma belle-sœur en nous dévisageant avec insistance.

J'attrape le plateau sur lequel j'ai déposé le lait de poule et m'enfuis sans plus attendre.

***

— Tu étais réellement sur le point d'embrasser ce gars ? m'interroge Aniata alors que je pousse la porte de la maison.

Je réfléchis un court instant.

— Peut-être que je l'aurais fait, oui, si tu n'avais pas débarqué de façon impromptue. Mais je crois que ça aurait été une mauvaise idée.

— Pourquoi ? Il est plutôt séduisant.

D'un geste, je lui indique qu'elle peut poser son sac près du canapé.

— Si tu as besoin que je te prête un pyjama pour la nuit…

— Tu es gentille, mais je pense que je vais la passer à l'hôpital. J'attends que ton oncle soit prêt.

Xavier doit venir la récupérer pour l'emmener au chevet de Violette. Tom l'a appelée dès que leur fille a été admise aux urgences et a confirmé qu'elle a bien une double entorse.

Ils ne rentreront probablement pas avant demain, le temps qu'ils la gardent en observation afin de vérifier que son état général est satisfaisant. Au moins, ma belle-sœur ne ressemble plus à un chihuahua sous amphétamines.

— Est-ce que tu as faim ? Soif ?

Aniata s'esclaffe en se laissant tomber sur les coussins moelleux du divan.

— Nous venons de passer la journée entière dans un restaurant à veiller à ce que la nourriture ne se perde pas, et tu me demandes si mon estomac peut encore accepter la moindre miette ?

Je rigole à mon tour.

— Tu n'as toujours pas répondu à ma question, souligne-t-elle sévèrement.

Quand Aniata prend cet air-là, n'importe qui retrouve ses six ans.

— Si je joue les amnésiques et que je prétends ne pas me souvenir de ta question, tu me ficherais la paix ?

— Non. Je me ferais même un plaisir de te la poser une seconde fois. En quoi le fait d'embrasser Clément n'aurait pas été une bonne idée ?

Je m'assois à côté d'elle et cherche une réponse crédible. Tout en sachant pertinemment qu'aucune ne le sera à ses yeux, à moins que je prétende que mon style d'homme est plutôt Gérard Depardieu. Non, tout bien réfléchi, elle ne me croirait pas.

— Je rentre chez moi dans cinq jours. J'ai passé l'âge des amourettes de vacances.

Aniata renifle, sceptique.

— Nice n'est pas non plus à l'autre bout du monde. Vous trouveriez forcément des arrangements pour vous voir.

Je secoue la tête, catégorique.

— Clément bosse comme un dingue. Le restaurant, c'est sa vie. Il ne peut pas partir en week-end sur un claquement de doigts.

— Mais toi, tu peux te le permettre, objecte-t-elle.

— Et à quoi cela va me mener ? Je ne vais quand même pas faire des allers-retours *ad vitam aeternam.*

— Tu sais, quand on s'aime, on trouve toujours des solutions…

Je l'interromps en soupirant :

— Écoute, de toute façon Clément est un peu trop sanguin pour moi. Je l'ai quand même surpris en train de menacer un restaurateur du village. Et il le tenait par le col.

Ma belle-sœur me jette un regard blasé.

— Tu lui as demandé pourquoi ?

— Un problème de concurrence déloyale.

— Super ! Voilà qui révèle un tempérament passionné.

— Tout de même, j'estime qu'il y a des limites à ne pas dépasser.

Aniata se redresse et me fixe dans le blanc des yeux.

— Il faudrait que tu te mettes en tête que tous les hommes ont des défauts. Les femmes aussi, d'ailleurs. Même si nous les dissimulons plus facilement…

— *Susceptible* et *sanguin*, j'insiste comme si je brandissais une grande explication universelle.

— Tu aurais peut-être préféré dealer et violent ?

Je me pince l'arête du nez. Vite, qu'on en finisse !

— Pour être honnête avec toi, je lui ai déjà déclaré ma flamme.

À l'éclat de son regard, j'ai l'impression de lui avoir annoncé une remise de quatre-vingts pour cent sur une paire de Louboutin.

— Mais il fallait commencer par ça ! Alors ?

— Ne te réjouis pas trop vite. C'était il y a treize ans. Et le moins qu'on puisse dire, c'est que j'ai reçu une courtoise fin de non-recevoir.

Je laisse déferler une cascade de souvenirs mélancoliques :

— On s'est tournés autour durant l'été où j'ai travaillé au restaurant. Ce n'était pas juste moi, Clément recherchait clairement ma compagnie. Il sautait sur le moindre prétexte pour discuter avec moi et, le soir, nous nous racontions nos vies par SMS, quand nous ne sortions pas ensemble, avec des copains. Il m'appelait « *petite princesse* ».

Aniata rit doucement et je reprends :

— J'admets que c'est niais, d'autant plus que je n'ai rien d'une princesse. À l'époque, ça me mettait dans tous mes états… Je me souviens d'un soir où il a fait pas mal de sous-entendus sur ce qu'il attendait d'une femme. Après ça, il m'a enlacée pour me dire au revoir. Naturellement, je me suis jetée à l'eau et je lui ai écrit qu'il me plaisait.

Ma belle-sœur grimace lorsque j'évoque la réponse que j'ai reçue.

— Il était maladroit. Mais vous étiez jeunes. Ce n'était peut-être pas le bon moment pour vous deux, c'est tout. Depuis, vous avez évolué, gagné en maturité… enfin, pour lui, je présume, parce que toi…

Je lui expédie un coup de coude dans les côtes.

— Puisque nous en sommes au chapitre sur la maturité, avec mon frère tu comptes faire quoi ?

Elle ouvre la bouche et la referme aussitôt. Puis cède finalement à l'envie de me remettre en place :

— Il n'y a aucun rapport, Léna. Tom m'a…

— … épousée très jeune. Et la quarantaine arrivant, il a eu des doutes. Est-ce que ce quotidien, cette routine, c'était encore de l'amour ? Plutôt que de tout plaquer du jour au lendemain, il a laissé ses lèvres atterrir sur la bouche d'une autre. Et s'est rendu compte qu'il n'y avait que toi.

Oui, je viens réellement de défendre l'attitude de Tom. Tout part en cacahuète.

— Il l'a quand même embrassée, proteste-t-elle pour la forme.

Je lève les yeux au ciel.

— Dis-moi que tu n'as jamais fantasmé sur un autre homme. Que tu ne t'es jamais demandé ce que ça pourrait faire si tu embrassais un bel inconnu croisé dans la rue ?

— Jean Dujardin.

— Quoi ?

— J'ai déjà imaginé que j'embrassais Jean Dujardin.

Je reste bouche bée.

— Madame ne s'embarrasse pas de n'importe qui, dis-je en riant. Remarque, Violette est bien amoureuse d'Harry Styles.

Elle balaie ma réflexion d'un geste de la main.

— Il est gay.

— Dujardin ? Mon frère ?

Aniata éclate de rire.

— Mais non, Harry Styles.

Elle reprend subitement son sérieux, ce qui n'augure rien de bon.

— Je suis sûre que rien n'est impossible entre Clément et toi. Si vous vous donnez les moyens de…

La sonnette de la porte d'entrée retentit, suspendant notre conversation. Les derniers mots d'Aniata planent dans l'air, tandis qu'elle se lève pour rejoindre Xavier, qui l'attend sur le perron.

— Essaie au moins d'y réfléchir, me conseille-t-elle avant de s'engouffrer dans la voiture.

— C'est valable pour toi aussi !

18

Le lendemain, je passe la matinée à lire mes mails professionnels qui se sont entassés depuis que je suis ici. J'ai fixé plusieurs rendez-vous à compter de la semaine prochaine. Me voici fin prête à retrouver Nice, mon appartement, mes clients et mes dessins. Mon esprit est déjà plongé dans le travail. Plus que quelques jours à tenir. Ma mère aura tout de même été la grande absente de ce séjour auquel elle nous a conviés.

Je déjeune avec Mamie et, installées dans la cuisine, nous essayons de poursuivre notre conversation malgré les cris perçants des deux inséparables qui font un raffut du diable dans leur cage.

— Je ne sais pas ce qu'ils ont en ce moment, s'excuse ma grand-mère. Ils n'ont jamais été autant agités.

— À l'évidence, ils ne m'aiment pas. Peut-être qu'ils ont deviné que j'envisage de leur arracher les plumes pour les ajouter à mon catalogue de décorations.

Mamie me tacle d'un léger coup de serviette.

— On ne touche pas à mes petits ! Et critique-les moins fort, tu vas altérer toute l'estime qu'ils ont d'eux-mêmes.

— Tu parles d'eux comme une mère, je lui fais remarquer en repoussant le gras du rôti sur le rebord de mon assiette.

Je pousse un long soupir en songeant à la mienne, de mère. Elle est omniprésente dans mes pensées. Son absence est envahissante.

— Tu crois qu'elle va finir par rentrer ? je demande.

Mamie n'a pas besoin de m'interroger pour savoir de qui je parle.

— J'en suis persuadée.

— Elle a parlé de rêves à réaliser… Est-ce que tu as la moindre idée de ce que cela pourrait être ?

Ma grand-mère repose ses couverts et réfléchit quelques secondes.

— Judith est une grande rêveuse. Elle pourrait avoir décidé d'acheter une parcelle d'ostréiculture dans le bassin d'Arcachon ou de suivre un stage intensif de karaté.

— Oui, tout est possible, avec elle. Qui sait si elle n'est pas tout simplement partie visiter Graceland…

La résidence d'Elvis, reconvertie en musée, soit le temple du kitsch. En fait, c'est étonnant que je n'y aie pas pensé plus tôt.

— Et ce petit Clément, alors ? s'enquiert Mamie en faisant chauffer l'eau pour le thé.

Surprise, je referme brusquement le lave-vaisselle.

— J'ai cru déceler des petites étincelles de magie, entre vous, poursuit-elle.

— S'il doit y avoir des étincelles entre nous, ce sera parce que sa mère lui aura dit que j'ai légèrement modifié sa recette, hier. Et là, il risque de diriger toutes ses foudres contre moi.

Elle opine de la tête, une moue réprobatrice sur le visage.

— Tu noircis le tableau, mon cœur. Il n'est pas si tempétueux que ça.

Je roule des yeux pour lui signifier que le sujet est clos.

— Bon, s'il ne te plaît pas, on ne va pas te forcer.

Je me garde de lui préciser qu'en réalité, s'il venait à Clément l'idée de se pointer, je serais bien capable de l'attendre avec la culotte à la main. Il y a des détails qu'on ne confie pas à sa grand-mère.

C'est alors que son regard s'allume comme une ado devant Justin Bieber.

— Je sais ! Je vais t'inscrire sur Meetic !

— Même pas en rêve.

— Pardonne-moi, mais vu ton âge et ta profession, il n'y a guère qu'ainsi que tu pourras enfin rencontrer quelqu'un.

Un son offusqué sort de ma bouche.

— Mamie !

— Quoi ? Je ne dis que la vérité : tes clients sont généralement des nouveaux parents béats d'admiration pour leur progéniture. Et j'imagine que tu ne sors plus dans les dancings depuis belle lurette. Où comptes-tu dénicher ton futur mari ?

— Eh bien, je ne sais pas. Je pourrais avoir un nouveau voisin, célibataire.

— C'est surfait, ronchonne-t-elle.

— Ou alors m'emplafonner dans un bellâtre en allant poster du courrier, dis-je songeusement. Oui, voilà : il ferait tomber mes enveloppes dans une flaque d'eau, se confondrait en excuses et m'inviterait à boire un café.

— Et tu ne manquerais pas de t'enflammer avant de le trouver rasoir au bout de trois rendez-vous. Tu nous as déjà fait le coup avec… Gwenaël ?

— Guénolé. C'est vrai. Mais je t'assure que je préfère encore demander à Xavier de me pistonner pour devenir nonne plutôt que de m'inscrire sur le moindre site de rencontres.

***

— Oh ! La petite Léna ! Ça fait un bail qu'on ne t'avait pas vue dans le coin !

Si je voulais passer inaperçue, c'est raté. Toutes les clientes lèvent les yeux dans ma direction. L'apprentie a déjà emmené Mamie au bac à shampoing. Voilà ce que c'est, de vouloir faire plaisir à sa grand-mère en l'accompagnant chez sa coiffeuse. Je me retrouve assise sur un gros fauteuil, un gobelet de café dans une main, une pile de *Voici* sur les genoux.

— Alors, quel effet ça te fait, d'être revenue ? me demande Clémentine, la pétillante patronne du salon.

— Un effet dingue, dis-je platement.

— Tu comptes rester ? Notre village revit, tu sais et…

— Oh, non. Je… j'ai mon travail, à Nice.

— Toujours pas d'enfant ? Remarque, tu as bien raison, au moins tu conserves encore un joli corps. On te fait quelque chose à toi aussi ? enchaîne-t-elle en pétrissant mes mèches d'une main intruse. Une couleur, peut-être ?

— Non, non, je…

— Tu as une jolie chevelure, me complimente-t-elle.

Je lui rends son sourire.

— Merci. Et pas un seul cheveu blanc.

Clémentine plisse les yeux pour mieux se concentrer.

— Si, il y en a, mais pas aux racines. C'est pour ça que tu ne les vois pas. Tu es sûre que tu ne veux rien ?

Si. Je voudrais pleurer. Telle qu'elle est partie, dans dix minutes, Clémentine va me dire que j'ai des rides et qu'elle peut me faire des injections de collagène aussi, si je le souhaite.

Au-dessus de moi, un casque à permanente m'évoque vaguement un vaisseau spatial prêt à fondre sur mes cheveux si jamais je me laisse convaincre d'opter pour la coupe à la mode. Chez les plus de soixante ans.

— On ne voit plus ta mère, reprend l'exubérante patronne, sur le ton de la conversation. Elle n'est pas malade, au moins ?

Si je lui répondais que Maman a développé un terrible cancer et qu'elle est partie mourir à l'autre bout du monde, Clémentine se délecterait intérieurement du nouveau sujet de conversation à avoir avec ses clientes.

Cette pauvre Judith, vous savez, l'ex-femme de Pichon ? Non, pas le curé, l'autre, celui qui est dans les assurances. Emportée par un cancer. Elle n'était pas vieille, même pas encore retraitée, la pauvre. Ah ça, oui, c'est terrible. Surtout qu'elle a toujours été en bonne santé, à part l'embonpoint abdominal. Sa fille m'a dit qu'elle a fait comme les chats, qui vont dans leur coin pour crever. C'est affreux, tout de même.

Je me ressaisis avant que le silence entre nous ne devienne trop pesant.

— Maman va très bien. Elle s'offre une petite pause loin de tout.

— Je ne vais pas la blâmer, il faut savoir décompresser, approuve la coiffeuse en installant ma grand-mère sur un siège, face à un grand miroir. Vous n'êtes pas d'accord, madame Pichon ?

Mamie acquiesce, encourageant la coiffeuse à poursuivre :

— Si on ne prend pas des moments pour soi, la cocotte finit par exploser, pas vrai ? Moi, ça m'est arrivé pour ma quarantaine. Du jour au lendemain, j'ai pris les gosses sous le bras et j'ai vendu la…

Mais où trouve-t-elle toute cette énergie ? Clémentine me fait l'effet d'être montée sur ressorts ! Je ferme les écoutilles et laisse lâchement à Mamie le soin de recueillir son incessant babillage. Tandis que les ragots vont bon train, je repose la pile de magazines et me penche devant la glace. J'ai beau scruter ma tignasse sous toutes les coutures, je ne perçois pas l'ombre d'un cheveu blanc.

— Tu réfléchis à une coupe ? interroge Clémentine, qui n'en perd pas une miette grâce aux miroirs. Je peux te faire quelque chose de très moderne.

La dernière qui m'a sorti ça a failli se retrouver avec la gorge tranchée aux ciseaux lorsque j'ai découvert le résultat. Je décline poliment la proposition… et m'emplafonne malencontreusement dans l'apprentie qui transporte un mélange pour coloration. Mon joli pull en cachemire est fichu. La jeune fille a les larmes au bord des yeux et se confond en excuses. J'ai pitié d'elle et lui assure que ce n'est rien.

Juste cent euros foutus en l'air.

Je prends sur moi et me rassieds dans le fauteuil, où je fais semblant de lire *Voici*. Pendant que les photos volées défilent sous mes yeux, je cède à la réflexion désastreuse qui est en train de faire son nid dans ma tête. Lorsque j'ai pensé répondre à Clémentine que ma mère était malade, je ne le souhaitais évidemment pour rien au monde. Pourtant, si c'était ça ? Si elle s'était barrée en se sachant atteinte d'un mal incurable ? Parce que c'est bien son style, de ne pas vouloir s'attirer la compassion ou le dévouement autour de sa petite personne. Peut-être que je devrais en toucher un mot à Tom quand il rentrera de l'hôpital…

— Mamie, dis-je un quart d'heure plus tard alors que nous remontons en direction de chez nous, peux-tu me jurer que Maman n'est pas malade ?

Ma grand-mère incline la tête, interloquée.

— La dernière fois que je l'ai vue, elle était en excellente santé, ma puce.

— Elle n'a pas passé d'examens médicaux ou des choses de ce genre récemment ?

Elle secoue la tête.

— Pas à ma connaissance.

Avisant mon air soucieux, elle me tapote la main.

— Tu te fais du mouron pour rien. Parfois, la réalité est souvent bien plus simple que ce que l'on pense.

Elle a raison, je sais que je devrais me détendre et moins me prendre le chou. Entre la fugue de Violette, Clément qui hante mes pensées, le puzzle que je tente de reconstruire concernant Papi et la disparition de ma mère, je commence à perdre pied. J'aimerais pouvoir me détacher de tout ça. J'ai beau prendre sur moi, je frôle le burn-out émotionnel.

Dans l'immédiat, je connais un seul moyen de lâcher prise : aller m'enfermer dans le grenier avec mon livre et une boîte de chocolats. Auparavant, je dois changer de pull. Je saisis le premier qui me tombe sous la main, à savoir la chose immonde tricotée par ma grand-mère. Ça fera très bien l'affaire pour le reste de la journée. Dans le grenier, je lance *Porque te vas* sur le tourne-disque. Puisque le jour où nous avons décoré le sapin, cette chanson a réveillé certaines de mes émotions, peut-être que d'autres souvenirs viendront et que je recouvrerai entièrement la mémoire sur ce qui est arrivé à mon grand-père.

Malheureusement, cette fois-ci, la magie n'opère pas. Je reste fixée sur ces mêmes images qui persistent à s'imposer : mon envie pressante, le crissement des pneus qui me cloue sur place, la mère de Lyne penchée au-dessus du corps de Papi. Tout est limpide, je ne comprends pas pourquoi d'après Tom, mon inconscient me joue des tours. Je pourrais essayer de le questionner jusqu'à épuisement, mais c'est une autre paire de manches.

Lasse, je me coule dans le fauteuil et commence à me replonger dans l'intrigue de mon bouquin. Évidemment, comme ici la tranquillité est seulement apparente, on sonne à la porte au bout de douze pages. Je pousse un long soupir, décidée à ignorer l'importun.

La sonnette retentit une seconde fois. Non, elle n'aura pas ma peau. Je fais la morte. Par mesure de précaution, j'envoie un SMS à Tom pour m'assurer que ce n'est pas lui. Il me répond aussitôt :

« Nous serons rentrés en fin de journée. »

Sans plus culpabiliser, je replonge dans mon intrigue.

— Léna ! Tu es là ?

C'est la voix de Clément.

— Léna !

Je me précipite vers la petite fenêtre et l'ouvre.

— Clément ? Qu'est-ce que tu fiches ?

— Je savais bien que tu étais là ! fait-il, triomphant.

— Dis, j'ai encore le droit de me reposer sans avoir à me justifier, non ? Qu'est-ce que tu veux ?

— Descends ! m'enjoint-il. Je ne vais quand même pas gueuler pendant une heure sous les fenêtres, si ?

Je lui dirais bien que toute ma vie j'ai rêvé d'avoir un Roméo qui viendrait me chanter ainsi sa sérénade, mais je vais m'abstenir. Nous ne sommes pas à Vérone.

— C'est bon, j'arrive.

Je me presse dans les escaliers, à la fois agacée et enjouée. Apparemment, il est possible de ressentir ces deux états d'âme à la fois.

J'ouvre la porte et plaque un sourire chaleureux sur mon visage… avant de me souvenir que je porte un pull orné de flocons de neige.

— Je te défends de te marrer, Clément.

Évidemment, c'est trop tard. Fixant le motif en laine, il se mord l'intérieur des joues, prêt à laisser libre cours à son hilarité.

— Je n'ai aucune raison de rire. T'es raccord avec la saison.

— Bien. La vanne, c'est fait. À présent, tu peux peut-être me dire ce que tu veux ?

— Un apéritif, ça te dit ?

En premier lieu, je bats des cils, incrédule. Ensuite, je regarde ma montre.

— Euh… Il est seize heures, là.

Il hausse les épaules et ironise :

— C'est l'heure de l'apéro quelque part dans le monde.

Perplexe, je me contente de hocher la tête. Lui claquer la porte au nez serait très malpoli de ma part, l'inviter à entrer trop dangereux.

— Tu ne travailles pas ?

— Non, on a fermé le restaurant hier soir et fait l'inventaire ce matin.

— Ah oui, c'est vrai.

— Je tombe mal, peut-être ?

Je réponds avec un peu trop d'empressement :

— Pas du tout, je ne faisais rien de particulier.

Officiellement, je cherche à tout prix à l'éviter, quitte à devoir lui raconter que je travaille secrètement avec le gouvernement pour établir un plan visant à réduire la dette publique… et tout ce que je trouve à baragouiner, c'est qu'aujourd'hui ma vie est d'un vide mortel.

Tout ce que je veux, c'est pouvoir lire en paix, bon sang ! Il semblerait toutefois que Gilles Legardinier ne fasse pas le poids face à Clément dans la balance de mes émotions. Surtout lorsque ce dernier m'offre un regard qui frise l'indécence et semble vouloir signifier que je n'ai aucune excuse valable pour me défiler. Et d'autres choses, encore, mais peut-être que mon cerveau extrapole.

Je me surprends à chevroter :

— Un apéritif. Pourquoi pas. D'abord mon manteau. Je dois aller chercher.

Je m'éclipse aussi vite que je le peux, le laissant remettre les mots dans le bon sens s'il le désire. Pour ma part, je décide de me taire jusqu'à nouvel ordre.

19

— En fait, m'avoue Clément lorsque nous parvenons à hauteur des commerces, l'apéro, c'est la première excuse qui m'est venue quand tu as ouvert la porte.

Oh. Mon. Dieu. Il va me dire qu'il voulait seulement passer du temps en ma compagnie et éventuellement reprendre là où Aniata nous a interrompus hier.

Seul un borborygme parvient à sortir de ma bouche.

— Ah ?

Fier de lui, il poursuit :

— Je t'emmène dans le vieil hôtel.

Je m'immobilise aussitôt.

— Non.

— Tu veux des réponses à tes questions, ou pas ?

— Je suis de moins en moins persuadée que j'en trouverai là-bas.

— À toi de le vérifier, Léna. Qu'est-ce que tu risques ? De quoi tu as peur ?

— Que les flics débarquent et nous envoient croupir à Guantánamo pour être entrés illégalement dans le bâtiment.

— Tu ne manques pas d'imagination, fait-il avec un sourire oblique. Mais cela n'arrivera pas, tu peux me croire sur parole. Ils n'ont rien à faire de cette vieille bâtisse.

— Ok. Je présume que je dois te faire confiance et te suivre.

Face à sa mine satisfaite, je précise, tout en brandissant vers lui un index menaçant :

— Je te préviens que si on se fait choper, je te colle tous les torts sur le dos.

— Si ça te fait plaisir ! lance-t-il en se dirigeant vers l'hôtel.

Je ne cache pas mon étonnement en découvrant que la grille principale n'est même pas cadenassée. Clément l'ouvre avec une facilité déconcertante.

— C'est dingue, quand même. Ça reste une propriété privée, non ?

— Le portail a été protégé, fut une époque, mais ça n'a pas empêché des rôdeurs d'entrer.

— Des rôdeurs. Charmant. J'ose espérer qu'on ne va pas mourir égorgés au tesson de bouteille.

— Il n'y a plus personne depuis belle lurette.

Les charnières émettent un grincement laborieux lorsque nous poussons le portique.

Sans un mot, je foule le sol jonché de détritus et de vermine végétale. Quelle tristesse de constater comme ce lieu autrefois si gai a dépéri en un rien de temps ! Je me plante à côté de la balançoire rouillée pour mieux toiser l'édifice qui se dresse devant nous, incapable de réprimer une grimace de dégoût.

— Ne me dis pas que tu as peur des fantômes, raille Clément.

— Non… Seulement des maladies et autres infections qu'on peut attraper dans ce genre d'endroit.

— Tu viens ?

L'idée de pénétrer dans l'ancien établissement me réjouit autant que de tondre une pelouse à la pince à épiler, mais ce sera toujours mieux que de rester ici, à portée de vue de n'importe quel passant.

Clément pousse la porte branlante qui desservait autrefois la réception. La première chose que je remarque, c'est le carrelage si sale qu'on devine plus qu'on ne voit les motifs originaux. Le guichet est toujours là, couvert de poussière, avec les clés des chambres accrochées sur un tableau tapissé de velours rouge, comme dans les anciens hôtels luxueux.

— Qu'est-ce qu'on cherche, au juste ?

Je secoue la tête de découragement.

— Je ne sais pas trop, à vrai dire. Des indices qui nous permettraient de savoir ce qu'il s'est réellement passé le soir où mon grand-père est mort.

— Comme une confession écrite ? demande-t-il, sceptique.

— Quelque chose dans le genre, je présume.

Machinalement, je commence à ouvrir les tiroirs du bureau d'accueil. Ils sont évidemment tous vides. Pas un seul stylo ou livre de comptes.

Je marmonne :

— Rien du tout. On perd notre temps.

Ma quête semble vouée à l'échec. Il n'y a que dans les livres qu'on trouve un journal intime où tout ce qu'on cherchait est consigné de A à Z.

Clément se dirige vers une pièce située à gauche de la guérite. Je le soupçonne de prendre plaisir à visiter cette baraque qui pourrait servir de décor à un film d'horreur. Peut-être qu'il pense dégoter une pièce secrète dans laquelle sera planqué un trésor… ou les squelettes des premiers pensionnaires.

N'ayant aucun espoir de dénicher quoi que ce soit par ici, je le rejoins néanmoins. Et puis, je dois bien reconnaître que, même si je ne crois pas aux fantômes, sa présence me rassure. Si je devais tomber nez à nez avec un squatteur, j'aimerais mieux ne pas être seule.

La pièce dans laquelle nous nous trouvons était vraisemblablement un grand salon. Mes yeux s'acclimatent lentement à la semi-pénombre ; je distingue quelques fauteuils défoncés auxquels il manque des pieds, un comptoir de bar et une cheminée condamnée. Clément regarde tout autour de lui, comme si le plafond allait nous tomber sur la tête et je ne peux réprimer un frisson, me rapprochant instinctivement de lui.

— Cet endroit doit être livré à des générations d'araignées.

— C'est bien possible. Peut-être même qu'elles ont élu domicile dans les étages et ne vont pas apprécier qu'on les dérange. La déco a tout pour leur plaire, en tout cas.

À l'extérieur, des pas crissent sur les cailloux. J'ai le temps de penser qu'il s'agit peut-être d'un chien errant, avant qu'une voix féminine résonne :

— Il y a quelqu'un ?

Lyne. J'en mettrais ma main au feu. Surpris, nous nous pétrifions sur place. Comment sait-elle que nous sommes là ?

Clément me saisit par le poignet.

— Oh, oh, ça sent les ennuis…

Il m'entraîne vers une issue que je n'avais pas vue auparavant et nous débouchons sur une sorte de couloir. Une porte vitrée au fond, un escalier à droite.

— On monte ?

La voix de Lyne est bien plus nette, signe qu'elle se trouve désormais dans l'hôtel.

Clément secoue la tête et chuchote :

— Elle nous entendrait.

La panique me comprime la poitrine. Nous sommes bel et bien pris au piège.

— Alors, quoi ? On sort ? je propose en désignant la porte qui mène à l'arrière du jardin.

— Chut ! me supplie Clément alors que les claquements de talons de Lyne se rapprochent dangereusement de nous.

Sans plus réfléchir, il me pousse au fond de la cage d'escalier. Je me retrouve plaquée dans un angle poussiéreux, Clément contre moi. Si c'était en mon pouvoir, je me fondrais dans le mur jusqu'à devenir invisible.

— Il y a quelqu'un ? Je sais que vous êtes là ! Montrez-vous ou j'appelle les gendarmes !

Clément me fait signe de ne pas obéir aux injonctions de Lyne. Nous n'osons plus prononcer un seul mot, ni même respirer. Avec un peu de chance, si elle regarde dans notre coin, elle nous prendra pour… pour un vieux portemanteau oublié là.

Un rayon de soleil traverse la porte vitrée et se fraie un chemin jusqu'à l'entrée de notre cachette. Lyne commence à grimper les marches, qui grincent au- dessus de nos têtes. Un peu de répit. Nous pourrions en profiter pour nous enfuir à toutes jambes, mais cela resterait risqué. Pourvu que la poussière ne me fasse pas éternuer. Je n'avais pas encore remarqué à quel point ça sent le renfermé, par ici. Pourvu qu'une araignée ne décide pas subitement de faire du toboggan le long de mon cou.

À l'étage, les portes s'ouvrent les unes après les autres, puis nous entendons un soupir de rage. Lyne reprend l'escalier en sens inverse tout en maugréant :

— Cette vieille chouette a sûrement rêvé.

Ses pas s'éloignent en direction de l'entrée. À l'évidence, elle s'apprête à renoncer à sa chasse à l'homme. Soulagée, je relâche mon souffle.

— On l'a échappé belle, murmure Clément.

Un trouble m'étreint alors que je réalise à quel point nos visages sont près l'un de l'autre. Il pose sur moi un regard qui me donne l'impression d'être prise dans un étau brûlant. Nos yeux finissent par se confondre, nos respirations s'accélérant seconde après seconde. Ses mains sont en appui contre le mur, de part et d'autre de mes épaules, m'emprisonnant sans me toucher. L'épaisse tension entre nous est de celles qui précèdent les instants où tout va basculer. La proximité de nos deux corps m'enflamme, son odeur affole mes sens…

Peut-être mue par l'adrénaline, je m'interdis de réfléchir et cède à mon instinct, me hissant sur la pointe des pieds pour que ma bouche vienne frôler la sienne. Il ne dit rien. Tout le silence contenu dans son regard vaut dix mille mots éloquents. Alors, nos lèvres se trouvent et se découvrent. Ses mains viennent enserrer fermement mes hanches, les miennes remontent le long de ses bras, de ses épaules, de son cou, jusqu'à agripper sa nuque.

Il fait froid dans cet hôtel délabré et pourtant je brûle d'un feu intérieur que seul Clément saurait éteindre. Une vertigineuse sensation d'ivresse me domine quand sa bouche devient plus conquérante. Mes jambes tremblent, et pourtant je voudrais que cela ne s'arrête jamais. Ce baiser a quelque chose d'unique qui s'apparente à un grand frisson. Jamais on ne m'avait encore embrassée de la sorte, à m'en faire oublier la raison.

Notre étreinte me laisse pantelante. Nos lèvres se séparent à regret et Clément me caresse doucement les cheveux tandis que j'essaie de me noyer dans son regard.

Je pars dans si peu de jours ! Je dois absolument grappiller le moindre moment que nous pourrions passer ensemble. Ma décision est aussitôt prise.

— C'est oui, lui dis-je simplement.

Il recule légèrement en me considérant comme si je venais de parler biélorusse.

— Quoi ?

— Pour le réveillon, c'est oui. J'accepte de me déguiser en femme-pingouin et de faire le service.

Il est pris d'un fou rire incontrôlable.

— Si j'avais eu plus tôt le mode d'emploi pour te faire céder !

Je parsème une pluie de baisers sur son visage.

— C'est surtout l'idée de pouvoir t'embrasser derrière les portes qui me pousse à accepter.

— Seulement derrière les portes ? s'amuse-t-il en faisant glisser ses lèvres dans mon cou.

Seigneur, je vais perdre tout contrôle de moi-même.

— Ce serait déjà un bon début.

Ses mains s'attardent sur mes fesses, les miennes sous son pull-over. Je m'apprête à fondre sur place, quand un sursaut de conscience me ramène à la réalité.

— On ne peut pas rester ici.

Clément passe une main sur sa barbe, semblant émerger d'un doux rêve.

— Tu as raison. Je dois passer au restaurant pour finir la compta, tu veux venir avec moi ?

Cette fois-ci, c'est à mon tour de m'esclaffer.

— Quel programme exaltant !

— C'est surtout la suite, qui s'annonce intéressante, d'autant plus que nous serons seuls…

— Vu sous cet angle, je te suis.

À ce moment précis, le monde entier est merveilleux.

20

C'est fou comme le cerveau humain peut passer d'un état à un autre en à peine une seconde.

C'est précisément ce qui est en train de se jouer pour Clément et moi, cloués sur le seuil. Mon cœur, pourtant galvanisé ces dernières minutes, vient de me tomber dans les talons. La porte est fermée à clé. Nous sommes prisonniers.

— Ce n'est pas possible, fulmine Clément.

Je m'efforce de trouver une explication rassurante à notre mésaventure.

— Elle a dû claquer à cause d'un coup de vent…

— Mais pourquoi est-ce qu'elle refuse de s'ouvrir ?

Pantoise, je le regarde s'acharner, en vain, contre la porte récalcitrante. Je dois bien cesser de me bercer d'illusions. Je reconnais piteusement :

— Lyne vient de nous jouer un sacré tour.

Clément soupire et se met à crier :

— Ho hé ! Lyne si tu es là, c'est bon, arrête tes gamineries et viens nous ouvrir ! Ce n'est pas drôle !

— Vous n'avez qu'à vous débrouiller ! répond cette dernière, une inflexion narquoise dans la voix.

Je regarde Clément, cherchant désespérément un moyen de nous sortir de ce merdier.

— On pourrait tenter par la fenêtre du salon, propose-t-il. Elle n'est pas condamnée.

Je peste, remontée à bloc contre Lyne :

— C'est humiliant. Quelle sale bonne femme !

Clément semble furieux.

— Promets-moi que tu ne lui casseras pas la figure ! je le supplie, en faisant allusion à son altercation avec le restaurateur concurrent.

— Je ne frapperai jamais une femme, m'assure-t-il avant de pousser le lourd volet rouillé, qui émet une plainte de chat enroué.

Devant nous, assise sur la balançoire, Lyne est en train de fumer une cigarette. Elle nous dévisage, moitié furax, moitié moqueuse. Un silence vertigineux précède la tempête qui ne va pas tarder à éclater.

La seule ânerie que je trouve à dire (mon cerveau étant en tout état de cause paralysé) est :

— Qu'est-ce que vous faites là ?

Lyne se relève mollement, exhale un lent nuage de fumée avant de jeter son mégot à terre et de l'écraser du talon.

— Tu ne te renouvelles pas beaucoup, Léna. Tu m'as posé exactement la même question, la dernière fois.

Elle marche droit sur nous et poursuit :

— En l'occurrence, c'est plutôt à moi de vous demander ce que vous fichez ici, vous ne pensez pas ? Sortez, je vous en prie, ajoute-t-elle en simulant la politesse.

Je remballe ma dignité, puis enjambe le rebord de la fenêtre. Heureusement, ce n'est pas très haut. Clément me suit et nous nous trouvons dehors en une seconde.

— J'attends vos explications, reprend Lyne, plus agressive.

Clément tente de désamorcer le conflit, pour éviter que tout ceci ne finisse en foire d'empoigne.

— Tout est ma faute. On voulait seulement jeter un œil, rien de plus. Désolée, nous n'aurions pas dû.

Je dois être en train de virer écarlate, car Lyne m'observe avec attention avant d'asséner :

— Je ne te crois pas. Et je sais que tu n'es pas assez bête pour violer une propriété privée juste pour satisfaire ta curiosité.

Décidément, je ne peux pas la blairer, cette nana qui se prend pour une duchesse outragée.

— Ouais, enfin, il n'y a rien à voler, à part les murs. Et encore. Pas besoin d'en faire un drame.

Elle prend une profonde inspiration, comme avec un gosse qu'on aurait envie de claquer.

— Je paie encore beaucoup de taxes pour cette maudite baraque et je n'ai pas envie que des imprudents la réduisent en cendres.

— Nous ne comptions pas…

Elle me coupe net.

— J'ai fermé l'agence et accouru dès qu'une vieille commère est venue me rapporter qu'elle avait aperçu des silhouettes dans la cour. Je déteste perdre mon temps. Alors je vous donne une dernière chance de vous expliquer. Vous pouvez encore éviter que je dépose une plainte.

Clément et moi nous concertons du regard, incertains quant à la conduite à tenir. Encore sous le coup de l'humiliation d'avoir dû escalader la fenêtre pour sortir, je la provoque par pur plaisir :

— C'est complètement stupide, d'avoir fermé la porte à clé. Tu aurais bien dû te douter que nous pouvions passer par la fenêtre.

Notre interlocutrice laisse échapper un rire sec.

— Tu te crois futée, hein ? Si j'ai verrouillé la porte, c'était pour voir à qui j'avais affaire. Si vous aviez été des squatteurs défoncés, j'aurais immédiatement appelé les gendarmes. En entendant vos voix, j'ai compris que… ma foi, je ne risquais pas grand-chose. Mais je peux encore porter plainte contre vous pour intrusion illégale.

Une vieille Cadillac rouge apparaît dans le virage qui jouxte l'hôtel. L'événement est suffisamment rare pour accaparer momentanément notre attention. Nos regards suivent la voiture jusqu'à ce qu'elle disparaisse entièrement.

Mes yeux reviennent se poser sur ceux de Lyne. J'y lis une sorte d'accablement qui me déstabilise. Je me dis que, dans le fond, elle ne doit pas être si mauvaise. Juste un peu énervée. Je me demande si, finalement, je n'aurais pas tout intérêt à lui dire la vérité. Peut-être qu'elle me révélera ce que me cache Tom ?

— Très bien, dis-je en capitulant. C'est moi qui ai entraîné Clément ici parce que j'espérais comprendre ce qui s'est réellement passé le jour où ta mère a tué mon grand-père.

Stupéfaite, Lyne écarquille les yeux.

— Ma… Mais qu'est-ce que tu racontes ? Tu es cinglée, ou quoi ?

Je m'emballe, agacée qu'on remette sans cesse en cause ma version des faits.

— Non, je ne suis pas folle, bordel ! Je sais ce que j'ai vu.

Je lui jette en plein visage la scène dont j'ai été témoin en cette fin d'après-midi de décembre 1993. Au fur et à mesure que j'avance dans mon récit, les larmes montent et menacent de déborder car je suis convaincue que je ne délire pas. Les émotions ne mentent jamais.

Clément s'approche de moi, prêt à mettre un terme à cette douloureuse conversation s'il le faut. Mais je ne lâche rien. Les traits de Lyne se métamorphosent sous mes yeux. De la colère, elle passe à l'incrédulité. Enfin, je lis dans son regard une espèce de compassion qui me décoche une lance en plein cœur. Je ne veux pas de sa pitié.

Lorsque j'ai terminé, elle s'éloigne silencieusement vers la balançoire, s'y assoit et sort une nouvelle cigarette de son paquet. Elle la porte à ses lèvres sans l'allumer, cherchant visiblement ce qu'elle va me répondre.

— Mais c'est pas vrai ! lâche-t-elle enfin. Ils sont complètement barjots, dans ta famille, pour t'avoir laissé croire ça !

Je la scrute avec méfiance.

— Qu'est-ce que tu insinues ?

— Je n'insinue rien du tout, je dis juste qu'on ne devrait jamais faire un coup pareil à une gamine.

J'ai l'impression de pédaler à côté du vélo.

— Et mince, soupire-t-elle en s'adoucissant un peu. Ce n'est quand même pas à moi de te dire tout cela…

— Me dire quoi ? dis-je d'une voix blanche.

En fin de compte, Lyne allume sa clope et tire une longue taffe. Puis elle me jauge rapidement, avant de me raconter sa version des faits.

— Ma mère n'a pas renversé ton grand-père. Ce n'est pas ainsi que les choses se sont passées, Léna. Je présume que tout est arrivé à cause de ton père…

***

22 décembre 1993

Françoise fit reculer le fauteuil de son bureau et s'étira longuement.

Elle pourrait profiter de son amant durant quelques heures, puisque Lyne avait prévu de passer la soirée avec ses copines. Cette perspective la réjouissait au plus haut point ; Éric allait enfin quitter sa femme et s'installer de façon définitive avec elle. Ils seraient tranquilles, dans sa jolie petite maison, située à cinq kilomètres du village. Personne ne viendrait fourrer le nez dans leur histoire.

Évidemment, Éric attendait que les fêtes soient passées. On n'annonce pas un divorce alors que le sapin clignote encore, ce serait incorrect, et monstrueux pour les gosses.

La jeune femme s'empara de son sac à main et se dirigea d'un pas énergique vers les toilettes pour femmes. L'hôtel fermait ses portes jusqu'au mois de mars, le temps de profiter de la trêve hivernale, propice à ses projets de couple.

Face au miroir, elle passa quelques coups de brosse dans ses belles boucles blondes et vaporisa une touche de Chanel derrière ses oreilles. Depuis que Carole Bouquet en était devenue l'égérie, Françoise ne jurait plus que par cette marque. Elle réajusta le col de son chemisier et serra la ceinture de son manteau rouge autour de sa taille. Parfait.

Elle aurait le temps de déposer quelques courses chez elle avant de rejoindre Éric dans leur restaurant préféré, à cinquante kilomètres de là, dans une ville où ils pouvaient se fondre dans la masse, où personne ne les connaissait et ne les pointerait du doigt.

Leur dîner de Noël avant l'heure.

L'amour n'était pas une chose simple, mais valait bien quelques compromis.

Bientôt, se dit-elle, tout serait plus facile.

Françoise quitta l'hôtel qu'elle avait hérité de ses parents et plongea la main au fond de son sac afin d'y retrouver les clés de sa voiture. Quelques pièces de dix francs tintèrent au passage, lui rappelant qu'elle devrait passer à la station-service pour faire le plein de carburant. Elle prit place au volant et fonça à la pompe à essence. Le détour ne lui prit que cinq minutes, après quoi elle s'engagea sur la départementale.

Le jour mourait pour laisser place à la nuit et de grosses gouttes de pluie commençaient à s'écraser sur le capot. Françoise se pencha pour trouver une station de radio à son goût et la voix de Freddie Mercury envahit l'habitacle. Le leader du groupe Queen, décédé depuis deux ans, chantait avec entrain Living on My Own et lui déclencha la chair de poule lorsqu'elle traduisit mentalement une strophe : « il faut que l'avenir m'apporte du bon temps ».

Elle n'eut pas davantage le temps de philosopher sur ses paroles et freina brutalement en voyant soudain un corps s'effondrer sur la route devant elle. La jeune femme sortit prestement de sa voiture sans couper le contact. Seulement éclairée par les phares, elle s'approcha de la masse inerte, qui respirait avec difficulté et se pencha au-dessus de l'homme.

— Non ! Oh mon Dieu ! Non ! s'exclama-t-elle en découvrant le père d'Éric.

Le gisant ferma les yeux.

— Vous… murmura-t-il faiblement… et mon fils… m'a tout dit.

L'ancien garde champêtre rendit alors son dernier souffle, victime d'une crise cardiaque foudroyante.

Encore sous le choc, Françoise se retint de hurler et redressa la tête comme pour trouver de l'air. Elle rencontra alors le regard d'une fillette, qui se tenait à plus de dix mètres d'elle. En une fraction de seconde, elle reconnut Léna, qui eut un mouvement fugace avant de déguerpir en direction des buissons, laissant tomber les branches de houx qu'elle tenait entre ses mains.

La jeune femme se releva en tremblant de tous ses membres. Elle ne pouvait pas rester ici, mais son cerveau était incapable d'ordonner correctement ses pensées.

Que dirait-on si on la trouvait sur les lieux de la mort du père de son amant ?

En proie à une terreur sans nom, Françoise se réfugia dans sa voiture et démarra en quatrième vitesse.

Elle allait rentrer chez elle et prévenir anonymement les pompiers.

C'était la meilleure chose à faire.

Sur les ondes, Freddie Mercury avait laissé la place à Whitney Houston, qui hurlait « I will always love you ».

D'un geste brusque, Françoise coupa la radio.

***

Sous le choc, j'ignore mon portable, qui vient de vibrer pour la seconde fois dans ma poche. Comment est-ce possible ? Lyne se trompe forcément, elle me raconte des sornettes. Si mon grand-père avait été victime d'une crise cardiaque, je l'aurais su.

— Tu mens, dis-je, le souffle court. N'est-ce pas, qu'elle raconte n'importe quoi, Clément ?

Ce dernier secoue tristement la tête.

— Je ne crois pas, Léna.

— Je t'ai dit la vérité, proteste Lyne. Tu en fais ce que tu veux.

Je pressens qu'elle a raison, mais ça me fait mal de savoir que j'ai été prise pour une idiote par ma propre famille. Chacune de mes inspirations est un coup de poing dans la poitrine. Comment ont-ils pu me laisser de façon délibérée dans l'ignorance ?

— Tu… tu as dit que mon père y était certainement pour quelque chose.

Lyne soupire. Son regard, pourtant si dur quelques minutes plus tôt, cherche à présent à fuir le mien.

— Tu as réellement envie de remuer le couteau dans la plaie ?

— Envie, non. Besoin, oui.

— Comme tu voudras… Apparemment, plus tôt cette journée-là, ton père avait annoncé à ton grand-père qu'il comptait quitter ta mère après les fêtes. Pour s'installer avec la mienne.

J'essaie d'établir un lien entre ces informations, sans toutefois y parvenir. Clément, l'air gêné, est assis sur le perron et attend que l'orage passe.

— Ton père, reprend Lyne, a rompu avec ma mère quelques jours après l'enterrement. Il ne supportait pas le poids de la culpabilité. Selon lui, c'est à cause de la révélation de leur liaison que ton grand-père a fait cette crise cardiaque. Ça l'a chamboulé.

Je m'efforce de me souvenir de l'attitude de Papi. Ai-je eu l'impression qu'il était particulièrement préoccupé ou en colère ? Il n'était pas du genre à laisser paraître ses émotions et j'étais bien trop jeune pour pouvoir déceler le moindre tracas. Pour moi, c'était une journée comme les autres.

— J'ignorais tout ça, dis-je tout doucement.

Mon interlocutrice hausse les épaules.

— Bien entendu. Tu n'étais qu'une gosse. Si tu savais comme j'en veux à ta famille ! À ton père, surtout. Ma mère n'a pas supporté la rupture, elle qui avait déjà fait des projets sur les vingt années à venir. Elle a commencé par mettre l'hôtel en gérance. Et quand plus personne n'a voulu s'en occuper, elle s'est contentée de se terrer chez elle et de vivre des aides sociales.

— Mon Dieu, quel gâchis.

— Pourquoi ta mère n'a-t-elle pas mis l'hôtel en vente ? intervient Clément, pragmatique.

— Elle n'a jamais pu s'y résoudre. Elle s'est enfoncée dans la dépression et ça fait vingt ans qu'elle vit sous cachets. À présent, c'est trop tard, reprend-elle après une courte pause, cette baraque est tellement délabrée… À part continuer à payer les taxes, je ne peux rien faire.

J'ai beau trembler de colère, je comprends tout ce que Lyne porte sur les épaules. Elle a été contrainte bien trop tôt de gérer beaucoup de choses. Ses études, la détresse psychologique de sa mère. En dépit de cette situation, elle a réussi à gravir les échelons professionnels, jusqu'à devenir responsable d'une agence immobilière. Si l'on met de côté son ambition démesurée, sa force de caractère est admirable. Nous avons ce point commun d'être des victimes collatérales de cette tragédie qui a impliqué nos deux familles. Je déteste le mot « victime » car nous n'avons rien d'éclopées de la vie. Néanmoins, je sais que nos démons intérieurs sont tapis quelque part, au fond de nous, et veillent à ce que notre psyché ne fonctionne pas tout à fait normalement. Lyne peut se montrer très cassante, c'est sa façon de crier tout le mal que la vie lui a fait.

— C'est terrible, ce qui nous est arrivé, dis-je avec une compassion nouvelle.

— On se remet, rit-elle sèchement.

— Tu… Enfin, je présume que tu n'as ni enfants, ni petit ami fixe.

Lyne plisse les yeux comme si j'étais devenue une chose intéressante à étudier au microscope, puis assène :

— J'ai vu jusqu'à quel point une personne est capable de se laisser dépérir par amour, alors les mièvreries, très peu pour moi. Mais on n'est pas dans *Confessions intimes*, Pichon.

C'est quand même fou, tout le mal que des adultes sont capables de faire à leurs enfants, sans même s'en rendre compte. Qu'aurait été ma vie si, d'emblée, on m'avait rassurée et expliqué les causes du décès de mon grand-père ? Qu'aurait été la sienne si sa mère n'avait pas plongé dans les abysses de la dépression ?

Une brusque flambée de rage m'incendie le cœur. J'ai envie de hurler sur les véritables coupables. Sur Tom et ma mère qui ne m'ont jamais rien dit, sur mon père qui a préféré la fuite, sur Françoise qui n'a pas eu la force de se relever de tout ça.

Je m'aperçois que ma mâchoire est crispée tant la colère pulse et bouillonne dans mes veines.

— Je vais y aller. Désolée pour le dérangement, Lyne.

— Ce n'est rien, répond-elle en balayant l'air d'un geste de la main. On oublie l'incident. Et… Léna ? Si ta mère se décide à vendre, faites-moi signe.

D'accord. Elle ne perd jamais ses objectifs de vue.

Clément s'empare de ma main, m'annonçant son intention de me raccompagner.

21

Les doigts enlacés, Clément et moi remontons les rues encore un peu enneigées.

— J'imagine que tu n'es plus tentée par une séance de comptabilité ? suppose-t-il doucement.

Je secoue la tête, agitée par la tempête que ces dernières révélations ont déclenchée en moi.

— Je suis désolée, mais je dois vraiment parler à mon frère. D'ailleurs, il ne devrait plus tarder à rentrer.

Je sors mon portable de ma poche afin de vérifier mes SMS. En réalité, Tom est arrivé en avance. Et il m'a laissé un message bien mystérieux :

« On t'attend chez Mamie avec une énorme surprise… même deux. On peut dire trois, en fait. »

Génial. J'ai justement très envie d'imprévu, je trouve que je n'en ai pas eu assez.

Clément me demande comment je me sens.

— En colère.

Il resserre ses doigts autour des miens, tentant de m'apaiser par ce seul geste. Ce qui, dans d'autres conditions, aurait parfaitement fonctionné. Les choses n'arrivent décidément jamais au bon moment et je ne parviens même pas à savourer cet instant comme je le devrais.

— Tu ne vas pas pleurer ou quelque chose du genre ?

— Comme quoi ? Me rouler par terre, sur le trottoir ? Je suis trop énervée pour ça.

— Tant mieux. Je me sens toujours un peu démuni face à une femme en larmes.

— Je ne pleurerai pas, Clément.

— Ça te ferait peut-être du bien, pourtant, déclare-t-il en me scrutant d'un air soucieux.

Je m'immobilise et prends une lente inspiration.

— Écoute, on s'est embrassés, ok. Et c'était… divin. Mais je ne suis pas encore prête pour passer à l'étape « et elle s'effondra entre ses bras réconfortants ». Au tout début, on est censé montrer le meilleur de soi, non ?

Il m'adresse un regard désarmant.

— Donc pour toi, écumer de rage, c'est t'afficher sous ton meilleur jour. C'est bon à savoir.

Je me sens déplorable.

— Désolée si je suis irascible, Clément.

— Tu n'as pas à t'excuser, ce serait quand même bizarre si tu te mettais à danser de joie.

Autour de nous, les flocons virevoltent à nouveau. Une odeur de feu de bois embaume l'air et je me rapproche davantage de Clément pour humer son odeur si agréable. Il porte un soupçon de parfum qui laisse échapper des notes à la fois chaudes et boisées.

— Tu ne sens pas le pain d'épice, aujourd'hui.

— Quoi ? fait-il en souriant.

— Ton écharpe en est imprégnée.

— Tu as sniffé mon écharpe ? demande-t-il, une inflexion légèrement moqueuse dans la voix.

Je rosis et bafouille :

— Eh bien, je… je suis une fille, Clément. Quand une femme est sous le charme d'un homme, elle éprouve souvent le besoin impétueux de… de sentir son odeur, comme s'il était présent.

Par chance, nous arrivons à destination. Cette parenthèse m'aura permis de me détendre un peu.

Je me fige brusquement en découvrant une voiture, garée devant chez ma mère. C'est une ancienne Cadillac rouge. La même que nous avons vu passer tout à l'heure.

— On dirait qu'on a de la visite, dis-je d'un ton ennuyé.

— Je ne vais pas te retenir plus longtemps, dans ce cas, me répond Clément, tout en m'enlaçant.

Seigneur. C'est le paradis sur Terre. Si je pouvais rester ainsi contre lui et tout oublier… Malheureusement, je dois me détacher de cette étreinte. Les minutes à venir ne vont pas être une partie de plaisir et il est inutile que je me pointe avec l'état d'esprit d'un Bisounours amoureux.

Clément me retient encore par la main, son regard vibrant plongé dans le mien.

— On se revoit…

— Pour le réveillon. Je te promets que je serai là.

Sa bouche fond sur la mienne, et si je suis d'abord tentée de résister, je prolonge finalement notre baiser, avant de m'éloigner.

***

— Mamie ? Tom ? je crie en pénétrant dans le vestibule.

Du salon me parvient un flot ininterrompu de paroles. La porte s'ouvre soudainement sur mon frère.

— Ah ! Léna, enfin ! s'exclame-t-il.

Une joie inhabituelle anime son visage.

— Il faut que je te parle, Tom.

— Si tu veux, mais viens d'abord. Tu vas voir, c'est énorme !

Sentant à nouveau la colère gronder en moi, je refrène un mouvement d'impatience.

— Tom, je…

— Tu ne vas pas être déçue ! Et ferme la porte derrière toi, surtout.

Très bien. Puisqu'il en est ainsi, je le suis, mais il n'échappera pas à ce que j'ai à lui dire.

J'ai à peine posé un pied dans la pièce qu'un Jack Russel fonce sur moi et me fait la fête, posant ses deux pattes avant sur mon pantalon, sans aucune délicatesse.

— Euh… tu es qui, toi ? dis-je à l'animal, dont le museau me renifle de façon compulsive.

— Il s'appelle Memphis.

Je relève vivement la tête.

C'est alors que je la vois, près de la cheminée, un grand sourire qui s'étire des lèvres jusqu'aux oreilles.

Maman est revenue.

Au lieu de m'en réjouir, je laisse une vague de ressentiment déferler sur moi. Je brandis un index menaçant.

— Toi ! dis-je d'une voix étouffée, avant de marcher droit sur elle. Comment est-ce que tu as pu me faire ça ?!

Ma mère me considère, totalement interdite.

— Mais, ma chérie… je comptais revenir, tu le sais bien.

— Je ne parle pas de ça !

Sans le vouloir, je viens de hurler avec hargne, aussitôt coupée par un flot de larmes. Toutes les émotions que j'ai emmagasinées jusque-là viennent d'atteindre leur paroxysme et je craque.

Ma mère esquisse un pas vers moi, mais je ne lui laisse pas l'occasion de parler. Pas encore.

— Comment as-tu pu me laisser croire que j'avais tué Papi ?!

— Léna, arrête, intervient Tom.

Je pivote vers lui, l'esprit brouillé par plus de vingt années d'illusions.

— Et toi, ça t'aurait coûté quoi, de me dire la vérité ?

— Nous devrions en discuter calmement. Pas ici, ni maintenant.

— Mais de quoi parlez-vous, enfin ? interroge ma mère, qui semble réellement à côté de la plaque.

Mamie passe un bras à la fois ferme et tendre autour de mes épaules et me conduit jusqu'à une chaise.

— Là, mon ange, assieds-toi. Je t'apporte un verre de lait et des petits biscuits à la cannelle, comme tu les aimes.

En d'autres circonstances, le côté infantilisant de ma grand-mère n'aurait pas manqué de me faire rire. Au lieu de quoi mes larmes redoublent et ma détresse augmente.

Maman se rapproche avec précaution, voulant peut-être s'assurer qu'aucun objet tranchant ne traîne sur la table.

Entre deux sanglots, je parviens à articuler :

— C'est à cause de vous que je déteste tant Noël. Si vous ne m'aviez pas caché la vérité, j'aurais pu évoluer autrement.

Ma grand-mère dépose un verre devant moi, puis me tend une serviette en papier, afin que j'essuie mon visage.

— Qu'est-ce que tu racontes, voyons ? demande-t-elle d'un ton réprobateur.

— Je pense que nous allons vous laisser seules durant un instant, ta mère et toi, Léna, déclare mon oncle en faisant signe à tout le monde de le suivre.

Brisée par tant d'années perdues, je relate à ma mère de quelle façon cette voiture qui a brutalement freiné m'a laissé penser que mon grand-père avait été renversé.

— Je ne me souvenais de rien jusqu'à ce que je revienne ici. Tu comprends ce que je veux dire ?

La pièce s'est remplie de silence, à l'exception du chien qui ronfle doucement, roulé en boule sur un fauteuil.

Dans un premier temps, ma mère reste complètement abasourdie.

— Je ne savais pas que tu te sentais coupable, articule-t-elle enfin, d'une voix déchirée.

J'esquisse un geste agacé.

— Moi non plus. Mon cerveau s'est empressé de refouler tout ça. Et finalement, c'était pire, puisque j'ai transféré mon sentiment de culpabilité ailleurs.

— Comment ça ?

— Je me racontais que ma joie aurait été indécente si je profitais de Noël ! Je me punissais pour quelque chose que je n'avais pas fait et vous n'avez jamais rien vu !

Je me rends compte que je hausse à nouveau la voix, anéantie par un immense sentiment de gâchis.

— Je comprends que tu m'en veuilles. Pourtant, notre seul but était de te protéger.

Je secoue la tête, en constatant amèrement :

— Qui sait durant encore combien d'années j'aurais dû traîner ça avec moi si Lyne ne m'avait pas raconté toute l'histoire…

Ma mère se plante derrière moi et m'enlace, avant de me bercer lentement. Je me raidis aussitôt.

— Ma pauvre chérie, je suis tellement, tellement navrée que tu aies pu te sentir coupable.

Elle se tait durant un instant, le temps que mon cœur retrouve des pulsations normales et que mes larmes se tarissent.

Le temps que toute ma colère retombe et que mon corps accepte de se détendre.

Le temps d'effacer vingt-quatre ans de confusion et de malentendu.

Cinq minutes s'écoulent, qui me paraissent une heure.

— Les pompiers m'ont appelée pour que je vienne te récupérer, reprend-elle. Tu étais en état de choc, au point de t'être uriné dessus. Ce qui ne t'a pas empêché de déclarer aux secouristes que tu n'avais rien vu car tu étais en train de faire pipi. Ton cerveau avait déjà tout bloqué.

Je murmure d'une voix blanche :

— Pourquoi tu ne m'as jamais révélé la vérité ?

— Durant les deux premiers jours, tu t'es enfermée dans un mutisme inquiétant. Le médecin nous a dit que c'était une réaction normale et que la mémoire finirait par te revenir. Quand tu as retrouvé la parole, tu n'as cependant pas changé la version que tu avais donnée. Égoïstement, j'étais soulagée que tu ne te souviennes de rien. D'un commun accord, nous avons jugé préférable de ne pas réveiller ce souvenir si traumatisant pour toi. Je te jure que si j'avais seulement soupçonné les raisons pour lesquelles ton cerveau avait tout occulté, nous t'en aurions parlé, affirme-t-elle en resserrant son étreinte.

Je tamponne mes yeux encore embués de larmes, couvrant mon mouchoir de fortune de traînées de maquillage.

— Je suis tellement désolée, chuchote-t-elle, le visage enfoui dans mes cheveux.

À ses reniflements, je devine qu'elle ne va pas tarder à pleurer elle aussi. Si ma colère contre elle s'est atténuée, je réalise qu'elle n'a fait que se déplacer et changer de cible.

— Je ne comprends pas pourquoi Papa a tout balancé à son père au sujet de sa liaison avec Françoise. Il devait bien se douter que ce n'était pas bon pour son cœur !

J'entends ma mère pousser un lent soupir.

— Les choses ne sont pas aussi simples que ça… Ton grand-père n'avait parlé à absolument personne de ses problèmes cardiaques. Je présume qu'il ne voulait pas nous inquiéter ou nous voir le dorloter comme s'il était mourant. Ta grand-mère a découvert le verdict du cardiologue en triant des papiers, après sa mort.

— Tout de même. Si Papa ne lui avait rien dit…

Maman prend une inspiration avant de lâcher :

— Je te vois venir, ma chérie. C'est aussi pour ça que ton père a décidé de s'éloigner. Il ne pouvait plus supporter son reflet dans une glace. Pourtant, je reste persuadée que ce n'est pas sa faute. Le cœur de ton grand-père allait très mal et il n'a jamais pris aucun médicament. C'était inéluctable.

Tant d'années gâchées pour tout le monde à cause de non-dits, tant de chemins qui auraient pu prendre des directions différentes ! Si le silence est parfois précieux, il peut s'avérer si destructeur !

Je reste là, pelotonnée contre ma mère, la figure mouillée de morve et de larmes, la serviette en papier à moitié désagrégée à la main. En dépit de tout, un élan d'amour s'empare brusquement de moi et je pivote pour lui faire face. Ses yeux bleus sont emplis de regrets et noyés de tristesse. Son parfum aux dominantes de patchouli se répand déjà dans toute la pièce.

— On devrait arrêter de pleurer, Maman. On va provoquer une inondation.

— À moins qu'on ne finisse à l'hôpital avant pour déshydratation, renifle-t-elle.

— Je ne sais pas comment faire pour réparer ce qui a été cassé en moi.

— On ne peut jamais vraiment réparer une blessure, observe-t-elle. Il restera toujours une cicatrice. D'abord, elle prendra beaucoup de place. Puis avec le temps elle deviendra discrète et fera partie intégrante de toi. Ce sera ton histoire et ta force.

— Tu t'es abonnée à *Psychologies Magazine* ? dis-je avec un rire sans joie.

— Non. Je suis seulement abonnée à la vie. Et je crois que, quelles que soient les blessures à panser, il est toujours possible d'ensoleiller l'avenir. De l'envisager avec joie plutôt qu'appréhension.

Elle me serre tendrement contre elle.

— Tu m'as manqué, ma chérie.

— Tu veux que je te dise ? Toi aussi, Maman.

C'est alors que je me souviens qu'elle me doit encore des explications sur sa « *disparition* ».

— D'ailleurs, où étais-tu partie ?

Un sourire mystérieux illumine à présent son visage.

— Je pense que nous devrions d'abord rejoindre tout le monde dans la cuisine. Regarde comme Memphis dort paisiblement sur le fauteuil, s'attendrit-elle.

— Il est vraiment à toi ?

Elle m'envoie un clin d'œil.

— Avec un nom pareil, tu voudrais qu'il appartienne à qui d'autre ?

— Tom avait au moins vu juste sur un point. Tu as adopté un chien.

***

Lorsque nous nous arrêtons sur le seuil de la cuisine, la première chose qui me saute aux yeux, c'est que la pièce est un peu petite pour contenir autant de personnes à la fois. La seconde, c'est qu'un inconnu se trouve assis sur une chaise, en grande conversation avec Xavier. D'où peut-il bien sortir ? Un ami d'enfance de mon oncle, peut-être. Ou le dernier rencard de ma grand-mère, si elle a viré cougar.

Tom et Aniata ressemblent à deux tourterelles en train de roucouler. J'en déduis que l'ambiance est à nouveau au beau fixe entre eux et cette perspective me rend heureuse. Violette (assise dans un fauteuil roulant) et Mamie s'affairent à rassembler des aliments sur le plan de travail pour le repas de ce soir. Une appétissante odeur de pâtisserie prédomine dans la pièce, laissant présager une nouvelle fournée de tartelettes aux fruits secs.

Dans leur cage, les perruches m'avisent et s'agitent dans tous les sens. Très vite, elles m'invectivent comme si j'étais une intruse. Ma grand-mère pivote vers moi.

— Il n'y a bien que toi pour les mettre dans cet état-là, déclare-t-elle, amusée.

— Je crois que ma tête ne leur revient pas, désolée.

— Tu vas mieux ? interroge Violette, sans me regarder.

— Oui. Laisse-moi deviner : je t'ai paru légèrement dans l'excès ?

Ma nièce réprime difficilement un éclat de rire.

— Oh, c'était très léger.

— Une ado en colère peut faire bien pire, confirme Tom en la toisant de façon appuyée. Comme fuguer pour aller se faire une double entorse dans la montagne…

— Au lieu de faire comme si tu étais fâché à vie, avoue que grâce à moi, tu as pu te réconcilier avec Maman, rétorque-t-elle.

— Stop, les enfants ! Vous allez faire fuir Antoine, proteste ma mère en couvant l'inconnu du regard.

— Justement, dis-je, je ne voudrais surtout pas paraître impolie, mais qui…

Tom s'esclaffe, me coupant dans mon élan.

— Ça fait partie de la surprise ! lance-t-il mystérieusement, avant de porter une bouteille de bière à sa bouche.

L'homme se lève et s'avance vers moi, me tendant la main pour me saluer.

— Antoine, enchanté. Et contrairement à ce que prétend Judith, je ne suis pas effrayé. Je suis même ravi de faire partie de la famille.

Faire partie de la famille. Rien que ça. Je soupçonne un truc pas très net, là, d'un coup.

— Euh… oui… Maman ? Tu peux m'expliquer ?

— Est-ce que tu veux boire quelque chose, ma chérie ? s'enquiert-elle, la mine embarrassée.

— Absolument pas.

Je vais m'asseoir près de Xavier. Si je reste debout, je pressens que je vais finir les quatre fers en l'air. Et si jamais les révélations de ma mère me déclenchent une embolie cérébrale, j'aurais au moins un prêtre à côté de moi pour les derniers sacrements.

— Bien, commence Maman. Comme tu l'as lu dans ma lettre, j'ai décidé de réaliser quelques rêves. Il y a quelques mois, ta grand-mère a voulu m'inscrire sur Meetic.

Cela ne m'étonne même pas.

— Elle y est tellement accro qu'un beau jour on va apprendre qu'elle a créé un profil pour Xavier.

Violette glousse, imitée par sa mère. Mamie me fixe d'un air outré, tandis que Maman reprend :

— Je n'ai pas cédé. En revanche, la curiosité m'a poussée à m'inscrire sur Facebook. J'arrive à un âge où l'on a très envie de découvrir quelle vie ont pu avoir ses anciennes connaissances. C'est là que j'ai retrouvé Antoine. Mon premier amour.

Elle nous relate ce flirt d'été, alors qu'Antoine était de passage dans la région, pour les vacances. Leur coup de foudre a été immédiat, ils ont passé les vacances à se bécoter au bord des lacs du coin, leur amourette bercée par le tube d'alors, *Porque te vas.*

— Un titre prémonitoire, puisque nous savions tous les deux qu'Antoine ne pourrait pas rester.

Je n'écouterai plus jamais cette chanson comme avant.

— La rentrée est arrivée, j'ai choisi ton père. Tu connais la suite. J'ai donc retrouvé Antoine grâce à Facebook. Et le moins que l'on puisse dire, c'est que le coup de foudre a perduré.

Je ne sais pas à quoi il ressemblait quand il avait vingt ans, mais aujourd'hui, Antoine a le look typique d'un baroudeur. Ou d'un type qui aime profondément la nature. En tout cas, je l'imagine sans peine en train de sillonner la planète avec pour seuls compagnons un sac à dos et un épais roman.

Ma mère m'explique qu'il leur a été difficile de garder le secret sur leur relation. Quand elle est heureuse, elle a du mal à tenir sa langue. Pourtant, elle voulait que cette histoire, dans un premier temps, n'appartienne qu'à eux.

Il se trouve qu'Antoine adore aussi Elvis Presley. Et c'est là que le récit prend une tournure incroyable.

— Au bout de quelques semaines, les choses nous ont paru limpides : entre nous, c'était du sérieux. C'est pourquoi nous avons décidé de nous marier. Mais pour être précédemment passée par-là, je n'avais pas envie de quelque chose de conventionnel. Comme il se trouve que j'ai également toujours rêvé d'un road trip sur la route 66, il nous a semblé évident de nous rendre à Las Vegas.

Ses yeux s'emplissent de larmes d'émotion.

— C'est Elvis qui nous a unis. Enfin, un sosie, mais quand même. Tu n'imagines pas ce que ça fait !

J'hésite entre le fou rire et l'incrédulité.

— Vous êtes vraiment mariés ?

Antoine secoue la tête.

— En France, ça n'a aucune valeur. Nous l'avons fait pour la symbolique.

Je cherche Tom du regard, qui se dissimule derrière un prospectus de grande surface. À ce que je constate, lui aussi penche sérieusement pour l'hilarité. J'interroge ma grand-mère, afin de savoir si elle était au courant. Cette dernière hausse une épaule.

— Je savais seulement qu'elle avait entrepris un voyage aux États-Unis. Et je n'étais pas autorisée à vous en parler.

Malgré cette belle histoire, je redoute que ma mère ne se soit mise dans une panade financière.

— Et… la Cadillac qui est garée devant la maison, tu ne l'as quand même pas achetée ?

— Elle est à moi, précise Antoine.

— Ma seule dépense, à part la moitié du voyage, a été d'adopter Memphis, peu avant de partir. Il est comme votre demi-frère, à présent ! s'extasie Maman.

Cette fois-ci, je ne peux plus contenir la crise de rire qui me guettait. Mes nerfs sont en train de lâcher définitivement, mais c'est si bon !

Ma grand-mère ouvre la cage pour donner quelques graines à ses oiseaux. C'est à ce moment précis que le Jack Russel décide de débouler, fondant droit sur les perruches apeurées. L'une d'elles s'envole, Aniata la rattrape de justesse tandis que Mamie a le réflexe de fermer la grille pour éviter que la deuxième ne sorte à son tour.

— Évacuez ce chien ! s'écrie-t-elle.

Memphis, peu impressionné par Mamie, a décrété qu'il était l'heure de jouer avec sa proie potentielle. Il se met à faire des bonds, comme s'il était monté sur ressorts.

Ma belle-sœur brandit au-dessus de sa tête l'oiseau au bord de la syncope et tournoie sur elle-même, telle une toupie, espérant se débarrasser du chien.

Mon fou rire redouble, Violette filme la scène avec son portable tandis que tous les autres cherchent à attraper Memphis, futur détenteur du record de saut en hauteur.

Aniata parvient enfin à remettre l'oiseau dans sa cage, avant de se laisser tomber sur une chaise, épuisée.

Tom sort les tartelettes du four.

Maman est revenue et semble avoir trouvé le bonheur.

Clément m'a embrassée.

Je me sens légère.

Finalement, c'est vrai que les fêtes de fin d'année, ce n'est pas si mal.

22

Le rythme a été d'une intensité folle. Je n'ai pas disposé d'une minute pour souffler, le service étant chronométré. C'est à peine si j'ai eu le temps de grignoter quelques toasts entre plusieurs couverts à desservir et d'autres à apporter à table.

Je cherche Clément des yeux, mais il ne me voit pas, appliqué à verser la touche finale dans les verres. J'admire la capacité de concentration dont il a fait preuve durant toute la soirée. Je dois même dire qu'il était tellement focalisé sur le travail que ma frustration a atteint son niveau maximum. Pas une seule fois il ne m'a regardée autrement que d'un air professionnel.

Rémi et Josse commencent à apporter les premiers laits de poule en salle. Mon travail est terminé pour ce soir et je me sers un morceau de fromage et du pain, que je vais dévorer dehors, au calme. L'air froid me fait du bien et, malgré la fatigue, je savoure ce moment de quiétude.

Ce soir, il n'y a ni pluie ni neige et la municipalité a décidé de tirer des feux d'artifice lorsque minuit et la nouvelle année sonneront.

Le service s'est très bien déroulé, mais l'année prochaine ils se passeront de moi. L'année prochaine, je serai du côté de ceux qui en profitent et mangent les plats délicieux proposés par Clément. L'année prochaine, je serai assise à table, avec ma famille.

Cela dit, je ne suis pas certaine que j'aurais pu manger avec entrain, ce soir. Hier, Maman a décrété que nous allions fêter Noël ensemble, oui, un 30 décembre ! « Il n'est jamais trop tard pour célébrer la joie d'être ensemble », a-t-elle argué.

Nous avons donc improvisé un repas de fête (ma proposition de tester la perruche farcie a été rejetée à 99 % des voix, le 1 % restant étant Memphis) et avons terminé à dix-huit heures… avant d'avaler une énorme soupe à l'oignon et le reste de la bûche, trois heures plus tard.

Nous avons ressorti la jolie vaisselle, Violette nous a passé sa compilation spéciale Noël. J'ai toujours envie de filer du Prozac à Tino Rossi et de menacer Mariah Carey de lui couper les cordes vocales… À part ça, si la situation m'a paru un peu bizarre (et en même temps tellement significative de ma famille déjantée), je n'en ai pas moins apprécié la gaieté ambiante.

Tout le monde rayonnait de joie, même le chien exultait, faisant couiner son os en plastique. Même Violette a retrouvé le sourire, malgré ses deux mois de privation de sortie.

— Je ne vais pas rater grand-chose, a-t-elle ri. En janvier et février, le temps est toujours pourri.

Elle m'a confié que sa plus grande récompense était d'avoir pu réunir ses parents. Bien entendu, ils ne se sont pas immédiatement tombés dans les bras, mais le fait de savoir qu'ils auraient pu perdre leur fille unique les a aidés à réfléchir. Ainsi que l'enregistrement de Violette, le soir où Tom a déclamé tout ce qui lui manquait chez Aniata.

— Tu as vraiment fugué juste pour que tes parents se réconcilient ? ai-je voulu savoir.

— Et pour que mon père arrête de me considérer comme une gamine de cinq ans. Bon, même si je crois que c'est un peu raté sur ce point-là, a-t-elle ajouté en esquissant une grimace.

Malgré tout, je suis certaine que Tom pensera à tout cela. Qu'il la prendra plus au sérieux et sera davantage à l'écoute de ses sentiments. Ils ont d'ailleurs prévu de revenir passer quelques semaines de vacances en juillet prochain. J'ignore de quelle façon Violette et Lucas se rapprocheront ; leurs sentiments donneront naissance soit à une belle amitié, soit à une histoire d'amour. Seul l'avenir le dira.

Maman nous a raconté son périple américain avec force détails. Une limousine est venue la chercher à son hôtel et elle a fait son entrée dans la chapelle nommée Graceland au bras du sosie d'Elvis, qui chantait *My Way* pour l'occasion.

— Et en parlant de Graceland, tu as visité la maison du King, au moins ? ai-je demandé.

— Non, ce sera pour notre prochain voyage, m'a-t-elle répondu. Nous avons surtout sillonné la route 66, entre Las Vegas et le Grand Canyon. C'était incroyable !

— Des montagnes de pierres marron, quasiment pas de végétation et des lacs d'un bleu intense, a énuméré Antoine. C'était saisissant. Plus beau que ce qu'on voit à la télé.

— La chaleur était suffoquante ! a repris ma mère. Nous avons traversé des villages typiques en plein milieu du désert. Je me souviens particulièrement d'un *diner* où la serveuse arborait une arme à sa ceinture. Ça m'a fichu une de ces frousses ! Enfin, il paraît que c'est normal, là-bas...

— Et que dire des villages comme Ash Fork ou Williams ! s'est enflammé Antoine. Ils sont restés figés dans les années cinquante.

Nous ne nous sommes pas fait prier pour regarder leurs photos et j'avoue que l'espace d'un instant, quand j'ai découvert les canyons, j'ai été jalouse que ma mère ait entrepris ce voyage sans nous.

***

Dans la salle des fêtes, la musique jouée par l'orchestre se fraie un chemin jusqu'à mes oreilles, me faisant émerger de ma rêverie.

— *C'est la javaaaaaa bleue...*

— Les anciens vont faire quelques tours de piste, à mon avis. Tu veux danser ?

Je pivote et souris à Clément, qui m'a débusquée, assise sur les vieilles marches de pierre, entre deux buissons, en contrebas de la salle.

— Tu as prétendu devant témoins que tu n'aimais pas ça.

— Moi ? Je devais être mal luné, cette journée-là, fait-il, taquin.

— Comme si ça pouvait t'arriver ! dis-je sur le même ton.

Je l'interroge du regard en remarquant qu'il tient deux verres entre ses mains.

— J'ai pensé que ça te dirait de siroter ta boisson préférée en ma compagnie, déclare-t-il en s'asseyant à mes côtés.

Tout ce que je pourrais répondre me semble niais, alors je dispose délicatement le verre sur une marche et m'approche de Clément pour déposer un léger baiser sur ses lèvres. Ce qui ne paraît pas lui déplaire.

— À la tienne, petite princesse ! murmure-t-il contre ma bouche.

Je me recule pour étouffer un rire gêné.

— Oh mon Dieu, tu te souviens de ça.

Il hausse un sourcil d'étonnement.

— Tu croyais que j'aurais oublié ?

— Je ne sais pas. À l'époque, tu m'as dit toi-même que tu ne recherchais rien de sérieux.

Peut-être que ma voix est un tout petit peu chargée d'amertume.

Clément m'adresse un sourire plein de tendresse, probablement sans en soupçonner tout le potentiel affolant.

— C'est vrai, admet-il en plongeant ses yeux ombrageux dans les miens. Je n'étais pas prêt à m'engager.

— Tu sais que j'ai été très vexée ? Je m'imaginais que ce n'était qu'une excuse destinée à me faire comprendre que je n'étais pas assez bien à tes yeux, ne serait-ce que pour prendre du bon temps.

Il secoue la tête.

— Vraiment ? Tu n'as jamais été ce genre de fille, affirme-t-il avec force.

— Ah oui ? Et je suis quel genre de fille, au juste ?

Il se penche vers moi et passe très lentement ses doigts dans mes cheveux.

— Drôle. Entière. Touchante. Forte et vulnérable. Incroyablement séduisante.

Je déglutis.

— Parfois enquiquinante. Diablement envoûtante.

Son regard est si brûlant qu'il va m'irradier sur place. Je me lève et me plante face à lui, déterminée à rattraper le temps perdu.

— À quoi bon évoquer le passé ? Nous étions jeunes et à présent nous savons ce que nous voulons, pas vrai ?

Clément se redresse à son tour et plante ses mains sur ma taille.

— Et qu'est-ce que tu veux ?

— Toi.

De toute évidence, nous allons rater le feu d'artifice et le lait de poule n'a plus la primeur dans mon cœur.

***

— Allez, jolie marmotte, on se réveille…

Les mots de Clément chatouillent mes oreilles et je m'extirpe à contrecœur du confort de ses bras.

Enfin, à contrecœur… Cela me permet de réaliser que cette nuit n'était pas seulement un rêve.

Hier soir, après notre courte discussion sur les marches, nous avons préféré terminer notre soirée chez lui. Je n'ai pas pris la peine de visiter sa maison, un ancien chalet qu'il a entièrement rénové ; aussitôt la porte refermée, nos lèvres se sont retrouvées et nos corps n'ont pas tardé à se rencontrer pour fusionner dans une alchimie complètement dingue.

Treize ans que nous attendions ce moment. Ça en valait outrageusement la peine !

Je tente de me coller une nouvelle fois contre le corps chaud de Clément, promenant mes doigts sur ses poils fins. Ma peau fourmille à ce contact.

— On se lève, Léna, proteste-t-il d'une voix intraitable.

— Ne me dis pas que tu travailles, je bougonne. Il est quelle heure, d'abord ?

— Je n'y crois pas, ricane-t-il. J'ai trouvé pire que moi au réveil. Il me semblait pourtant détenir le palmarès, à ce jeu-là. N'oublie pas que je suis mauvais perdant.

— Très drôle.

— Pour répondre à tes questions, poursuit-il après m'avoir embrassée, il est huit heures et non, je ne travaille pas. Je te rappelle que je suis en vacances.

Je me redresse brusquement et le considère, interloquée.

— Clément, nous avons passé une nuit dont le souvenir me fera frissonner durant tout le reste de ma vie.

— Waouh. Merci.

— Je n'ai pas fini. Nous n'avons pas beaucoup dormi. Je dirais même que nous avons plutôt somnolé.

— Exact.

— Aujourd'hui est un jour férié et tu es en vacances. Malgré tout, il est huit heures et tu me chasses de ton lit. Huit heures. C'est quoi ton problème ? Tu as une femme cachée qui va débarquer d'un instant à l'autre ou ta mère a pour habitude de se pointer avec les croissants pour ton petit déjeuner ?

Il se mordille la lèvre inférieure, probablement pour ne pas éclater de rire vu comme ses yeux pétillent de malice.

— Rien de tout ça, déclare-t-il finalement. Tu ne sens rien ?

Super, une énigme. À jeun, qui plus est. Je hume l'air, surtout pour lui faire plaisir. Outre le fait que je lui évoque sûrement un caniche à l'odorat très incertain, je ne sens rien d'autre qu'une vague odeur de…

— Pâtisserie ? Tu as fait de la pâtisserie ?

Il approuve de la tête, tout fier.

— Donc, tu es dingue. Tu aurais pu faire une grasse matinée.

— Pour notre premier petit déjeuner ensemble, je voulais te montrer quelque chose. Suis-moi.

Je fais mine de lever les yeux au ciel, mais il m'a intriguée et je le suis sans broncher, enfilant au passage la chemise qu'il a laissée traîner au sol, hier soir. Il me conduit dans son salon, où il a disposé, sur la table basse, deux tasses de café fumant et du pain d'épice encore tiède. Mon ventre en grogne d'envie.

— Regarde.

Il me désigne l'immense baie vitrée qui perce le mur de son salon et je m'avance, saisie par la beauté du paysage. Les sapins aux branches recouvertes de givre se reflètent sur la surface glacée du lac, qui s'étend à quelques mètres du chalet. Un peu plus loin, des toits blanchis par le gel émergent entre les arbres. Tout est tellement paisible !

— C'est superbe.

— Parfois, j'aperçois des marmottes. Régulièrement il y a même un renard qui aime venir rôder, en quête de nourriture. Je pourrais presque l'apprivoiser.

— Tu me les montreras, un jour ?

Il m'attire à lui et effleure ma tempe de ses lèvres. Nous contemplons le paysage, en savourant la moindre miette de cet instant terriblement magique, où le jour s'extrait lentement des limbes du sommeil.

Je porte la tasse de café à ma bouche, imitée par Clément. J'ai du mal à définir ce que je ressens exactement, c'est un mélange entre la joie et la terreur pure.

— Clément ? Tu penses que ça pourrait devenir sérieux, entre nous ? je lui demande, les yeux rivés sur le lac scintillant de glace.

— Tu as l'intention de rester, ou pas ?

Il me semble qu'entre nous, l'air se met à pulser.

— Je dois y réfléchir. C'est une éventualité que j'envisageais peut-être pour plus tard. Bien plus tard.

Il prend aussitôt ombrage de ma réponse.

— Plus tard… Pourquoi toujours remettre l'essentiel à plus tard ? fait-il, consterné. Cette terre est inscrite dans ton âme, Léna.

Je soupire.

— Je sais. Et à présent que j'ai réglé certaines choses, je compte m'autoriser à vivre. Du moins, j'y travaille. Mais ce n'est pas une décision qui se prend à la légère.

— Tu n'as rien à perdre. Tu aurais même tout à y gagner, ajoute-t-il en arborant son sourire irrésistible.

Je suis consciente de la justesse de ses propos. La nature a toujours inspiré ma créativité. Travailler en étant entourée de ces sublimes paysages alpestres serait une chance merveilleuse.

Ici, il y a aussi ma grand-mère, ses rencards Meetic et ses séries avec des zombies.

Ma mère et ses loufoqueries.

Mes racines. Mes racines, oui, qui ne m'ont jamais paru aussi précieuses qu'à cet instant où la nature est encore en sommeil en attendant le retour du printemps.

Et puis lui, Clément, qui peut me faire perdre la raison d'un simple regard. Celui avec qui j'ai envie de connaître d'autres matins comme celui-ci. De partager d'autres éclats de rire et de brûlantes étreintes charnelles. Cet homme que peut-être j'attendais.

— Je te promets d'y réfléchir très sérieusement, je murmure alors en me nichant contre lui. Ne serait-ce que pour boire des tas de laits de poule et te voir danser un jour.

— Je savais que j'avais les bons arguments pour te convaincre, plaisante-t-il avant de m'embrasser.

Don't be cruel to who a heart that's true... La sonnerie de mon téléphone rompt instantanément le charme.

— Tu es obligée de répondre ?

— C'est ma mère, dis-je, affolée, en essayant de sortir mon smartphone de la poche de mon jean à terre. Elle n'appelle jamais, alors ce doit être urgent...

Le temps de brandir l'appareil, Maman est déjà sur mon répondeur. Son message doit être très bref puisque je peux l'écouter au bout d'une minute.

« Léna, excuse-moi de te déranger de si bon matin. Où que tu sois, et selon Violette c'est chez Clément, petite cachottière, rappelle-moi dès que tu peux. Nous avons un gros problème. Ton père veut revenir. Bisous, ma chérie. »

— C'est pas possible !

Clément me demande ce qu'il se passe, mais je suis bien incapable de lui répondre à cause du fou rire qui monte en moi. Je lui tends le téléphone afin qu'il puisse écouter à son tour le message.

— Eh bien, on dirait que ça ne s'arrête jamais, chez vous ! constate-t-il en riant à son tour.

— Attends, tu ne sais pas tout. Ma mère a filé à Las Vegas pour aller se marier avec son amour de jeunesse. Mon père se réveille au plus mauvais moment.

— Non ? Quel bazar !

Je reprends mon sérieux, du moins je m'y efforce.

— Tu es vraiment sûr de vouloir t'engager dans une relation avec moi ? Parce que ça signifie que tu vas devoir faire avec ma famille complètement frappadingue.

Une nouvelle fois, Clément m'attire contre lui.

— J'en suis plus que certain.

Comme pour m'assurer que je ne rêve pas, je passe ma main dans ses cheveux, sur son visage, je la laisse glisser dans sa barbe et sur les grains de beauté qui parsèment son cou.

Au-dessus de nous, dans le ciel, le soleil perce à travers les nuages qui s'effilochent peu à peu. S'il se maintient assez longtemps, la glace qui recouvre le lac commencera à fondre. Comme a fondu celle qui avait partiellement recouvert mon cœur.

Je me fais la réflexion que la vie est comme dans un livre de Gilles Legardinier : elle n'épargne personne, elle nous en fait voir de toutes les couleurs, mais elle donne toujours une nouvelle chance pour faire de son mieux. Si on rate le coche, il y en aura toujours un sur lequel rebondir. Il suffit d'ouvrir les yeux et accepter de surmonter ce qui nous paralyse, pour ouvrir les bras à ce que l'existence a de meilleur à nous offrir.

Oui. La vie est belle et drôle à la fois.

Remerciements

Le roman que vous venez de lire est né en deux temps. J'avais tout d'abord dans l'idée d'écrire une comédie familiale et j'avais très précisément en tête les personnages de Léna, Tom et Violette. Pourtant, je n'arrivais pas à trouver le contexte idéal pour donner du mordant à leur histoire.

En décembre 2017, j'étais de passage à Paris. Mon éditrice, Laury-Anne Frut, alors enceinte de quelques mois, a eu envie d'un goûter matinal (environ trois quarts d'heure avant le déjeuner). Je l'ai donc suivie au Bon Marché, magnifiquement décoré pour les fêtes de fin d'année. Là, sur les escalators qui nous menaient au rayon maillots de bain (je vous jure que c'est vrai), j'ai eu LA révélation : « Je vais écrire un roman qui se déroule pendant Noël. » Laury-Anne m'a répondu : « Alors toi, tu arriveras toujours à me surprendre ! »... avant de mordre avec gourmandise dans son pain au chocolat.

Environ une heure plus tard, nous étions attablées devant des burgers, avec Karine Bailly de Robien. Lorsque j'ai à nouveau exposé mon idée, cette dernière s'est exclamée : « Oh oui, tu dois nous écrire cette histoire ! »

Chère Laury-Anne, chère Karine, merci de m'avoir fait confiance et de me suivre toujours dans mes idées les plus folles et les plus soudaines. Même si, désolée Karine, ce n'était pas un thriller.

Je tiens également à remercier Danaé Tourrand, qui a pris le relais lorsque Laury-Anne a mis son bébé au monde et qui a trouvé le titre définitif du roman.

Merci aussi à Christine Cameau et ses remarques pleines de bon sens (je suis heureuse de t'avoir fait rire !), à Caroline Obringer (même si tu ne te promènes pas avec des agrafeuses, tu restes THE attachée de presse), à Mathieu Mazza (#pieuvre) et à toutes ces personnes qui font un superbe travail au sein de Charleston : Alice, Aurélien, Solenn, Églantine et ceux que j'oublie.

Pour leurs relectures attentives et leurs suggestions, mille fois merci à Fanny (on devrait créer un diplôme de lectrice-test à ton nom, en attendant, ce roman t'est dédié) et à Carène Ponte (tu DOIS goûter le lait de poule !). Vos remarques m'ont été très précieuses.

J'ai la chance de bénéficier du soutien inconditionnel de super libraires, qui mettent mes romans en avant dans leurs rayons et sur les réseaux sociaux pour vous les faire connaître. Toute ma gratitude va à Nicole Belmonte (Maison de la Presse de Saint-Raphaël), Sandrine Dantard (Fnac de Grenoble), Olivier Augier et sa famille (librairie Forum Arts & Livres à Mouans-Sartoux), Lila Blanchet Fougeiret (Cultura de Mandelieu), Aurélie Barlet (qui devrait avoir sa propre librairie à Cagnes-sur-Mer lorsque vous tiendrez le roman entre vos mains) et tant d'autres ! Vous exercez l'un des plus beaux métiers du monde !

Un très grand merci à mes amis qui se reconnaîtront et supportent aussi bien mes besoins de solitude que mes subites envies de dîners qui s'éternisent. Aurélia, nous avons quelques séances thé-macarons de retard ! Merci à Josse, ma voisine (oui, elle existe dans la vraie vie !) pour ses merveilleux petits plats et son don pour le bricolage. Sans toi je m'éclairerais sans doute à la bougie.

À ma famille : mon père (qui n'a rien à voir avec celui de Léna) et Christine, ma grand-mère (sans son cahier de chansons qu'elle apporte à chaque repas de famille, je n'aurais jamais connu *La Java bleue* sur le bout des doigts), à mes cousins, oncle et tantes, Steeve et Armaël.

Un remerciement spécial à Solène, seize ans, qui trouve que tout le monde est « dans l'excès ».

Un immense merci à vous, lecteurs, qui m'êtes fidèles depuis bientôt trois ans. Je n'en reviens pas lorsque vous dites attendre impatiemment mon prochain roman, ou encore que mes mots vous font du bien. Quand je découvre certaines de mes files d'attente sur les salons dans lesquels vous venez me rencontrer, mon premier réflexe est de me dire que je me suis trompée de table. Pourtant, ce sont bien mes romans que vous tenez entre vos mains. J'espère, à travers les petites histoires que je vous confie, vous apporter un peu de soleil et d'évasion : parce que la vie est belle et drôle à la fois. Continuez à m'écrire, à m'envoyer vos photos, je ne m'en lasse pas ! C'est aussi vous qui me donnez cette envie de me surpasser et d'imaginer de nouvelles intrigues.

Et bien sûr, merci à Gilles Legardinier pour ses romans.

BONUS

Pour un goûter de Noël réussi…

Le lait de poule de Clément

Dans une casserole, faites chauffer 10 cl de lait avec une pincée de cannelle et une pincée de noix de muscade râpée.

Ne portez pas à ébullition, mais veillez à ce qu'il soit chaud.

Battez 1 jaune d'œuf et 25 g de sucre ou de sirop de sucre de canne pendant 4 à 5 minutes.

Versez le lait chaud en battant sans arrêt avec le fouet, jusqu'à rendre le mélange homogène.

Suggestion du chef : vous pouvez saupoudrer de cannelle et, pour les adultes uniquement, ajouter, au choix, 1 cl de rhum blanc, de whisky ou de bourbon. Attention : ne faites pas comme Léna. Interdiction de doubler la dose.

Vous n'avez plus qu'à déguster et nous en donner des nouvelles !

Les tartelettes aux fruits secs de Mamie Jacotte

Foncez vos moules à tartelettes avec une pâte brisée (personne ne vous en voudra si vous l'achetez toute prête). Piquez à la fourchette, couvrez de papier d'aluminium et versez dessus du riz ou des pois chiches. Faites cuire à blanc pendant 10 minutes, dans un four préchauffé à 175 °C. Retirez-les du four, ôtez le papier d'aluminium et remettez-les à cuire jusqu'à ce qu'elles prennent une teinte dorée. Si elles deviennent brunes, c'est que vous les avez laissées trop longtemps. Un conseil : surveillez régulièrement.

Dans une casserole, mélangez 100 g de sucre avec 1 cuillerée à soupe de miel et 2 cuillerées à soupe de crème épaisse. Sur feu doux (afin de ne pas faire cristalliser le caramel), remuez avec une cuillère en bois jusqu'à ce que le mélange épaississe et caramélise. Ajoutez 30 g de beurre coupé en morceaux, 15 g de noix, 30 g de noisettes, 30 g de noix de macadamia, 30 g d'amandes émondées et 30 g de raisins secs. Laissez le caramel imprégner les fruits et retirez la casserole du feu. Laissez tiédir (le caramel chaud, ça brûle, croyez-moi !).

Versez la préparation sur les fonds de tartelettes, laissez refroidir... et bon appétit !

VOUS AVEZ AIMÉ CE LIVRE ?

Découvrez sans plus attendre
le début du tome 2 !

Déjà disponible

Prologue

Vallenot, fin août 2018

La soirée s'étirait en longueur, ce qui n'était pas pour me déplaire. Clément avait fermé le restaurant à vingt-deux heures et j'en avais profité pour faire un saut chez ma mère pendant qu'il rejoignait des amis. La chaleur estivale s'était peu à peu estompée, laissant planer dans l'air une certaine douceur.

— Quelle merveilleuse nouvelle ! s'exclama ma mère, avant de se tourner vers Antoine, son compagnon. Si on ouvrait une bouteille de champagne pour fêter ça ?

Je souris, sachant pertinemment qu'il était inutile de protester. Après tout, je venais de leur annoncer ma décision de m'installer avec Clément ! Ce qui impliquait de quitter Nice et revenir vivre dans mon village d'enfance, auprès d'une partie de ma famille et de l'homme que j'aimais. Après huit mois de relation à distance, j'en avais plus qu'assez de tergiverser sur notre avenir qui, à l'évidence, était ici. Clément et son frère, Rémi, avaient repris le restaurant de leurs parents, après les départs en retraite successifs de ces derniers, et le succès ne se démentait pas. Clément mettait un point d'honneur à proposer une cuisine familiale faite maison, à base de produits de saison et locaux. L'ambiance chaleureuse des lieux contribuait au fait que les clients s'y sentaient comme chez eux. Quant à moi, mon activité de décoratrice textile en free-lance me permettait de travailler dans n'importe quel endroit où je pouvais disposer de mon ordinateur et de mes crayons. Ma principale source d'inspiration étant les animaux de la forêt, ce rapprochement avec la nature me serait des plus bénéfiques. Cette fois-ci, j'étais suffisamment sûre de moi pour ne plus avoir peur de sauter le pas.

— Clément doit être fou de joie, déclara Antoine en faisant tinter sa coupe de champagne contre la mienne.

— Il ne le sait pas encore, avouai-je en riant. Je compte le lui dire demain puisque c'est son jour de repos… Bizarrement ça me rend nerveuse.

— Oh, ma chérie, ce sera indéniablement le plus beau jour de sa vie ! s'émut Maman. Depuis le temps que Clément te supplie de t'installer avec lui !

— Ce n'était pourtant pas gagné, m'amusai-je en me remémorant notre histoire.

En effet, Clément et moi nous connaissions depuis notre prime enfance. Nous avions même flirté durant tout un été où j'avais travaillé dans le restaurant de ses parents afin de payer mes études, mais à l'époque il n'était pas prêt à s'engager dans une relation sérieuse. Et puis à Noël dernier, lors de mon arrivée à Vallenot, il s'était produit une sorte de déclic entre nous. J'avais été troublée en le revoyant pour la première fois depuis des années. L'ancien adolescent charmeur était devenu un homme mature et sûr de lui. Notre idylle m'avait apporté la sensation de légèreté dont j'avais besoin à ce moment-là et finalement, elle s'était muée en une relation sérieuse, de celles qui conduisent à faire des projets d'avenir en souriant de bonheur.

Je repoussai ma coupe à présent vide. Me remémorer tout cela me donnait envie d'aller retrouver Clément et m'envelopper dans la chaleur de ses bras.

— Il s'est passé tant de choses en si peu de temps, déclara pensivement ma mère, caressant la tête de Memphis, son Jack Russell qui, pour une fois, n'était pas occupé à persécuter les perruches de ma grand-mère. Je me réjouis de savoir que cette année nous pourrons être tous réunis pour les fêtes.

— Tu penses à Noël alors que c'est dans quatre mois ? lançai-je en arrondissant les yeux.

Elle était décidément incorrigible !

— Quatre mois, ça passe vite, rétorqua-t-elle d'un ton assuré.

L'église sonna douze coups, ce qui me fit sursauter.

— Déjà minuit ? Je dois y aller. Clément m'attend sûrement pour rentrer.

Je pris congé et redescendis prestement les ruelles pavées. Les terrasses des restaurants avaient éteint leurs lampions colorés, plongeant le village dans l'obscurité, et les effluves des pizzas cuites au feu de bois persistaient dans l'air. Au-dessus de ma tête et par-delà les montagnes, le ciel formait une voûte étoilée qui me rappela certains soirs d'été passés à observer les constellations avec mon frère, lorsque nous étions plus jeunes. Un euphorisant sentiment de satisfaction monta en moi et je respirai à pleins poumons. Comme il était bon de se sentir chez soi, à sa place !

Parvenue à la hauteur du vieux lavoir du XVe siècle, je vis tout à coup une épaisse nappe de brouillard s'élever d'un peu plus bas, vers le centre du village. Du brouillard, par une si belle nuit ? Je secouai la tête, incrédule, et une odeur âcre me détrompa aussitôt : quelque chose était en train de brûler. Pressant le pas, je perçus les bribes d'une agitation inhabituelle.

Au fur et à mesure que je me rapprochais, un mauvais pressentiment m'enveloppa, à m'en glacer l'échine. De là où partait la colonne de fumée, il n'y avait pas trente-six bâtiments, mis à part la supérette… et le restaurant de Clément.

Non, mon Dieu. Non…

L'horreur me vrilla les côtes lorsque j'arrivai près du sinistre. À travers les lumières aveuglantes des camions de pompiers, je distinguai les soldats du feu tentant de maîtriser les hautes flammes orangées qui ravageaient avec rage le travail de toute une vie : le *Café du Commerce* brûlait sous mes yeux impuissants et ceux d'une quinzaine de villageois, qui, hébétés, commençaient à se rassembler sur la place de la mairie.

— Léna ! Je t'ai cherchée partout.

Je tournai le visage en direction de Rémi.

— Où est Clément ? ! hurlai-je, saisie par une nouvelle angoisse.

Mon beau-frère posa une main apaisante sur mon bras.

— Calme-toi. Il est dans l'ambulance.

— Il est blessé ?

Rémi secoua la tête.

— Non, me répondit-il d'une voix ténue. On était chez Mathieu quand les gendarmes ont appelé. Mais il est sous le choc. On a dû s'y mettre à plusieurs pour l'empêcher d'entrer dans ce brasier.

— Je veux le voir.

Rémi m'entraîna vers l'ambulance. Clément se tenait assis à l'arrière du fourgon, une couverture de survie enroulée autour de ses épaules. Il leva sur moi un regard perdu et m'ouvrit ses bras, dans lesquels je me précipitai.

— Je n'ai rien pu faire, déplora-t-il en enfouissant sa tête dans mon épaule. Tout est foutu.

— Chut, on va trouver une solution, tentai-je de le rassurer, alors qu'au fond de moi je voyais bien qu'il ne restait pratiquement plus grand-chose du restaurant fondé quarante ans plus tôt par ses parents.

Sans ajouter un mot, il se leva et quitta l'ambulance pour observer le triste spectacle de l'établissement qui flambait toujours, même si les flammes avaient diminué en intensité. Il faudrait encore quelques heures avant que les dernières braises ne soient éteintes.

— Je suis là, mon amour, murmurai-je.

Il resserra davantage sa main autour de la mienne, tandis qu'un petit groupe se formait autour de nous pour réconforter les garçons. Seul Rémi parvenait à répondre à ces élans de sympathie. Je n'étais pour ma part plus en état de parler. L'air enfumé me faisait pleurer. Le désespoir muet de Clément aussi.

Malgré la situation dramatique qui se jouait devant nous, j'étais à mille lieues d'imaginer l'étendue des ravages que cet incendie allait laisser dans nos vies…

DE LA MÊME AUTRICE

Lola a été adoptée à l'âge de trois mois. Près de trente ans plus tard, elle travaille dans le salon de thé de ses parents, en attendant de trouver enfin le métier de ses rêves : libraire. Sa vie va basculer lorsqu'elle apprend que sa grand-mère biologique, qui vient de décéder, lui a légué un étrange héritage : une maison et son histoire dans le petit village d'Aubéry, à travers des lettres et des objets lui apprenant ses origines. Mais tous les habitants ne voient pas d'un bon œil cette étrangère, notamment Vincent, son cousin. Et il y a également le beau Jim, qui éveille en elle plus de sentiments qu'elle ne le voudrait...

Réveiller les secrets du passé lui permettra-t-il de se tourner vers son avenir ?

512 pages

8,90 €

Après des années d'absence, Valentine est de retour à Vallenot, le village de son enfance qu'elle a quitté très jeune pour se marier. Un mariage pour lequel elle a sacrifié ses propres aspirations, obnubilée par l'idée de construire une « vraie » famille, loin du schéma qu'elle a connu, de sa mère et sa grand-mère qui ont élevé leurs enfants seules. Mais c'est célibataire que Valentine revient aujourd'hui, uniquement accompagnée de son fils adolescent, car son ex-mari a préféré continuer sa route avec une autre…

En cette période de fêtes, elle va croiser le chemin d'un Anglais récemment installé au village, de Rémi, cogérant du restaurant du coin… et d'une vieille photo représentant un beau jeune homme marocain qui aurait vécu à Vallenot à la fin des années 1950, avant de disparaître du jour au lendemain…

400 pages

8,50 €

2015, Nice.

Zoé, 30 ans, est en pleine dispute avec sa conseillère Pôle Emploi lorsque sa vie bascule. L'hôpital l'appelle, ses parents viennent d'avoir un grave accident de moto. Son père est décédé sur le coup, sa mère est trop grièvement blessée pour espérer survivre, mais encore assez lucide pour parler.

Celle-ci va révéler à Zoé qu'elle lui a menti depuis toujours : l'homme qui l'a élevée n'est pas son véritable père. Elle donne un seul indice à sa fille pour retrouver son père biologique : « La Plage de la mariée ».

452 pages

8,90 €

1910.

La jeune Agathe, repasseuse, fait la connaissance de la Belle Otero, célèbre danseuse, dans la villa dans laquelle elle est employée. Une rencontre qui va bouleverser sa vie, deux destins liés à jamais par le poids d'un secret.

Un siècle plus tard, Faustine, journaliste qui se remet tout juste d'une dépression, se rend dans l'arrière-pays niçois afin d'écrire un article sur la Belle-Époque. Sa grand-tante va lui révéler l'histoire d'Agathe, leur aïeule hors du commun. En plongeant dans les secrets de sa famille, la jeune femme va remettre en question son avenir. Et la présence du ténébreux mais très secret Sébastien y est également pour quelque chose…

452 pages

8,90 €

Cet ouvrage est composé de matériaux issus de forêts gérées durablement certifiées PEFC™.
Le Programme de reconnaissance des certifications forestières (PEFC™) est le plus grand organisme mondial indépendant de contrôle pour une gestion durable des forêts.
Pour en savoir plus, consultez le site *www.pefc-france.org*

PEFC™ PEFC/14-38-00277

Achevé d'imprimer en septembre 2021
par Novoprint
Quatrième tirage
Dépôt légal : octobre 2019

Imprimé en Slovaquie